《两地书》原信与初版本比较研究

◎ 韩雪松 / 著

内容简介

本书以鲁迅与许广平1925—1929年往来原信、1933年青光书局《两地书》初版本等文献为基础,拓宽理论视野,强化学科交融,进行文献深耕。基于原信与初版本的文体属性和写作语境,本书详尽考证增删细节,分析改易方式,探究变动原因。本书阐述鲁迅青年观的演变及其对《两地书》创作的影响,重点讨论原信中的"言情"内质及《两地书》创作中"去言情化"措施、原信中的"隐私"情况及《两地书》创作中"去隐私化"处理,以及鲁迅所谓"尖刻"的性格内因及创作中"礼貌化"修正等,彰显鲁迅在文艺战线长期秉持的韧战思想,以及在婚恋方面与旧时代和旧社会不懈抗争的坚定姿态。本书注意史料钩沉,纵横比较,将专业性研讨与多角度审视有效结合,以期在多学科交叉中创生新质。

本书适用于从事鲁迅研究的教师或者攻读现代文学的研究生,也适合出版学、传播学、写作学等专业的研究人员阅读。对于希望了解作家创作历程、提高自身写作能力的读者而言,本书也可作为强化文学素养的有益读本。

图书在版编目(CIP)数据

《两地书》原信与初版本比较研究/韩雪松著. —哈尔滨:哈尔滨工业大学出版社,2024.6
ISBN 978-7-5767-1451-7

Ⅰ.①两… Ⅱ.①韩… Ⅲ.①鲁迅书简—研究 Ⅳ.①I210.7

中国国家版本馆 CIP 数据核字(2024)第106427号

策划编辑　刘　瑶
责任编辑　刘　瑶
出版发行　哈尔滨工业大学出版社
社　　址　哈尔滨市南岗区复华四道街10号　邮编150006
传　　真　0451-86414749
网　　址　http://hitpress.hit.edu.cn
印　　刷　哈尔滨久利印刷有限公司
开　　本　787毫米×960毫米　1/16　印张11.75　字数192千字
版　　次　2024年6月第1版　2024年6月第1次印刷
书　　号　ISBN 978-7-5767-1451-7
定　　价　79.00元

(如因印装质量问题影响阅读,我社负责调换)

前　　言

鲁迅和许广平往来的原信与《两地书》性质不同,二者不能等量齐观或相互替代。原信是鲁许二人分散完成、各自署名的应用文,不是二人的合作作品。1933年4月出版的《两地书》不是一部真正的书信集,而是一部以鲁许往来原信为素材创作而成的书信体文学作品,它具有完整性,不可拆分。《两地书》的作者是鲁迅和许广平,而非鲁迅一人;但是许广平在《两地书》创作过程中主要从事素材提供、书稿誊抄、后期校阅等辅助性工作,没有居于执笔撰写的主导角色,并不负责《两地书》体例的编排和原信的删改。

第一章主要阐述鲁迅青年观的演变及其对《两地书》创作的影响。鲁迅一贯无私地爱护和帮助青年,勤于奖掖,甘于牺牲,但其1926年至1927年致许广平的原信中,却存有大量对青年进行批判和贬斥的语句。这些语句在写进《两地书》时几乎都被扩增和强化,其批评的程度加剧,披露的细节更多,谴责的语气变强。此种变化一方面在于鲁迅"进化论"观念的所谓"轰毁",鲁迅写原信时并没有对青年"无条件地敬畏",创作《两地书》时更已不再秉持"幼者本位"的思想,不再坚信"青年必胜于老年",他对青年群体已能辩证分析、区别对待。另一方面,鲁迅于20世纪30年代初笃信"梯子之论",以被踩踏、被利用、被抛弃的梯子自比,对青年群体逐渐抱有私心重、城府深的负面印象。鲁迅执笔撰写《两地书》手稿的起始时间大致是1932年9月下旬,而完成时间为1933年1月中旬,因此上述青年观恰使鲁迅在《两地书》创作中论及青年问题时心存芥蒂且下笔颇重。

第二章主要阐述原信中的"言情"内质及《两地书》创作中的"去言情化"处理。鲁迅反对"肉麻",此词在鲁迅话语中不仅指男女之间轻佻的狎昵,也指对权贵的逢迎和矫饰,前者针对两性关系,后者涉及真伪之别。鲁许往来原信并不"肉麻",但是具有"言情"的性质,是他们爱情发展的见证和传情达意的载体。"言情"本是健康的、可取的,但鲁迅在《两地书》创作中不仅摒除了"肉麻",也极大遮蔽了"言情"成分,原信里讲"情话"段落和表"情韵"的语句被大删大改,读者无法由初版本窥见原信"言情"的本真面目。对原信进行"去言情化"操作而不延续原信的"言情"面貌,可能缘于鲁迅对自己婚姻特殊状态的顾虑,名存实亡的旧婚姻使其对公开与许"言情"心存忌惮;而且鲁迅对《两地书》在图书市场的销售前景或有自信,他不炮制鼓动市场的卖点,也不营造取悦读者的噱头,而是在书中平实地叙写两人一起经受的境遇和共同领悟的事理。原信中,鲁迅示爱的方式委婉,措辞含蓄,而许广平的"言情"则较为明快,表意直截,但这些"言情"内容在初版本中都被大幅删改,使《两地书》显得重于叙事论理,而力避说爱谈情。本章通过原信与初版本的对读,阐释原信中鲁迅和许广平"言情"的方式及其在初版本中的改易,并总结原信中称谓语在初版本的变更趋向,以探究《两地书》创作"去言情化"的动因和效果。

第三章主要阐述原信中的"隐私"情况及《两地书》创作中的"去隐私化"处理。隐私是指存在于私人生活空间的隐秘的事务、活动以及相关信息,是人类的一种生存特性,在鲁许原信中也大量存在。隐私是相对的,同一件事随披露对象和发布时间的变化就可能会有从隐私到非隐私的转换。鲁迅和许广平原信是在私密环境下往来收发的,彼此互信,坦诚相待,许多事项于他们而言并非隐私,但若写进《两地书》刊行于世则转换为隐私。《两地书》由私人书信加工创作而成,其读者从特定的少数人转换到不特定的多数人,鲁迅必然要对原信的隐私性语句进行严格的过滤加工,以保证写进《两地书》的内容不干扰亲友生活、不损害二人形象、不徒增人际纠葛。但鲁迅对原信隐私内容的处理方式不是单一的,不仅有对林语堂等人私密信息的大幅删改,也有对鲁迅自己便溺细节的留存,甚至还有对韦素园私密情史的扩增描述,本章对此书创作中删改、留存、扩增这三种处理方式进行了例释。此外,许广平在原信中记录见闻、倾诉心曲,其中含有涉及隐私的诸多细节。《两地书》创作中不仅弱化了许广平与亲戚本家的亲族矛盾,还删去了她关涉政治的敏感词句,并将其职场和生活中的某些隐私内容进行了模糊处理。鲁迅力图通过对隐私部分的文字加工来优化许广平的个人形象,在《两地书》读者面前对她的言行和思想进行了善意的维护或重塑。

第四章主要讨论了鲁迅"尖刻"及"刻毒"的内因,以及创作中针对原信所做的"礼貌化"处理。虽然鲁迅自称"我的笔要算较为尖刻的",但其"尖刻"乃是求真,以免于"陷入瞒和骗的大泽"。鲁迅疾恶,但他能"略小节而取其大",因时因事,明辨利害,差别对待。鲁迅在原信里向许广平描述了颇为颓败的厦门大学图景,其中对厦门大学、厦大校长、厦大教员多有批评或谴责,但在《两地书》创作中却能够加以"礼貌化"改写,隐去贬斥的原貌。《两地书》"礼貌化"处理有地域、阶层和年龄三个维度,在地域维度,鲁迅对原信中涉及地域褒贬的言论大加删改,没有在初版本中对无锡、厦门、山西、江苏等地抱有特别的歧见;在阶层维度,对原信所涉底层工役的词句深度改写,实现了从"仆人"到"工人"的转换,在初版本中摒除了原称谓的尊卑意味;在年龄维度,原信对青年多有斥责,称为"少爷",但初版本中则加以"礼貌化"处理,大量隐去。但是,鲁迅对原信负面评价的处理并非只有"礼貌化"一途,而是采用"礼貌"与"尖刻"并用的态度,对不同群体差别化对待,例如对原信里涉及林语堂的批评语句大为删改,在《两地书》中净化了他的形象;而对原信所涉顾颉刚等人的批评则反而强化,不减"尖刻"的笔力。

限于作者水平,书中疏漏之处在所难免,恳请专家、学者批评指正。

作　者
2024 年 4 月

目　　录

绪论 ·· 1
　一、《两地书》及相关原信的出版综述 ································· 1
　二、《两地书》在现代书信体文学中的定位 ··························· 6
　三、原信和《两地书》的文体问题 ······································ 15
　四、原信和《两地书》的作者问题 ······································ 22

第一章　鲁迅青年观的演变及其对《两地书》创作的影响 ········· 27
　第一节　"许广平之争"对《两地书》原信的有限影响 ·········· 27
　第二节　由原信考察鲁迅进化论"轰毁"的原因 ················· 33
　第三节　"梯子"之论与20世纪30年代初鲁迅的青年观 ········ 37
　第四节　鲁迅的青年观对《两地书》创作的影响 ················· 45

第二章　《两地书》针对原信的"去言情化"处理 ····················· 54
　第一节　"肉麻"与《两地书》的"去言情化" ······················ 54
　　一、"肉麻"的含义及其与"言情"的差异 ······················· 54
　　二、《两地书》"去言情化"的原因与动机 ······················· 58
　第二节　"言情"的尺度：鲁迅的含蓄与许广平的热烈 ·········· 63
　　一、鲁迅的含蓄传情及其在初版本中的改写 ··················· 63
　　二、许广平的热烈示爱及其在初版本中的改写 ··············· 66
　第三节　"言情"的消隐：初版本与原信首末称谓语的差异 ····· 69
　　一、初版本第一集首末称谓语与原信的比较 ················· 69
　　二、初版本第二集首末称谓语与原信的比较 ················· 70
　　三、初版本第三集首末称谓语与原信的比较 ················· 71
　第四节　"言情"的遮蔽：初版本与原信在正文中的称谓变动 ··· 72
　　一、"孩子"及"傻孩子"的称谓变动 ······························ 73

二、"乖弟弟"及"嫩弟弟"的称谓变动 …………………………… 75
三、"小刺猬"的称谓变动 …………………………………………… 76
四、"乖姑"的称谓变动 ……………………………………………… 79
五、"小白象"的称谓变动 …………………………………………… 80

第三章 《两地书》针对原信的"去隐私化"处理 …………………… 83

第一节 隐私的相对性和《两地书》的"去隐私化"内因 ………… 83
第二节 书信的著述化和《两地书》的"去隐私化"必然 ………… 88
第三节 对原信所涉隐私的三种处置路径 …………………………… 92
一、对原信隐私内容的删改操作——以林语堂隐私为例 ……… 92
二、对原信隐私内容的留存操作——以鲁迅隐私为例 ………… 95
三、对原信隐私内容的扩增操作——以韦素园隐私为例 ……… 96
第四节 对原信所涉许广平隐私的删改处理 ………………………… 98
一、对许广平亲族隐私的删改 …………………………………… 98
二、对许广平职场隐私的删改 …………………………………… 101
三、对许广平生活隐私的删改 …………………………………… 102

第四章 《两地书》针对原信的"礼貌化"处理 ……………………… 108

第一节 "尖刻""刻毒"和鲁迅的"礼貌化"自觉 ………………… 108
一、"尖刻""刻毒"与鲁迅的精神脸谱 ………………………… 108
二、礼貌原则与《两地书》创作的"礼貌化"自觉 …………… 110
第二节 鲁迅原信中的厦大景象及其"礼貌化" …………………… 114
一、对厦大的批判及初版本中的"礼貌化"转换 ……………… 114
二、对校长的批判及初版本中的"礼貌化"转换 ……………… 115
三、对同事的批判及初版本中的"礼貌化"转换 ……………… 116
第三节 《两地书》创作中"礼貌化"的三个维度 ………………… 118
一、地域维度:地域歧见的"礼貌化"处理 …………………… 118
二、阶层维度:校工称谓的"礼貌化"处理 …………………… 121
三、年龄维度:青年议题的"礼貌化"处理 …………………… 123
第四节 "礼貌"与"尖刻":原信负面评价的处理姿态 ………… 128
一、对林语堂负面评价的处理:"礼貌化" …………………… 128
二、对孙伏园负面评价的处理:"礼貌"和"尖刻" …………… 129

三、对顾颉刚负面评价的处理:"尖刻" …………………………… 133
结论 …………………………………………………………………… 136
附录 …………………………………………………………………… 149
　　附录1　鲁许往来原信与《两地书》主要版本之篇目页码对照表 …… 149
　　附录2　《两地书》相关原信与初版通信之首末称谓对照表 ……… 157
参考文献 ……………………………………………………………… 169

绪 论

一、《两地书》及相关原信的出版综述

《两地书》所载"鲁迅与景宋的通信"并非鲁迅与许广平的真实私信,而是以原信为素材创作而成的文学作品。本书将对《两地书》的初版本与其对应的原信进行比较研究,其中"初版本"指的是《两地书》问世时的初始版本,以上海青光书局1933年4月出版的《两地书》为基础研究材料;"原信"指的是鲁迅与许广平在1925至1929年间往来的真实私信,以中国青年出版社2005年1月出版的《两地书·原信:鲁迅与许广平往来书信集》为主要研究材料。下面介绍《两地书》自问世以来的诸种版本,并对相关原信、真迹、译本等出版物的刊印情况进行概要说明。

第一,《两地书》的初版本及新中国成立后的几个版本。《两地书》最初由青光书局于1933年4月在上海出版,但实际出版者是北新书局,青光书局为其化名。该版《两地书》的版权页,左上角标明"一九三三年一月付排"和"一九三三年四月初版",中上方有"版权所有"字样并贴印花(长方形,中间盖有红色椭圆形印章,内刻篆书阴文"广平"二字),中下方大字注明"著作者:鲁迅,景宋""发行者:青光书局"以及"经售处:北新书局分局"。该书备受读者欢迎,两个月后即再版。鲁迅在世时此书共印行了四个版次,分别是1933年4月的第一版、1933年6月的第二版、1934年2月的第三版、1935年9月的第四版。至1937年3月印行第五版时,改称北新书局出版。1933年4月青光书局所出版本通常被称为《两地书》的"初版本"。

新中国成立后,人民文学出版社曾出版多个版本的《两地书》。该社于1952年11月出版的《两地书》为三十二开本,版权页正上方标明"根据鲁迅全集出版社《鲁迅全集》单行本纸版重印",下方标明"著者:鲁迅 景宋""编者:鲁迅先生纪念委员会""出版者:人民文学出版社"以及"发行者:中国图书发行公司"等,右下角标明

"一九五二年十一月北京重印第一版"。该版《两地书》封面注明"鲁迅与景宋的通信",正上方显著位置印"两地书"三个黑色繁体美术字,外观设计与1933年上海青光书局初版本的外观非常近似,只不过将封面黑框内的"上海青光书局印行"换成了"人民文学出版社"。而后,人民文学出版社于1959年8月出版《两地书》注释本,正文及注释共288页,出版时曾依照鲁迅的手书本和初版本做了校勘。封面为全新设计,上方中央置一圆形鲁迅正面浮雕像,下方分别印有"鲁迅"和"两地书"字样,没有景宋(或许广平)的名字。版权页标明"1959年8月北京第1版",印数为1万册,新华书店发行,作者信息未注明。此外,人民文学出版社于1973年9月出版的《两地书》,系据1938年《鲁迅全集》单行本重印。① 该版《两地书》版权页并未标注作者信息,只标示了出版、发行和印刷机构的名称。封面左上方为银色的鲁迅侧身像,中下方印有绿色的"两地书"简体书名。封面和扉页所标的作者仅为"鲁迅"一人,书脊所印书名为"鲁迅:两地书",都无"许广平"字样。该版书的传播范围广,发行量很大,至1974年于湖南第一次印刷时,印量已经达到7万册。人民文学出版社还于2006年12月出版了修订版的《两地书》,属鲁迅作品单行本系列之一,仍为32开本,版权页和扉页都注明"鲁迅 景宋 著",收信仍为135封,印量不多,影响有限。

第二,收录《两地书》的《鲁迅全集》的主要版本。鲁迅著作的出版历程中有四种重要的"鲁迅全集"版本,包括上海复社在1938年出版的二十卷本《鲁迅全集》(具体分甲种纪念本、乙种纪念本、丙种平装本三种),以及人民文学出版社在1958年出版的附有注释的十卷本《鲁迅全集》,人民文学出版社在1981年出版的极具权威性的十六卷本《鲁迅全集》,此外,人民文学出版社在2005年11月出版的新版《鲁迅全集》(共有创作十卷、书信四卷、日记三卷、索引一卷)。这四个"鲁迅全集"版本均完整地收录了《两地书》。

第三,与《两地书》相关的几种原信出版物。鲁迅和许广平间的私人通信数量较多,往来较频,不仅包括与《两地书》相对应的原信(通信时间为1925年3月至7月、1926年9月至次年1月以及1929年5月至6月),还包括《两地书》出版后鲁迅由上海北上探母的1932年11月中下旬的原信;不仅包括鲁迅写给许广平的78封

---

① 周国伟.鲁迅著译版本研究编目[M].上海:上海文艺出版社,1996:190.

信,还包括许广平写给鲁迅的86封信。由河北人民出版社1980年1月出版的《鲁迅致许广平书简》一书,就没有整体收录鲁许二人的全部往来原信,而是只录入了鲁迅致许广平的78封原信,但不限于和《两地书》对应的鲁迅致许广平的67封半原信。该书由鲁迅博物馆鲁迅研究室编,不是手稿影印本,而是铅字排印本,但是全部依照鲁迅致许广平原信的手迹录出排印,原信若有画图就按原图绘制。此外,编者还对书信做了简单注释。

湖南人民出版社在1984年6月出版的《鲁迅景宋通信集——〈两地书〉的原信》,由周海婴在王得后的协助下编辑而成,收录了鲁许二人自1925年3月至1932年11月互通的信札共164封,1984年6月于长沙第一版第一次印刷,印数为1.1万余册。这本书虽然自称为"《两地书》的原信",但是除收录与《两地书》对应的大量原信之外,还收录了鲁迅和许广平在1932年11月往来的原始信函。该书末尾有周海婴所做的《书后说明》,强调该书书稿是他严格按照复制件"一封一封地抄录下来的",而此复制件系从北京鲁迅博物馆处借得,权威可靠,在出版时"没有删去一封、一段、一字",竭力"将信稿的全貌"呈现给读者。由此可见,《鲁迅景宋通信集——〈两地书〉的原信》是一部铅字排印本,涵盖鲁许二人当时可寻的所有通信,完整地再现了原信的真实内容。

此外,2005年1月,中国青年出版社出版了《两地书·原信:鲁迅与许广平往来书信集》,作者是鲁迅、景宋,该书三十二开本,印量可观,广受欢迎。该书书末有《〈两地书·原信版〉读后记》,为王得后所写。他认为《两地书》的原信"没有全部单独出版过",而此次中国青年出版社"算是创造了一个纪录"。王得后认为这个"原信版"具有"元初的真实性",作为通信人的鲁迅和许广平可以敞开心扉,坦诚交流,畅谈无忌;更重要的是,"原信版"具有"母本"的独特地位,《两地书》正是由它派生而来。

第四,《两地书》"手书本"的排印版。所谓"手书本",是指鲁迅以毛笔在35厘米×23厘米的宣纸上工整书写的《两地书》稿本,体例与内容都和初版本基本相同,只有一些细微差异。《两地书全编》所收录、排印的不是《两地书》的初版本,而是"手书本",该书由浙江文艺出版社于1998年10月出版,属"现代经典作家诗文全编书系"之一,作者为鲁迅、景宋。《两地书全编》不是影印版,而是排印版,但编者在书页的脚注部分注明了所录"手书本"内容与初版本的差异之处,例如,第十五封信注释部分写明"欧阳兰"在初版本中作"司空蕙",第九十封信注释部分写明"再详"在初版本中写作"再谈"等。此外,这本书还有一个非常庞大的"附录",即《两地书》原信。该"附录"篇幅极长,达260余页,"附录"之后,是周海婴的"书后说明"和王得后的"校后记"。

第五,与《两地书》相关的几种真迹出版物。文物出版社在1978年至1980年先后分函出版了《鲁迅手稿全集·书信》。这套书由"鲁迅手稿全集编辑委员会"(由鲁迅博物馆和文物出版社共同组成)编辑,一共八册,收鲁迅书信手稿约1400封,其中包括鲁迅致许广平的原信共78封。这78封原信全部按写信日期的先后顺序,与鲁迅写给其他人的原信统编混排在一起,并未集中单列。此外,《两地书真迹(原信 手稿)》由上海古籍出版社于1996年出版,一套二册,外有函套,大十六开本。这套书一册是鲁许往来原信的真迹,另一册是创作《两地书》时鲁迅的手稿,通过扫描和影印技术原貌呈现于读者面前,读者能看到原信"有直写的、横写的",也有用"毛笔写或钢笔写的",还有一部分更是"嫌文字之表达不足画上图"。① 此外,在《两地书真迹(原信 手稿)》目录中,所有《两地书》之外的鲁许通信都标注了一个"外"字,并另行编号,颇受研究者欢迎。再者,人民文学出版社于2014年1月出版了十五卷本《鲁迅手稿丛编》,装帧考究,印制精良,其中第四卷所录为《两地书》手稿,但只收录鲁迅致许广平的通信,而删去许广平致鲁迅的所有通信,空缺处均注以"此处原非鲁迅作品,故删去"的字样。责任编辑王培元先生在《编印鲁迅手稿何罪之有》一文中认为,《鲁迅手稿丛编》乃"以辑录鲁迅作品手迹为目的",因此舍弃"非鲁迅作品"是再正常不过的事。他强调:"鲁迅手稿"之外鲁迅对别人文字的抄写稿,不在编印出版范围之内。② 其实,《两地书》不等同于鲁许往来原信,不宜认为书中景宋致鲁迅的通信"原非鲁迅作品",而应视为《两地书》这部完整作品不可拆分的一部分。

第六,东北沦陷区出版的《两地书》。东北沦陷区出版的《两地书》应为盗版,由

---

① 倪墨炎.论《两地书》的成书与出版[J].鲁迅研究月刊,2006(10):43-47.
② 王培元.编印鲁迅手稿何罪之有[OL]. http://cul.qq.com/a/20151030/020000.htm,2015—10—30.

奉天艺光书店于1942年6月出版,全书175页,三十二开本,编辑兼发行人是石成斌。① 该书封面构图仿照青光书局《两地书》封面,除"上海青光书局印行"改为"奉天艺光书店发行"外,其他部分并无改动。版权页印有"康德九年五月廿日印刷"以及"康德九年六月廿日发行"字样。另外,该书印刷机构为"关东印书馆株式会社",发行机构为"艺光书店",地址为"奉天市沈阳区一德街四段八八号"。

第七,《两地书》的日文版。1956年东京岩波书店出版的《鲁迅选集》收入了《两地书》,其中第三卷收《两地书》第一集,第四卷收《两地书》第二、三集,竹内好和松枝茂夫合作负责《两地书》的翻译工作,竹内好翻译鲁迅致许广平的信,松枝茂夫翻译许广平致鲁迅的信。竹内好(1908—1977),日本文学评论家,中国文学研究专家,著有《鲁迅》《鲁迅入门》《新编鲁迅杂记》等;松枝茂夫(1905—1995),日本著名的汉学家、翻译家,主要译作有《聊斋志异》《红楼梦》等。② 竹内好认为《两地书》是一部很优秀的作品,他晚年曾计划由自己单独重译《两地书》,遗憾的是还没来得及着手就一病不起。③ 1978年4月,日本东京筑摩书房出版了日文版的单行本《两地书》,竹内好、松枝茂夫合译。该版《两地书》作为"筑摩丛书"之一发行,发行人为冈山猛。该书封面在译者"竹内好·松枝茂夫"上方标有"鲁迅·许广平"字样,以鲁迅、许广平为原著者。扉页附有鲁迅1927年1月2日在厦门所摄照片,内页正文版式为由右向左竖排。版权页标有"译者""发行者"和"发行所"等信息,但未标原著者。

第八,《两地书》的英文版。外文出版社于2000年出版了杜博妮(Bonnie S. McDougall)所译的《两地书》英文版(Letters Between Two: Correspondence between Lu Xun and Xu Guangping)。杜博妮是著名汉学家、翻译家,她于1980年受外文出版社之请,接受《两地书》的英译任务。但因其他繁重的翻译任务的冲击,《两地书》的翻译工作自1981年3月起陷入停滞状态。后来,杜博妮以人民文学出版社1981年版《鲁迅全集·两地书》为蓝本,历时近20年,最终于2000年完成135封信的全部译稿,并增加了"前言"和包括信函列表、典故和词汇表的"附录"部分,

---

① 李凤吾,刘中树.鲁迅著作和鲁迅研究在东北[J].吉林大学社会科学学报,1980,20(1):89-90.

② 刘中树.《鲁迅与日本文学》述要[J].吉林大学社会科学学报,1986,26(5):89-90.

③ 靳丛林.竹内好的鲁迅研究[M].北京:北京大学出版社,2012,161.

向英文读者介绍20世纪20年代中国的生活境况、社会背景以及人物典故等,帮助读者把三部分通信内容贯通把握、整体理解。杜博妮的译法延续了外文出版社一贯的传统,力求忠实于《两地书》原文,并尽量保持原文的风格与情调。①

此外,1980年11月12日唐弢先生曾写过一篇《英译本〈两地书〉序》,载于《唐弢近作》②,以文章内容推断,此序系唐弢为英译本《两地书》所作,但序中并未说明该《两地书》英译版的译者、出版机构、出版时间,图书市场上也未见1980年后出版的英译版《两地书》。根据《文汇读书周报》第1636号所载的《鲁迅作品英译本一览》(载于2016年10月17日第三版),1980年至1982年公开出版的鲁迅译作只有杨宪益、戴乃迭所译《呐喊》《彷徨》《鲁迅小说全编:呐喊,彷徨》以及詹纳(W. J. F. Jenner)所译《鲁迅诗选》,并无《两地书》。况且,整个《鲁迅作品英译本一览》(1926年至2014年)中与《两地书》有关的只有杜博妮译的《两地书:鲁迅与许广平往来书信集》一部,并无《两地书》的其他译本。值得注意的是,杜博妮是在1980年受外文出版社之请开始《两地书》英译工作的,她预计译成的时间和唐弢作序的时间大致吻合。因此,我们推断唐弢1980年为之作序的"英译本《两地书》"即是2000年出版的杜博妮所译《两地书》,只不过该译本屡经停滞,在唐弢的序言写好20年后才最终出版。

二、《两地书》在现代书信体文学中的定位

1933年4月出版的《两地书》既不是民国时期最早出现的普通书信集,也不是最早的情书集,更不是最早的书信体小说或书信体散文。我们高度认可《两地书》的情感内蕴、思想价值和文献意义,认为它是中国现代最优秀的书信体文学作品之一,但是不能高估它在中国现代文学发展中的开创性。事实上,在20世纪二三十年代书信类作品的出版潮流中,《两地书》没有开山之功,只是普通的一部作品。

就普通书信集而论,民国时期最早出现的一部普通书信集是《三叶集》,而非《两地书》。《三叶集》由上海亚东图书馆于1920年5月出第一版,作者为"田寿昌 宗白华 郭沫若"(田寿昌即田汉),共收录三位作者于1920年1月至3月间的书信

---

① 曾文华.称谓情感的二度隐退:《两地书》的编辑与英译[J].北京社会科学,2016(6):55-62.

② 唐弢.唐弢近作[M].成都:四川人民出版社,1982:270-275.

共20封(其中田汉五封、宗白华八封,郭沫若七封),卷首还有三位作者所写的"序"各一篇。《三叶集》的确是由三人往来信札汇集而成的,原信经田汉整理之后寄给宗白华,宗白华又进行了一些补充,是中国第一本现代作家的书信专集。田汉在其所做的序中介绍了成书的经过,自谓"'Kleeblatt'(原指一种三叶蠹生的植物,象征三人的友情,引者注)是白华,沫若和我三人的通信集拢来的",三人在写信之初"原不曾有意发表出来",而现今由自己发起,将这些信札拢为一集并刊印于世。这说明《三叶集》确系三人私信汇集而成,并非源自虚构。① 该书讨论的问题范围较宽,不仅针对歌德的文学问题,还包括诗歌与戏曲,以及婚姻与恋爱、宇宙观与人生观等,可谓见解精到、感情热烈、文笔洒脱。《三叶集》颇为畅销,到1941年5月已印至第十五版;另据汪原放在《亚东图书馆与陈独秀》文中提供的数据,到1953年"亚东图书馆"结束为止,《三叶集》一共发行了22 950册。发行广远,影响巨大,很难说此书在《两地书》出版之前从没进入鲁迅的阅读视野。

较早的普通书信集还有《知行书信》。《知行书信》由陶知行(即教育家陶行知)著,亚东图书馆于1929年1月出版,比《两地书》的初版早了四年多。该书采用右翻竖排版式,全书260余页,并无序跋。《知行书信》收录写给亲友的92封书信,其中蕴含着科学新颖的教育观念,着眼现实,影响深远。例如在致石民佣等的复信中,陶知行痛陈"师范教育可以兴邦,也可以促国之亡",因为当时很多师范学校"只是在那儿教洋八股",空洞地"制造书呆子",长此以往则"书呆子的种子布满全国",他主张要群策群力"摸出一条生路来"。该书信集语言浅显易懂,近乎白话且饶有"童趣",颇受读者欢迎,1934年9月出第五版,1940年12月已出至第七版。实际上,安徽人民出版社于1981年10月出版的《行知书信集》,就是以1929年亚东版《行知书信》为参考。

就情书集方面而论,民国时期最早出现的一部情书集是《荷心》,而非《两地书》。《荷心》由朱谦之和杨没累二人合著,系"新中国丛书"九种图书之一,上海新中国丛书社1924年5月出第一版。朱谦之是福建福州人,字情牵,毕业于北京大学哲学系,著名哲学家、东方学家、文化学家;杨没累是湖南湘乡人,五四时期女作家,曾与丁玲在周南女中同窗。二人自1923年春开始通信,此书即是朱谦之和杨

---

① 钱海骅,牛运清.中国现代书信名作评赏[M].济南:山东人民出版社,1998:65.

没累的情书集。全书共86页,右翻竖排,封面有醒目的"爱情书信集"字样,书前有朱枕薪题写的诗:"天上二只双飞的小鸟的共鸣,唤醒了人间种种虚幻的迷梦。"①《荷心》充分展现了朱谦之和杨没累的"纯爱之恋",朱在信中往往称呼杨"没累我亲爱的",落款为"你的谦之",而杨致朱的信中也称对方为"谦之我亲爱的",而以"爱你的人没累"落款。在信中,朱杨二人钩织着情感世界的雅洁图景,杨没累在情书中就曾期许他们"一块儿研究学问",能够一起"唱和那清妙的诗词",可以畅快地"同奏那和谐婉脆的音乐"……但是,缺乏物质基础的情感生活终究脆弱,杨没累于1928年4月因病去世,时年三十一岁。

有学者认为《云鸥情书集》是民国时期最早出现的情书集,这是不够准确的,因为《荷心》的初版要比它早近七年时间。《云鸥情书集》由庐隐、李唯建合著,上海神州国光社于1931年2月出第一版,内收庐隐、李唯建通信86封。② 庐隐与李唯建于1928年3月相识,并于1930年结为伉俪,《云鸥情书集》所录86封通信完整地记录了庐隐与李唯建由相识、相知至相爱的整个历程。此书收录庐隐致李唯建的情书29封,李唯建致庐隐的情书39封,因在通信中李唯建自称"异云"而庐隐署名"冷鸥",所以书名定为《云鸥情书集》。庐隐说所载书信"没有一个字"是人为造作而来的,意在强调情书的真实。庐隐的好友王礼锡在《云鸥情书集》序言中,称赞这些情书是由"光荣的血所染成",其中既有"真正的做人的态度",也有"真正的热情"和"丰富的想象"。③ 此书颇受读者青睐,至1932年10月已经出至第四版。可以说,鲁迅筹划和编写《两地书》书稿的几个月正是《云鸥情书集》热卖的时期,不排除这本书在选题和行销上的成功给了鲁迅一定的启发。

就书信体小说方面而论,民国时期最早出现的一部书信体小说是《冥鸿》,而不是《两地书》。《冥鸿》出版于1915年,作者是包笑天,该书由"未亡人"写给"亡夫"的11封书信连缀而成,写的是名为大哀的青年在辛亥革命中慨然"撒血救国",壮烈牺牲,他的妻子遵从大哀从军时"每星期必以书报我"的嘱托,"每星期必作一书,焚化于炉中"。《冥鸿》是民国建立后第一部严格意义上的书信体小说,陈平原先生将其视为"书信真正进入中国小说形式"的一种重要标志。

---

① 张泽贤.民国书信版本经眼录[M].上海:上海远东出版社,2009:156.
② 俞元桂.中国现代文学总书目:散文卷[M].北京:知识产权出版社,2010:48.
③ 庐隐.庐隐自传[M].昆明:云南人民出版社,2011:146.

对鲁迅创作《两地书》产生潜在影响的书信体小说是《落叶》。该书由郭沫若著,创造社出版部于1926年4月1日出第一版。①《落叶》采用了独特的双层叙事结构,以主人公洪师武的朋友作为外部叙事者,而内部嵌套的41封情书则改用限制第一人称展开叙述。书中的菊子是东京医院的一位看护妇,与来医院看护同学的留学生洪师武产生了爱情,她不顾父亲的威吓,"苦闷着挣扎着要造出我的位置和未来"。《落叶》自称对菊子的情书一字不易,不加删改,这容易使读者以为此书是一部日本女子写给异地情人的书信集。但是《落叶》并不是一部真正的书信集,而是一部小说。而且,作品中的洪师武有郭沫若的影子,而菊子有安娜(佐藤富子)的影子,所以《落叶》可视为一部"自叙传"小说。其实,徐志摩就是拿郭沫若这部《落叶》当小说看待的。当时,徐志摩出版的一本散文集名字也是《落叶》,由北新书局于1926年6月出版。出版前,徐志摩发现"郭沫若君印了一部小说也叫《落叶》",他本想因此而更换书名,但转念觉得书籍同名"也是常有的事",更何况"此书与郭书性质完全异样",就未加改换。② 可见,在徐志摩的眼里,郭沫若的《落叶》就是一部小说。《落叶》的问世距离《两地书》初版有七年时间,鲁迅是有机会接触到这部作品并受其影响的。

就书信体散文方面而论,民国时期最早出现的一部书信体散文是《寄小读者》,而不是《两地书》。冰心的《寄小读者》由北新书局于1926年5月出第一版,收录了作者1923年至1926年在北京、上海、美国等地写成的文艺通讯27篇,主要记述了赴美途中的所见所闻和在海外的所思所感,同时抒发对祖国、对故乡、对家人的热爱和思念,也抒写了她对劳苦人民的同情以及对人与人之间真诚关系的赞叹。③ 冰心用通讯的形式,采取和小朋友亲切谈天的语气,赞美自然,讴歌母爱,文笔清丽,行文优雅,"爱的哲学"充分彰显,童心稚趣跃然纸上。应该注意到,冰心的这些通讯当时是陆续刊登在北京《晨报副刊》中"儿童世界"栏目上的,后来才结集由北

---

① 笔者见到上海创造社出版部1927年6月出版的第五版《落叶》,其正文之前的一页印有该书历来的版次明细,即:1926年2月1日付排,1926年4月1日出版(1~2 000册),1926年6月1日再版(2 001~3 000册),1926年9月1日三版(3 001~4 000册),1926年11月20日四版(4 001~5 000册),1927年6月1日五版(5 001~7 000册),证明《落叶》的初版时间是1926年4月1日。
② 徐志摩. 落叶·秋[M]. 沈阳:万卷出版公司,2015:4.
③ 刘中树. 刘中树文学评论集[M]. 长春:吉林出版集团有限责任公司,2008:178.

新书局出版。由此可见,《寄小读者》的读者并不是某一个确定的人,而是一个不确定的庞大的儿童群体,书中的文章也并不是真正的私信,而是公开发表的书信体散文。张永健等所编《中外散文辞典》在"书信体散文"词条中,就列举《寄小读者》为书信体散文的一种,认为"司马迁《报任安书》、林觉民《与妻绝笔书》、冰心《寄小读者》等,都是著名的书信体散文"①,是比较正确的见解。

较早的书信体散文作品还有《给青年的十二封信》。此书由朱光潜著,开明书店于1929年3月出第一版,比《两地书》的初版本早了四年。书前有夏丏尊在1929年1月写于白马湖的"序",夏丏尊认为书中各信能够以广大青年"正在关心"或者"应该关心"的事项为主题,可以循循善诱而提出忠告,规劝青年"眼光要深沉",反对随世俗而图近利。《给青年的十二封信》全书110余页,载有12篇书信体散文,书后另附《悼夏孟刚》一文。此书所载"书信"均有独立标题,如"谈中学生与社会运动""谈情与理""谈人生与我""谈作文""谈读书"等,各篇的"抬头"均为"朋友",而"落款"均为"你的朋友孟实",可见仅是采用了书信的外在格式,并非真实的私人通信。

进而论之,在20世纪20年代流行于图书市场的各类书信相关出版物中,哪种对《两地书》的立意与出版产生较大影响?影响较深的应是《情书一束》。《情书一束》是章衣萍的第一部短篇小说集,1925年6月由北新书局出第一版②,自此畅销不衰,至1930年3月已出至第九版。第九版《情书一束》版权页印有"一九二五年六月初版 一九三〇年三月九版"以及"二万二千五百〇一至二万五千五百"字样,说明其印量已高达25 500册,印数相当可观。如此巨大的印量和如此成功的营销,很难说鲁迅会不加关注,这种出版模式无疑对因"负担亲族生活"而备感经济压力的鲁迅具有参考意义。

《情书一束》其实是八篇小说的合集,而不是一部真正的书信集,只不过书中有些小说采用了书信体而已。在内容上,《情书一束》不仅描写了普通的男女之恋,更是罕见地涉及同性恋。这部书的写作动机是什么?章衣萍在《〈情书一束〉三版序》

---

① 张永健,孙景阳,朱祖纯. 中外散文辞典[M]. 北京:中国文联出版公司,1997:1277.
② 《情书一束》由北新书局1925年6月初版,至1931年5月已出至第11版,第11版的版权页标有"一九二五年六月初版"字样。参见:张泽贤. 民国书信版本经眼录[M]. 上海:上海远东出版社,2009:296.

中说自己"居古庙而想女人",虽然是"理所不容",但无奈"情所难禁",就这样对"女人"想着、写着,最终有了《情书一束》的出版。① 可以说,这部情欲驱动写成的作品,洋溢着难以驱散的世俗趣味。章衣萍虽然在表面自认为该书"写得那样粗疏,那样琐碎,那样无聊……"(1926年5月17日致汪静之信),但实际上却自视甚高,自称若是高中生不读他的《情书一束》,则这种"中学教育可算完全失败",若是大学生而不读他的《情书一束》,则这种"虚伪的大学也该早点关门"。②《情书一束》令当时文艺界的一些人颇感不满,包括高长虹。在其《走到出版界》(上海泰东图书局1929年初版)中,高长虹自称"没有看之前,我想,衣萍的作品还不至于很坏吧",可是"终于看过了,我于是不得不说这才是一本很坏的书",而此书"很坏"的原因,是《情书一束》"清新太少"而"陈腐太多",尤其在下卷更为明显。在高长虹看来,此书的创作大有"取悦于朋友"和"取悦于读者"的心理,他甚至认为《情书一束》与《性史》都是销路极好的书",但是这种创作对作者和读者"都不是荣誉的事",③言辞虽显锋利,但不失为一种中肯的评价。

许广平是《情书一束》的读者之一,这在她给鲁迅的原信中有所记载。在1926年9月6日的信中,赴广州途中的许广平记录自己在船上的起居片段,例如在9月2日"也还食得几碗饭,也不晕船",而且"睡着看《情书一束》"。对于此书中《桃色的衣裳》这篇小说,她觉得情节离奇,即便是"世间做得到",也一定"多含勉强",而非天性所致。可见许广平不仅细读了《情书一束》,还有独到的品评。有趣的是,这一细节后来被鲁迅遮蔽了,在《两地书》初版本第37封信中,上述"看《情书一束》"的经历以及对"《桃色的衣裳》那篇"的评价都被隐去,而仅以"躺着看小说"一句略做交代。此外,许广平在9月3日看了徐祖正的《兰生弟的日记》,她表示非常"可怜兰生",但是还不至于"似《情书一束》的主人翁之被怜",又一次提及《情书一束》,可见她对此书印象之深。在9月4日,读过"陶晶孙的《盲肠炎》"后,她觉得"人家能写性",但是在表现技巧上"手腕较《情书一束》高多了",对《情书一束》中的性描写给予了负面评价。上述两句在初版本第37封信中一齐被删,毫无痕迹。

---

① 章衣萍.情书一束 情书二束[M].北京:中国广播电视出版社,1992:5.
② 瑞峰.现代名家名作系列丛书:章衣萍作品选[M].北京:中央民族大学出版社,2005:303.
③ 高长虹.走到出版界[M].太原:三晋出版社,2015:59.

章衣萍与许多文人都有交往,和鲁迅也一度走得较近。经孙伏园引见,章衣萍携女友吴曙天于1924年9月28日拜访鲁迅,自此二人开始交往。查鲁迅日记,关于章衣萍的记录近于150处,而二人仅在1925年4月的互访畅谈就达11次,可见关系之密切。但鲁迅对章衣萍也不是一直看好。在1927年1月11日的原信中,鲁迅提及他听到的关于高长虹、许广平与自己特殊关系的流言,认为此种流言早已有之,而"传播的是品青,伏园,衣萍,小峰,二太太……",章衣萍的名字赫然在列(但"衣萍"在初版本中改称"亥倩")。鲁迅因此自觉"对人则太厚道""竟从不疑及衣萍之流到我这里来是在侦探我",对章衣萍的愤懑之情溢于纸面。值得注意的是,这句话在鲁迅编写《两地书》书稿时不仅没有删掉(但"衣萍"改称"玄倩")①,还格外加了一句,即"他的目光如鼠,各处乱翻",并明确表示"我有时也有些觉得讨厌",这说明在《两地书》出版之前,鲁迅对章衣萍持有一种较为厌恶的态度。但这并不意味着鲁迅没有从章衣萍那里得到书信刊印方面的启示,因为鲁迅一向善于借鉴、长于创新,而且他对《情书一束》较为熟悉。许广平是在赴穗途中读过《情书一束》的,此书与她在船上所读《兰生弟的日记》《骆驼》《炭画》《夜哭》等书一样,大抵是从鲁迅处拿来供途中阅读消遣,所以《情书一束》基本来自鲁迅藏书。鲁迅确实知道此书并读过其第五版序言。在章衣萍为其《情书一束》第五版所写的《旧书新序》发表后,鲁迅对他在"序"中的言论颇不以为然,在1928年5月4日致章廷谦信中,他不无嘲讽地说道:"衣萍的那一篇自序,诚然有点……今天天气,哈哈哈……"②,对序文的反感可见一斑,但是也说明《情书一束》存在于鲁迅阅读视野中,并给他留下深刻印象。

　　进而论之,20世纪30年代初期的图书市场上有各类书信出版物印行传播,在《两地书》问世之前,有《恋人书简》《衣萍书信》等;在《两地书》初版本问世后,有《周作人书信》《昨夜》等,这说明此时期书信类图书的出版已经出现作者愿写、书局愿印、读者愿读的格局,印行名家书信、购读名家书信更是书商与读者共同达成的一种社会潮流。鲁迅整理旧信、创作出版《两地书》,正是对这种潮流的响应和参与。

　　一方面,在《两地书》初版问世之前,《恋人书简》作为情书集已经在出版市场激

---

① 在《两地书》第112封信中,鲁迅先后以"亥倩""玄倩"来指称章衣萍。参见:鲁迅,景宋.两地书[M].上海:青光书局,1933:223.

② 鲁迅.鲁迅全集:第十二卷[M].北京:人民文学出版社,2005:116.

起了不小的波澜。《恋人书简》是朱雯与罗洪的通信集,由上海乐华图书公司1931年9月25日出第一版,署为"王坟、罗洪合著"(王坟是朱雯的笔名),收109封。该书共印1 500册,左翻横排,版权页上有王、罗合印的版权印花章,全书158页,没有序跋。① 朱雯与罗洪在1930年因投稿而相识,到1932年结为夫妻。他们是文学创作上的知音,更相濡以沫地相伴生活了60多个春秋,风雨偕行,堪称文坛佳话。他们的恋爱,由"文学"做媒,当时两人分隔异地,朱雯在苏州,罗洪在家乡松江,他们通过书信来互诉衷肠,这也正是《恋人书简》一书100余封信的来源。书中信函所谈内容大致与文学有关,正如萧斌如先生在《恋人书简》再版前言中所说:"这本'情书'大都是谈文学,在当时很新派。"可见,"情书"的结集出版在当时已经是作家情侣寻常的做法,《两地书》的问世只是对这种出版潮流的呼应,而非开拓性的创举。

《衣萍书信》和后来的《两地书》都是由北新书局出版的。《衣萍书信》1932年5月出第一版,章衣萍著,书中收录了他写给孙伏园、胡适、林语堂等人的信,以及给其妻的总标题为"寄曙天"的一组三封信,此外还附录了一些他人的来信及复函。该书右翻竖排,全书165页,无序跋,封面以绿色作框,中间是黑底露白的章衣萍头像速写。《衣萍书信》全书共收文27篇,包括致汪静之的《捧场》、致吴曙天的《寄曙天》、致刘半农的《呼冤》、致林语堂的《关于随笔》等。但是,《衣萍书信》不是一部纯粹的新书,与光华书局在1931年7月出版的《青年集》(衣萍著)相比较,有大量重复收录的作品,仅可视为在《青年集》基础上添加了若干新作而已。此书质量平平,无法与一年后出版的《两地书》相提并论。

另一方面,在《两地书》初版问世之后,《周作人书信》《昨夜》等随之刊行。《周作人书信》由青光书局(实为北新书局)于1933年5月出第一版,于1935年2月再版。此书由周作人著,平装本,全书270余页。《周作人书信》大抵可分为"书"和"信"两部分,其中"书"这部分收录22篇(含"序"在内),如《与友人论性道德书》《一封反对新文化的信》《与友人论怀乡书》《友人论国民文学书》等;"信"这部分收录

---

① 张泽贤.中国现代文学散文版本闻见录(1921—1936)[M].上海:上海远东出版社,2009:232.

77篇,包括致俞平伯的信35封、致废名的信17封、致沈启无的信25封。① 全书"书"和"信"两部分共计收录99篇。该书"以信代序",序信是写给李小峰的,时间为1933年4月17日。周作人在序信中认为,"信"虽然并不比"书"更具价值,但是要比"书"整体显得"更老实点",因为"都是随便写的"。他觉得,与"书"比起来,"信"的篇幅很短,77篇累加起来分量也不大,可是"收集很不容易"。好在友人之中有若干"好事者"大量收藏其旧信,于是他便"借来选抄",但所选大抵不到十分之一,可见原信繁多,而选录严格。至于选信的标准,周作人自称只选那些"有点感情有点事实"并且"文句无大疵谬"的旧信,但是"办理公务"以及"雌黄人物"的信都不收录,说明其只选录私信而不录公函,以冀在书中只讨论事理而不褒贬人物。

不难发现,《两地书》和《周作人书信》是同一家书局在同一个时段内印行的选题相同的出版物。青光书局出版《两地书》的时间是1933年4月,而出版《周作人书信》的时间是同年5月,前后相差约一个月,两者可以说是同步出版。这两本书都以通信集的面目示人,而作者又是人所共知的周氏兄弟。这仅仅是种巧合吗?应该不是。同一时段密集出版鲁迅与周作人的书信集,显然在图书市场容易形成某种轰动效应,进而有利于北新书局对出版物的宣传和发行。

《昨夜》初版本的产生仅比《两地书》晚四个月。此书是白薇与杨骚的情书集,白薇、杨骚合著,1933年8月由上海南强书局出第一版,1934年3月再版。杨骚与白薇于1923年在日本相识并建立恋爱关系,1927年在国内团聚并结为伴侣,直到1933年婚姻失败,二人分手。《昨夜》辑录了他们十年间往来的部分情书,"穷"和"病"、"生"与"死"、"爱"与"不爱"是情书中频频出现的话题,两人这一时期情感的脉动与生活的光景尽显其中。《昨夜》是《两地书》出版之后最引人注目的书信集之一,而且当时出版商也以此为卖点进行广告宣传。1933年5月1日上海《出版消息》第十一期有文案云:"闻继鲁迅之《两地书》而出版之第二部情书集,为白薇与杨骚之《昨夜》""按《昨夜》为白薇女士与杨骚在热恋中之情书,现收集成十万字,不日将由南强书局出版云"②,大有《两地书》居于首席而《昨夜》位列第二的意味。这说

---

① 张泽贤.中国现代文学散文版本闻见录(1921—1936)[M].上海:上海远东出版社,2009:506.

② 中国社会科学院文学研究所鲁迅研究室.1913—1983鲁迅研究学术论著资料汇编:第1卷(1913—1983)[M].北京:中国文联出版公司,1985:790.

明,作为广义的书信出版物,《两地书》前有先例,后有来者(除前述两种外,还有青光书局 1934 年 12 月出版的《海外寄霓君》等),它的出版并非特例或独创,而是在文化市场和出版潮流中的一种跟进和创新。

三、原信和《两地书》的文体问题

鲁迅和许广平 1925 年至 1929 年往来的原信,与《两地书》性质不同,二者不能混淆,更不能相互替代。鲁许二人写给彼此的原信(即《两地书·原信:鲁迅与许广平往来书信集》所收录的 164 封书信)是应用文,不是文学作品。私人书信属于应用文,这是写作学的一个基础知识;书信这一文体已被普遍性地列入应用文写作教材之中,如同济大学出版社于 2012 年 12 月出版的《应用文写作教程》一书,就详细阐述了普通书信的概念与类别、结构与写法,再如机械工业出版社于 2009 年 1 月出版的《公文与日常应用文写作训练》,甚至辟有专章讲解"一般书信与专用书信"的文体特征与写作要点。应用文与散文、小说、诗歌等是截然相对的,它是一种实用工具,用以处理各种公私事务、传递交流信息、解决实际问题,有着实用性、真实性、针对性、时效性等特点。鲁迅和许广平往来的原信,是为处理和解决二人信息沟通的实际问题而形成的,有着特定的接受对象和强烈的实用色彩;这些原信仅可作为他们实现传情达意这一特定目标而采取的手段,不带有审美目的,理应纳入应用文。进一步而言,《鲁迅景宋通信集——〈两地书〉的原信》或者《两地书·原信:鲁迅与许广平往来书信集》都是应用文合集,不是文学作品集。同样,鲁迅和许广平当年在笺纸上写这些原信,是应用写作行为,而非文学创作行为。

上述观点可能与一些权威的声音相悖。倪墨炎先生认为,人民文学出版社在 2005 年出版新版《鲁迅全集》时,将鲁迅致许广平的原信分散地穿插在书信卷的做法是错误的,理由是"《两地书》原信本不应'粉身碎骨'地编入全集"。在《真假鲁迅辨·序》中,倪墨炎先生认为新版《鲁迅全集》书信卷的审定专家"不顾法律的规定",同时"不顾鲁迅、许广平生前的意愿和感情",甚至"不顾《两地书》版权继承人的反对",竟然最终"将它做了'粉身碎骨'的处理",令人不解。这里的"它",指的是"《两地书》原信本"。何谓"粉身"? 即"将鲁迅、许广平的信拆开,剔弃许广平的全部书信";何谓"碎骨"? 即将鲁迅致许广平的原信"逐封按时间先后分插到写给其他人的信件中";那么"粉身碎骨"的后果是什么? 即在新版《鲁迅全集》中"已无法找到世上存在过的《两地书》原信本",令人扼腕。①

倪墨炎先生的看法自然是有理有据的,但是将鲁迅致许广平的原信分散安排在《鲁迅全集》书信卷的做法,恐怕并无不妥。鲁许二人往来原信和《两地书》性质不同,二者不能模糊边界、混为一体。若是将《两地书》中鲁迅致许广平的通信逐封地按照写信时间的先后顺序"分插到写给其他人的信件中",那当然不正确,因为《两地书》是一部完整的作品,不宜做机械的拆分。但是,鲁许往来原信不是《两地书》,而是一篇篇的应用文,它们由鲁迅和许广平各自独立写作、分散完成,不具有事先商定、共同创作的特点,不存在统一的不可分的整体性。虽然鲁许往来原信的内容也是彼此关联、互有影响的,但显然都是独立撰写、各自署名的,鲁迅致许广平任意一封信的作者都是鲁迅,许广平致鲁迅任意一封信的作者都是许广平,二人的原信原本就是分散的单篇,而非合作的作品。因此,"将鲁迅、许广平的信拆开"(此处"信"指原信)的做法并无不可,因为鲁许二人往来原信本不具有不可拆分的整体性,《鲁迅全集》书信卷不该收录作者为许广平的原信;将鲁迅致许广平原信"分插到写给其他人的信件中"也没问题,因为书信卷里所录尽是写给各界人士的原信,致许广平的原信不应独享特殊。

此外,"世上存在过的《两地书》原信本"指的是什么?鲁迅主动出版的是《两地书》,而非鲁许往来原信;许广平在世时珍视的是《两地书》,也并未出版过"原信本"。也就是说,被捍卫的"《两地书》原信本"并非原信作者主动出版的,他们其实在当年也未必有这个出版意愿。事实上,所谓"《两地书》原信本"都是后人所出,最早的一部则是由湖南人民出版社在20世纪80年代出版的《鲁迅景宋通信集——〈两地书〉的原信》,具体时间是1984年6月,距许广平的逝世已16年。其实,河北人民出版社早在1980年1月就已经出版过《鲁迅致许广平书简》,这说明"将鲁迅、许广平的信拆开"同时"剔弃许广平的全部书信"的做法已早有先例,未有违规,《鲁迅全集》的编法不是首创,也并无不妥;《鲁迅景宋通信集——〈两地书〉的原信》既已出版,则此版不会短期损毁,这一"《两地书》原信本"自然不断在各地图书馆保存和流通,广为利用,那么在2005年版全集里找不到所谓"世上存在过的《两地书》原信本"也并无实质的损失,鲁许原信不整体编入《鲁迅全集》也实在符合常理。

---

① 倪墨炎.真假鲁迅辨[M].上海:上海人民出版社,2010:2.

那么,《两地书》所录"鲁迅与景宋的通信"是什么文体?这是一个较为难解的问题。我们将分两步进行讨论,第一步解决《两地书》是不是应用文集的问题,第二步讨论如果《两地书》所录"通信"不是应用文,那么它又具体属于什么文学文体。

关于第一步的问题,《两地书》所收的"通信"不是真正的私信,不是应用文,《两地书》不是应用文集。其原因主要有两点,一是《两地书》是在原信基础上删改加工而成的,范围广,幅度大,几乎是一种新的创作成果,不再以应用文的身份面世。靳丛林在《竹内好的鲁迅研究》中认为:"《两地书》中的通信,在编辑出版的时候经过了鲁迅逐篇地认真修订,从字句到内容,都和原信不尽相同,从这个意义上来说,的确可以看作是鲁迅以特殊样式创作的个人作品。"①这大抵是将《两地书》视为鲁迅创作的文学作品,说明《两地书》与原信性质迥异。

确实如此,为编写《两地书》书稿,鲁迅对二人原信进行了大范围、高频度的删改,进而实现了由应用文到文学作品的飞跃。整部《两地书》中,与原信完全一致的"通信"只有一封,即第21封信。与1925年5月17日原信相比照,第21封信的确是一字未易,这是《两地书》中绝无仅有的特例。但是《两地书》其他的130多封不仅篇章面貌和原信有较大差异,文字内容也经过了密集调整,例如初版本第77封信,与1926年11月15日的原信比,改动非常之多。原信的第二节、第四节、第十节、第十一节被删去,第十二节和第十三节合并为一节,其他节也都小有删改。再如初版本第84封信,与1926年11月27日的原信相比较,不难发现已经删去了原信的第三节、第四节、第六节、第七节(前一半)、第八节、第十节,而保留了第二节和第七节,但是也只是保留这两节的大致意思,文字几乎重新写过。此外,初版本第104封信,与1927年1月2日的原信相比,删去原信的第二节、第四节、第六节和第七节,而且其他部分也大量删改,变动颇大,几乎是大范围重写而成。这类实例数量较多,说明《两地书》其实是参照原信而另行创作的文学作品。

第二个原因是,《两地书》未能全面忠实于原信,初版本中局部的细节有虚构的成分,这就破坏了原信的历史面貌,违背了原信的真实性,不宜再认定为应用文。高起祥在《略论〈两地书〉的思想意义》一文中认为,晚年的鲁迅"明显地是把《两地书》看作和杂文集等同样重要的创作",已经"将《两地书》和杂文集等文学创作视

---

① 靳丛林.竹内好的鲁迅研究[M].北京:北京大学出版社,2012:162.

为同类",就是将《两地书》与杂文集并举,都视为文学作品,这是正确的观点。但是高起祥同时认定《两地书》"作为一部通讯体裁的文学作品"理所当然地"不含有虚构的因素",这就值得商榷。事实上,《两地书》局部虚构的例子并不罕见。例如,1926年12月27日的原信中,许广平说自己比较贪睡,"每晚十时睡到次早九时",竟会有十多个钟头,并问鲁迅:"这个懒骨头,如何处置它?"但是在初版本第106封信中,"每晚十时睡到次早九时"被改成了"自晚九点至次早十点",入睡时间较原信的提前一小时,起床时间较原信的延后一小时,与原信所述实际情况并不相符,这是不是略有虚构之嫌呢?再者,在1926年12月30日致鲁迅的原信中,许广平提起前信所述中大①附中训育员的工作机会,说"现在我没去打听,不知成否",但是觉得"训育事不能分任别事",较为被动,于是问鲁迅"如果他来聘请,是拒绝比较好些吧",说明许广平对此事的态度较为消极,倾向于拒绝中大附中的工作邀请。但是,在初版本第107封信中,这些话被改成"这回我想去打听一下,倘能设法,或者不如到那边去的好罢",变原信中的"没去打听"为"想去打听",变"拒绝比较好"为"不如到那边去的好"。这样一来,《两地书》中的许广平对去附中工作态度较为积极,具有很强的任职意向,这与原信的内容已经严重偏离,在很大程度上滑入了人为虚构的境地。因此,掺杂了虚构内容的"鲁迅与景宋的通信"绝非历史上真实的信函,而是经过创作的文学作品;《两地书》也不是真正意义上的书信集或情书集,因为此书的文体并非是应用文。

《两地书》及相关原信集的文体属性很容易令人混淆。李文兵先生在《李文兵致周海婴信》一文中认为,《两地书》应属于"编辑作品"而非"合作作品"。李文兵先生根据鲁迅在《两地书》"序言"中"我们便略照年月,将它编了起来"的陈述,认定《两地书》"是将鲁迅与许先生1925年至1929年写成的书信编排而成的",虽然鲁许二人在通信过程中彼此相关、互有影响,但是书信都是"各自独立写成"并且"各自署名"的,因此这些信"不具有事先商定共同创作的特点"②。这里,李文兵先生错将《两地书》混同于鲁许往来的原信,把作为一部文学作品的《两地书》错当成了一本应用文集。鲁迅在《两地书》"序言"中所说"在箱子底下"翻出旧信并略照年月

---

① "中大"指"中山大学"。
② 李文兵.李文兵致周海婴信:谈《两地书》是"合作作品"还是"编辑作品"[J].鲁迅研究月刊,1997(8):67.

"编了起来",只是一句讲给大众读者的表面化说辞,并不足以当真。鲁迅针对《两地书》所做的工作并非"编辑",而是"创作"。鲁许往来的原信只是《两地书》的写作素材,除了1925年5月17日许广平致鲁迅的原信外,没有哪一封是原样写入《两地书》的。从原信到初版,中间经历了复杂而辛苦的选材、裁剪、整合、删改、扩增、润饰的创作过程,最终实现了应用文到文学作品的质变。

《两地书》并非只是根据鲁许二人1925年至1929年所写原信编排而成,李文兵先生的"编排"之说用来描述鲁许原信合集倒是较为合适;而且由原始"书信编排而成"的《鲁迅景宋通信集——〈两地书〉的原信》早在1984年就出版了,其与《两地书》的区别显而易见,避免二者的混淆应该不难。此外,所谓"不具有事先商定共同创作的特点",指的也应该是鲁许往来的原信,而不应是《两地书》。显而易见,《两地书》的创作素材和《两地书》是两个不同的概念。鲁许往来的原信,由二人居于异地而分别撰写,当然不是共同创作的;但《两地书》创作于20世纪30年代初期,当时鲁许同居,朝夕共处,步调一致,创作条件充足,并非不能事先商定、共同创作,具备创作"合作作品"的基本条件。总之,《两地书》不是鲁许二人在不同时空里"独立写成"并且"各自署名"的原始信函,作为一部书信体文学作品,它绝非"编辑作品",这一点不能误判。

下面讨论第二步的问题。既然《两地书》所录"通信"不是应用文,那它具体属于什么文学文体呢?学界对此问题的看法并不一致,有学者认为是教养小说或书信体散文,也有学者认为是传记作品,现略做阐析。

日本鲁迅研究专家竹内好认为,《两地书》所载"通信"是"书信体的教养小说"。据学者靳丛林在《竹内好的鲁迅研究》一书中介绍,虽然竹内好认为《两地书》是"原样的私信",但他还是将这本书视为一部完整的"书信体的教养小说",认为鲁迅、许广平以及《两地书》中其他人名都不是指"实名的特定者",而是可以理解为一般作品中的人物。竹内好对这部"教养小说"有很高的评价,他认为这部作品"在与社会环境的交叉之中,详细地描写某个灵魂的成长过程……是以实际存在的两个人为模特而写的教养小说",而且这部书"作为在难以生存的人世中痛苦挣扎而又毫不退缩地生存的人生记录,是让读者感动的作品",《两地书》是伟大的,但是"伟大的并不是原型,而是把它作品化了的作家的精神力量"①。应该说,将《两地书》归入"教养小说",是十分新颖而具有启发性的,但持此论断的目前仅闻竹内好一人,相关见解尚有待后继开掘。

有学者认为,《两地书》所载"通信"是书信体散文。刘锡庆教授在《当代散文创作》一文中说:"现在日记体的散文和个人书信体的散文也很少,像《两地书》这类散文很少。以前发这些东西会说是个人主义,所以这种主观色彩很浓的东西快绝迹。"②在这里,刘锡庆是将《两地书》作为稀缺的"个人书信体的散文"的范例来提出的,实际上就是以《两地书》为书信体散文的典型。持这种观点的代表性人物还有作家徐鲁。他在《享受散文的陶冶:24堂经典散文阅读课》一书中认为"优美的书信体散文,也是散文常见的一种形式",而"苏轼的《东坡尺牍》,鲁迅、景宋(许广平)的《两地书》"等作品,"都是文笔优美的书信体散文"③,将《两地书》归入"书信体散文"之列。

此外,还有一些学者认为《两地书》所载"通信"是传记作品。郭久麟在《中国二十世纪传记文学史》一书中认为,"鲁迅的《朝花夕拾》是鲁迅青少年时代的回忆录,《两地书》则是他与许广平女士的通信集",这两部书"都是优秀的传记作品"。④ 郭久麟将《朝花夕拾》和《两地书》都划入传记范围,虽有令人费解之处,但也不失为一家观点。学者叶志良也支持《两地书》属传记作品这一观点。在《现代中国传记写作的历史与叙事》一书的"书信体传记:鲁迅、景宋的《两地书》"这一节中,叶志良认为"鲁迅与景宋两个人之间的通信,成为中国现代书信体传记的典范"⑤,这就将《两地书》置于"书信体传记"中的至高位置。

《两地书》更宜被看作是书信体散文。《两地书》缺乏完整的故事情节,也未能专门刻画人物形象,所呈现的人物经历与社会景象与原信记述的事实大致相符,不应被认定为小说。至于传记,它本与散文难分彼此,很多情况下甚至以"传记散文"

---

① 靳丛林.竹内好的鲁迅研究[M].北京:北京大学出版社,2012:162.
② 刘锡庆.当代散文创作[M]//李德堂.文学的创作欣赏与研究.北京:文化艺术出版社,1986:210.
③ 徐鲁.享受散文的陶冶:24堂经典散文阅读课[M].北京:同心出版社,2015:218-219.
④ 郭久麟.中国二十世纪传记文学史[M].太原:山西人民出版社,2009:52.
⑤ 叶志良.现代中国传记写作的历史与叙事[M].北京:清华大学出版社,2012:28.

的面貌出现。韩立群在《沈从文论——中国现代文化的反思》一书中认为,沈从文的散文创作中,传记散文的成就要高于纪实性回忆散文,而且"写于1931年的《从文自传》蜚声文坛,堪称反映作者传记散文艺术成就和独立风格的代表作"①,提出了"传记散文"的概念,视传记为散文的一种。此外,郭延礼在《中国近代文学发展史(第三卷)》中认为,"在章太炎的散文中,传记散文也是一个组成部分",而且"章太炎的传记散文主要有两大类:一类是革命先烈的传记,一类是学者的传记",认为章太炎的"传记散文具有很高的史料价值和文学价值"②,这就明确地将章太炎所写的《邹容传》等传记归入散文范畴,称为"传记散文"。那么,到底何谓"传记"?《中国百科大辞典》的解释为:"传记又称传,文学中以散文记述人物一生经历的文章。"这意味着,传记是一种文学体裁,可视为散文的一种具体形态。现代的散文指除诗歌、戏剧、小说外的文学作品,包括杂文、随笔、游记、传记、回忆录、报告文学等,③所以,上文中叶志良认定《两地书》是"中国现代书信体传记的典范"的观点,也与徐鲁认定该书为"文笔优美的书信体散文"的观点并不相悖,二者有相同的文体学基础。鉴于此,虽然《两地书》不是所谓的"教养小说",也不宜被看作严格意义上的人物传记,但是认定《两地书》为优秀的书信体散文,还是颇为合理的。

鲁迅擅作散文,能够融汇和吸纳中国古代散文创作的长处,并加以提炼和创造,无论是《孟子》"宏伟奔放的气势、锋利而又幽默诙谐的辞锋"及《庄子》"汪洋恣肆的风格和新奇的修辞",还是《墨子》"透彻的议论、严密的逻辑和明快的语言",抑或"《韩非》的严峻峭刻,《史记》的雄浑雅健、逸气纵横,苏轼的明快犀利,欧阳修的喜笑怒骂皆成文章"等都为其所借鉴和融通,④这就使鲁迅的各类散文均实现了"内容的充实和技巧的上达",达到了深刻的思想内容与高超表现形式的高度统一。《两地书》作为"优美的书信体散文",体现了鲁迅一贯的思辨智慧和写作技巧,在"五四"以来书信体文学作品中居于无可替代的优势地位。

综上可知,《两地书》是一部完整的著作,是一个不可拆分的整体。这和鲁许往来的原信不同,二人的原信可以结为一集,如《鲁迅景宋通信集——〈两地书〉的原

---

① 韩立群.沈从文论:中国现代文化的反思[M].天津:天津人民出版社,1994:290.
② 郭延礼.中国近代文学发展史:第三卷[M].北京:高等教育出版社,2001:45.
③ 王书芬.经典阅读[M].济南:山东人民出版社,2016:103.
④ 刘中树.论《伪自由书》[J].吉林大学社会科学学报,1981(4):42.

信》，鲁迅或许广平所写的原信也可以单独结集出版，如《鲁迅致许广平书简》即是，分合自由，无可非议。但是，《两地书》不是一部应用文集，书中"通信"并非真正的私人信函，不应该将一部分"通信"从作品中抽离、孤立出来而单独出版，那种"擅自将《两地书》中的鲁迅书信单独抽出，编入各类书籍"的做法是非常不可取的。① 正如倪墨炎先生在《论〈两地书〉的成书与出版》文中所说，《两地书》自1933年初版本刊行之日起"就已定型"，这一著作在内容上既"不能增加"也"不能删略"，当然在此书版本上更"不能分拆"，这一观点虽在措辞略显激烈，却深刻地揭示了《两地书》作为鲁迅和许广平合作作品的完整性，显然颇具道理。

四、原信和《两地书》的作者问题

下面讨论的问题是：谁是原信的作者，以及谁是《两地书》的作者。鲁迅致许广平的原信，作者是鲁迅，许广平致鲁迅的原信，作者是许广平，这应该不存在争议。如果鲁迅或许广平的原信单独结集出版，那么作者仍旧是写信者本人，例如，河北人民出版社出版的《鲁迅致许广平书简》只收录了鲁迅致许广平的78封原信，作者就只是鲁迅。如果鲁迅和许广平的原信合为一集出版，那么作者就是鲁迅和景宋（许广平），例如中国青年出版社出版的《两地书·原信：鲁迅与许广平往来书信集》的版权页即是如此标注。许广平写给鲁迅的原信不应正式收入《鲁迅全集》中，因为那不是鲁迅所著的作品；同样，鲁迅写给许广平的原信也不应收入《许广平文集》中，道理亦然。倪墨炎先生对新版《鲁迅全集》将《两地书》原信里鲁迅的书信编进书信卷而"把原信中的许广平的书信弃之不顾"表示不解，认为这种做法"不符合我国著作权法的有关规定"②，此种观点值得商榷。实事求是地讲，鲁许往来原信不是合作创作的作品，不应该作为一个整体编入《鲁迅全集》，这和我国"著作权法"中"两人以上合作创作的作品，著作权由合作作者共同享有"的法律条款无关。许广平致鲁迅的每一封原信，都是她独立撰写、独立署名的，不是鲁迅的作品，没有编入《鲁迅全集》的必要。

至于《两地书》的作者，自然应该从《两地书》初版本的版权页做出推断。版权

---

① 王景山.王景山致周海婴信[J].鲁迅研究月刊,1997(8):70.
② 倪墨炎.论《两地书》的成书与出版[J].鲁迅研究月刊,2006(10):40-47.

页在显著位置以大字注明"著作者:鲁迅,景宋",所宣示的著作权信息是:《两地书》是鲁迅和景宋(许广平)合著的作品,许广平也是《两地书》的作者之一。青光书局(实为北新书局)在版权页做这样的标注,显然是听取了鲁迅的意见,经过鲁迅的认可。鲁迅思虑周全、办事严谨,对于书刊校改也是一贯严格认真的,在1933年4月5日致李小峰的信中,他将《两地书》校对稿的"序目"寄上,还指出第一页所标注的"上海北新书局印行"字样"与末页不同",并请李小峰酌定是否一律改为"上海青光书局印行",①这里提及的校对稿的"末页",应该就是指《两地书》初版本的版权页,因为除了封面和扉页(即"第一页"),整部书需要标注"青光书局"字样的也只有版权页。这说明,鲁迅在1933年4月校改《两地书》校对稿时,是细心地审阅过版权页的,知晓版权页所标"著作者:鲁迅,景宋"一项,而且未有任何异议。此外,在1933年6月5日致李小峰的信中,鲁迅为其后的《两地书》"印花先交半税"所开条件之首就是"另立景宋之账",而且一定要"于节边算清余款"。何来"景宋之账"?显然是鲁迅为收许广平在北新书局的版税税款而单设;那么,又何来许广平的版税?显而易见,在鲁迅与北新书局达成的合作框架里,许广平是《两地书》的作者之一,她当然要享受此书的版税收益。综上可知,由鲁迅的态度和初版本的版权页来看,鲁迅、许广平都是《两地书》的作者。

这就使《两地书》的作者问题在法律层面得以轻易解决。《中华人民共和国著作权法》第二十条已经明文规定:"在作品上署名的自然人、法人或者非法人组织为作者,且该作品上存在相应权利,但有相反证明的除外。"这表明,在没有相反证明的情况下,在作品初版原件上以作者方式署名的公民,应该被推定为该作品的作者,而许广平正是"在作品上署名的公民",理应被认定为《两地书》的作者之一。王得后先生也持此观点,在《不理解》一文中,他发现《两地书》初版版权页"不但著作者项下署名是两个作者,而且版权页所用印花,上面盖的是'广平'的印章",由此他感慨"这样铁铸的事实,这样有案可稽的历史,居然有人不承认",②对某些否认许广平著作权的观点深表不解。

我们当然依法认同《两地书》的作者是鲁迅和许广平,但我们还是要探讨,自青

---

① 鲁迅.鲁迅全集:编年版 第7卷[M].北京:人民文学出版社,2014:534.
② 王得后.不理解[J].鲁迅研究月刊,1997(8):69.

光书局于1933年4月初版以后《两地书》各版本版权页中"著作者项"标示内容的变动情况,因为这大致能反映出其后的出版者对《两地书》作者问题的态度,以及最终认定许广平为《两地书》作者的曲折过程和正确趋向。初版本将许广平列为作者,但不意味着其后的各个版本都这样做。新中国成立之前,将许广平从版权页中删掉的做法已经并不鲜见。1941年10月,鲁迅全集出版社出版了单行本的《两地书》,其封面、版式高度仿照青光书局1933年初版本,但版权页标明"原著者:鲁迅""编纂者:鲁迅先生纪念委员会"以及"中华民国三十年十月十日初版"等,这说明该社没有沿袭《两地书》初版将许广平视为作者的做法,而只认可鲁迅为此书的唯一作者。事实上,作为"编纂者"的"鲁迅先生纪念委员会"全体成员共72人,许广平位列其中。① 其实早在1940年,许广平为了生计开始以"鲁迅全集出版社"的名义正式出版发行鲁迅的著作,包括《鲁迅全集》《鲁迅三十年集》以及各种单行本,②前述《两地书》自然是所出单行本之一,这意味着该版书只以鲁迅为作者的做法,许广平是知情的,且未见异议。

鲁迅全集出版社其后所出《两地书》大抵以上例为据,所标注作者信息未见改变。1943年3月,鲁迅全集出版社出版(但版权页标为鲁迅先生纪念委员会出版)、成都复兴书局发行了新版《两地书》,该书同时也作为《鲁迅全集》单行本之一,版权页所标"著作者"为鲁迅,无许广平的名字。③ 五年后,在1948年4月,鲁迅全集出版社出版了《鲁迅三十年集》,其第26部为《两地书》。该书封面只有"两地书"三个字,扉页为白底红框红字,版权页标明"著者:鲁迅""编纂者:鲁迅先生纪念委员会"以及"中华民国三十七年四月大连初版"等,同样只将鲁迅视为《两地书》唯一作者,许广平不在其列。应该注意到,上述《两地书》各单行本基本都出于《鲁迅全集》,而全集编辑委员会由蔡元培、马裕藻、许寿裳、沈兼士、茅盾、周作人、许广平七人组成,④由此可大致推测,前述《两地书》版权页只标鲁迅为作者,是上述七人的共同意见。各种原因,难以深辨,可能有便于《两地书》扩大市场、提升销量的因素,有促使全集各册规格一致、作者统一的考量,自然也有许广平不计私誉、宽厚大度

---

① 上海鲁迅纪念馆.上海鲁迅研究(4)[M].上海:百家出版社,1991:110.
② 张泽贤.民国出版标记大观[M].上海:上海远东出版社,2008:242.
③ 周国伟.鲁迅著译版本研究编目[M].上海:上海文艺出版社,1996:191.
④ 刘运峰.鲁迅书衣百影[M].北京:人民文学出版社,2007:98.

的深因。

　　新中国成立之后,情况稍微复杂,各版《两地书》版权页信息往往不全,作者的标注也飘忽不定。人民文学出版社于1952年11月出版的《两地书》,版权页注明作者是鲁迅和景宋,认可许广平为此书作者。但是,该社1959年8月以及1973年9月出版的《两地书》,封面标明的作者是鲁迅,并无许广平,版权页也没有标注著作者信息。其中,1973年版《两地书》是新中国成立以来印制数量最多、发行面最广、影响力最大的版本,封面和扉页所标作者均只有鲁迅,使广大读者形成了"《两地书》的作者只是鲁迅"的强烈印象。无论如何,由一家出版社所出的内容相同的一种书,所标作者竟有如此差别,说明对于是否应将许广平认定为《两地书》作者,在当时还缺乏统一、稳定的意见。直至进入新世纪,《两地书》作者认定问题发生转机,人民文学出版社2006年12月出版的《两地书》,版权页注明作者是鲁迅和景宋,①确认许广平为该书作者之一。这就与《两地书》初版本的作者信息保持一致,恢复了对《两地书》作者问题的正确认知,也一定程度上体现了新时期出版界的共识。

　　下面讨论许广平在《两地书》创作过程中的角色。许广平是《两地书》的作者之一,但并不意味着她所起的作用可以和鲁迅等量齐观,一般认为,鲁迅在创作过程中主要从事体例的编排、旧信的删改、篇章的润色等,居于执笔撰写的主导角色,而许广平则主要从事素材的提供、行文的校正、书稿的誊抄等,居于整理誊写的辅助角色。这并不是说许广平在创作过程中可有可无,事实上,她的辛苦工作不可或缺,没有许广平也就没有《两地书》,她是名副其实的作者。但对许广平在此书创作中所起的作用恐不能高估,现有资料能够印证的基本是其原信提供者和书稿抄写者的角色,例如她在1932年11月致鲁迅原信中说"连日都是闲空则抄《两地集》""我日来仍抄写"以及"信(两地集)已抄至第84"②等,而未见她参与体例设计、信文改写等主要事务的翔实记载。进而论之,《两地书》在创作过程中要改正原信中不少字词错用、搭配不当、逻辑紊乱、表述拖沓、条理不明等语言病误,这些语病绝大多数来自许广平,所以若由其执笔撰稿定会繁难吃力;面对重重文网,创作中还要

---

　　① 鲁迅,景宋.两地书[M].北京:人民文学出版社,2006:版权页.
　　② 鲁迅,景宋.两地书·原信:鲁迅与许广平往来书信集[M].北京:中国青年出版社,2005:331.

遮蔽原信中涉及政治禁忌的敏感语句,处理不当则会阻碍此书的顺利出版,这需要谨慎权衡和精巧把握,事关重大,恐怕非鲁迅则难以胜任;再者,原信内容庞杂,评价、指摘的人物众多,《两地书》的公开出版必然牵涉复杂的人际关系,涉及教育界、文艺界以及政界等,许广平若是担当此书的创作主角,恐怕难免因思虑不周而无法驾驭。总之,《两地书》的创作绝非对原信的复制或照搬,作为作者的许广平虽在创作过程中颇有贡献,但并非执笔撰写的主要角色。

第一章 鲁迅青年观的演变及其对《两地书》创作的影响

第一节 "许广平之争"对《两地书》原信的有限影响

鲁迅以无私地爱护青年、真诚地帮助青年而著称,正如许广平在《两地书》第5封信中所说,"对于青年处处给与一种不退走,不悲观,不绝望的诱导"①,勤于奖掖,甘于牺牲。但令人费解的是,在鲁迅1926年至1927年致许广平的原信中,却存有大量的对青年进行批判和贬斥的语句,有些甚至颇为激烈,近乎"骂"的程度,显得颇为异常。如1926年10月23日原信中,鲁迅不满于"长虹和韦素园又闹起来了",觉得自己的生命已经"为少爷们耗去了好几年",直至躲到厦门"他们还不放",斥文学青年为"少爷",言辞中流露出愤懑和不满。诸如此类,原信中不乏其例。那么,原信出现此类激烈措辞的反常语句,是否因为鲁迅一直将高长虹视为恋爱竞争的假想敌,从而出于私心对其大肆攻讦、恶意笔伐?答案为否。鲁迅对一些青年的批评是坦诚而磊落的,主要基于"文"事,而非"情"事。重要的是,鲁迅切实受到"许广平之争"传言干扰的时间较晚,已是1926年年末,这对"厦门—广州"期间原信无甚影响,所谓鲁迅因许广平而对高长虹所生的情恨,不构成原信中鲁迅斥责青年的诱因。下面依据史实,对鲁迅知晓"许广平之争"的时间和所受的影响略做梳理和分析。

高长虹和许广平本不相识。1925年4月25日,在阅读鲁迅所赠第一期《莽原》

---

① 鲁迅,景宋.两地书[M].上海:青光书局,1933:13.

时,她还觉得《棉袍里的世界》一文"也有不少先生的作风",但她最终"不敢决定",其实是误将高长虹的文章当作鲁迅的作品,说明她当时对"长虹"这个名字还很陌生。在4月28日的复信中,鲁迅说"长虹不是我,乃是我今年新认识的",并介绍他是"安那其主义者",觉得他"很能做文章",但是"常有太晦涩难解处"。这说明,许广平最早是在1925年4月28日才知晓高长虹其人,而且媒介就是鲁迅。在此之后,许广平也曾主动联系高长虹购买其同年3月出版的《精神与爱的女神》一书,两人还因此有过八九次通信。据高长虹1940年9月刊在《国民公报》的《一点回忆:关于鲁迅和我》一文所叙,高长虹某天收到一封附了邮票的信,"这人正是景宋",目的是要买《精神与爱的女神》这本诗集。此后他们通起信来,"前后通了有八九次信",但是二人"并没有见面"。至于来信的内容,无非是许广平独具的"仿佛中山先生是那样的"矛盾性格,以及当时思想界存在的"只说不做的缺点"等,只是些理论探讨与思想交流,无关情爱,比较普通。在高长虹看来,这些都是"朴素的通信",而且在鲁迅家里偶然"同景宋见过一次面"之后,①虑及"景宋在鲁迅家里的厮熟情形",他决定主动"停止与景宋的通信",这样两人"连通信也间断了"。高长虹自认为"事实的经过却只是这样的简单",否认"以后人们所传说的什么什么"②。这说明,许广平和高长虹在1925年虽然有过通信,但并非谈情说爱的情书,两人只是普通的笔友关系;并且通信并非高长虹首发,却由其主动终止,高长虹从没在许广平那里获得恋人的身份,也未见其有追求许广平的明确企图。

真正诱发"许广平之争"传闻的是高长虹的爱情诗《给——》。这首被后人称为"月亮诗"的《给——》刊于《狂飙》周刊第七期上,发表时间是1926年11月21日。《给——》共六节二十四句,其中有"我在天涯行走/夜做了我的门徒/月儿我交给他了/我交给夜去消受"以及"夜是阴冷黑暗/他嫉妒那太阳"等诗句。据韦素园所讲,

---

① 高长虹此书所说"在鲁迅那里同景宋见过一次面",其时间应该是1925年8月14日。查《鲁迅全集》2005版第15卷(1912—1926 日记),第577页有"我之免职令发表……许广平来。午后长虹来"的记载,这是许广平和高长虹同日出现在鲁迅家中的第一条记录。据鲁迅日记,许广平首次来访是在1925年4月12日("许广平、林卓凤来")此后5月28日、6月14日、7月2日、7月6日、7月19日、7月21日、7月28日也有来访,但都不是与高长虹同日访问鲁宅。由此推断,许广平和高长虹的书信交往自1925年4月28日之后开始,到同年8月14日终止,前后约有三个月的时间。

② 廖久明.高长虹与鲁迅及许广平[M].北京:东方出版社,2005:352.

第一章 鲁迅青年观的演变及其对《两地书》创作的影响

这首诗当时在北京引发了关于鲁迅、许广平、高长虹三者感情纠葛的传言,据说《给——》中的太阳是高长虹的自比,鲁迅是夜,月是许广平。按照传言的说法,是高长虹将许广平"交给"鲁迅"去消受",而鲁迅"是阴冷黑暗"的,他"嫉妒"高长虹,这自然并不属实,是无稽之谈。

第一个将此传言告诉鲁迅的人是韦素园,那么韦素园是什么时候写信向鲁迅汇报,而鲁迅又是什么时候收到此信而知晓传言的呢?高长虹的外甥言行(阎继经)在《高长虹、鲁迅冲突的前因后果》一文中认为:韦素园1926年11月23日给鲁迅写信讲了传言,鲁迅在同年11月31日①接到韦素园的信,并于12月24日复信。这一说法有悖常理,并不可信。如前所述,高长虹的《给——》是在11月21日发表,韦素园何以在两天之后的11月23日就能迅速听到传言并向鲁迅发信询问"这事可是真的",而且还"要知道一点详细"?一篇二十四句的诗,通过媒介传播、引发坊间传闻、促使韦素园发函问询,必然要经历一个不短的发酵过程,两天时间是明显不够的。

言行先生认定韦信发于1926年11月而鲁迅于同月收到,可能源于《两地书》初版本第112封信上的一段记述。在这封落款为"一月十一日"的信中,鲁迅向许广平透露:"那流言,是直到去年十一月,从韦漱园的信里才知道的……"这似乎说明,鲁迅读到韦素园信的时间是1926年11月。查1927年1月11日鲁迅致许广平的原信,只有"那流言,最初是韦漱园通知我的"一句,未见韦素园发信的具体时间。但不能据此认定韦素园当年的信件真的写于"去年十一月",因为根据1996年出版的《两地书真迹:原信 手稿》以及1998年出版的《两地书全编》(该书据存世的宣纸"手书本"真迹录入),此信该处手写为"去年十二月",而非"去年十一月",这证明韦素园实际的发信时间应为1926年12月。② 言行先生《高长虹、鲁迅冲突的前因后果》一文写于1989年,早于《两地书真迹》和《两地书全编》的出版时间数年,作者当时无从查考真迹,所以因材料不足而造成错误是难免的。

查鲁迅日记,1926年12月4日鲁迅"下午得漱园信,十一月二十八日发",12月5日"上午寄漱园信",12月8日"下午得漱园信,即复",12月13日"以译稿寄漱

---

① 编者注:原文为"鲁迅在同年11月31日接到韦素园的信"。参见:言行.高长虹、鲁迅冲突的前因后果[J].鲁迅研究动态,1989(8):53-58.
② 鲁迅,景宋.两地书全编[M].杭州:浙江文艺出版社,1998:329.

园并英译《阿Q正传》二本,分赠霁野、丛芜",且在这天下午"得漱园信,六日发",12月29日"午后寄漱园信"。① 可见,1926年12月鲁迅与韦素园通信较密,收韦信3封(分别收于12月4日、12月8日、12月13日),寄韦信4封(分别寄于12月5日、12月8日、12月13日、12月29日)。其中,5日所寄之信应是答复4日所收之信,属隔日答复;8日所寄之信应是答复该日所收之信,属当日答复;29日所寄之信应答复13日所收之信,属间隔半月后答复。因此可以推断,1926年12月6日韦素园寄鲁迅,该信鲁迅于12月13日收到,并于半月后的12月29日回复。所以,鲁迅收到有关高长虹"不是为《莽原》,却在等月亮"等传闻的准确时间是12月13日,而非言行先生所认为的11月31日(原稿如此),而且,《给——》发表半月后韦素园才函询鲁迅,符合舆情传布的发展过程,比言行先生所认为的两天间隔更为合理。

  可是鲁迅对12月13日所收韦信并没有什么激烈的反应,未加重视。可以说,鲁迅即便在读信之后稍有所疑,也未必对韦素园所传流言偏听全信。在真正读到高长虹《给——》诗之前,鲁迅还只是认定高长虹旨在"推倒《莽原》",而不至于真的"等月亮"。三天后,在12月16日给许广平的原信中,鲁迅说先前自己滴血饲人,自觉渐渐瘦弱,但是"以为快活";但是现在"连饮过我的血的人"都反目攻击,来"嘲笑我的瘦",这实在"使我愤怒"。鲁迅觉得,自己本无"略存求得好报之心",但是青年"加以嘲笑,是太过的",令人气愤。② 在此封原信中,鲁迅毫不掩饰自己的失望和"愤怒",他甚至因此而"渐渐倾向个人主义",而且"常欲人要顾及自己",情绪激动,措辞犀利,表述直接。但是这种表述也只是针对青年群体,而未提及高长虹个人,仍然一贯地谴责青年的自利而寡义,而非指责某个人的狂妄自负或劫掠所爱。

  其实,此类贬斥青年的言辞,在《给——》诗发表之前就不乏其例,绝非新创。早在1926年11月20日,鲁迅在给许广平的原信中就说"我之所以愤慨"在于高长虹之辈历来"日日吮血"不断,而一旦察觉"我不肯给他们吮了"就想要"一棒打杀",甚至还要"将肉作罐头卖以获利"。③ 此封原信写在《给——》出版的前一天,与所

---

① 鲁迅.鲁迅全集:第十五卷[M].北京:人民文学出版社,2005:648-651.
② 鲁迅,景宋.两地书·原信:鲁迅与许广平往来书信集[M].北京:中国青年出版社,2005:250.
③ 同②206.

第一章 鲁迅青年观的演变及其对《两地书》创作的影响

谓"许广平之争"绝无关系,但言辞不可谓不激烈。因此,不能认为前述12月16日鲁迅措辞强烈的信文是由"许广平之争"传言所引发;如果说和高长虹有关,那也是由于此前他所写的各类讨伐鲁迅的"檄文",而非仅在于《给——》诗。

"许广平之争"对鲁迅真正产生思想和情绪的影响,应是1926年12月29日。据鲁迅日记所载,29日,鲁迅"午后寄漱园信";30日,鲁迅"上午寄季市信","寄景宋信"。事实上,鲁迅在12月29日给好友和恋人各写了一封信:上午写给韦素园(即新版《鲁迅全集》第十一卷中的261229①),夜里写给许广平(即新版《鲁迅全集》第十一卷中的261229②),而这两封信集中反映了鲁迅当时的思想动向。

在给韦素园的回信中,鲁迅说:"至于关于《给——》的传说,我先前倒没有料想到。《狂飙》也没有细看,今天才将那诗看了一回。"①鲁迅此言说明两点,一是他一直将鲁高冲突置于名利争夺的范畴来权衡和思量,恋人争夺的流言令他毫无心理预判;二是他到12月29日才认真看了《给——》诗,而此前没有认真阅读。相信鲁迅读到诗中"我在天涯行走/夜做了我的门徒/月儿我交给他了/交给夜去消受"的诗句时,理性的思维会受到情感的冲击。如果说"交给夜去消受"容易被鲁迅看成高长虹在自诩将许广平拱手让给鲁迅,"夜做了我的门徒"则更容易被鲁迅理解为高长虹在极力争抢《莽原》。《给——》中还有"夜是阴冷黑暗"之类的诗句,这更易被人理解为高长虹对鲁迅的贬损,"阴冷"和"黑暗"这样的标签足以令鲁迅心生愤怒。

鲁迅信中所言应该不妄,那么,鲁迅应是直到1926年年末才轻信了"许广平之争"传言并对高长虹个人产生了很深的成见。在致韦素园的这封信中,鲁迅对传言中的高长虹的"梦"显现出超乎理智的愤怒。虽然鲁迅自认从未注意到高长虹"做什么梦"而绝无"破坏"的可能,但他此时已意识到高长虹或许"真疑心我破坏了他的梦",若是果真属于这种情况"则太可恶,使我愤怒"。"愤怒"的鲁迅自然还击,打算从此以后要仔细研究高长虹做的"究竟是怎样的梦",甚至干脆要"动手撕碎它",以此令高长虹"更其痛哭流涕"。②

1926年12月29日,鲁迅还在夜里给许广平写信,第一次对其点明了高长虹的

---

① 鲁迅. 鲁迅全集:第十一卷[M]. 北京:人民文学出版社,2005:667.
② 同①.

"卑劣"用心,可以与上述韦素园信对读,更可从中窥见鲁迅对高长虹所持态度的质的变化:

"我来厦门,本意是休息几时,及有些豫备,而有些人以为我放下兵刃了,不再有发表言论的便利,即翻脸攻击,自逞英雄;北京似乎也有流言,和在上海所闻者相似,且说长虹之攻击我,乃为此。用这样的手段,想来征服我,是不行的。我先前的不甚竞争,乃是退让,何尝是无力战斗。现在就偏出来做点事,而且索性在广州,住得更近点,看他们卑劣诸公其奈我何?"①

在这封"十二月廿九日灯下"写就的信中,鲁迅向许广平描述了"卑劣诸公"的拙劣行径,并明确指出了高长虹攻击自己的"真实"原因,所谓"长虹之攻击我,乃为此",其中"此"指在北京盛传的流言,即鲁迅偕许广平来厦门同住之类。鲁迅对此进行正面较量,自谓此前的"不甚竞争,乃是退让",而现在不再消极退让,而是"偏出来做点事",采取积极抗击的应对态度。这是在《给——》发表后鲁迅第一次向许广平提及高长虹在他们情感世界中的奇诡角色,也是"许广平之争"流言在《两地书》对应的原信中首次产生影响。这种影响在12月29日形成,距离他在次年1月17日离开厦门不足三周。而12月29日以后,受"许广平之争"影响的原信,也只有1927年1月11日这一封。在这封信中,鲁迅简单向许广平介绍了流言的来源、高长虹的自比以及历来传谣的人物,态度坦诚,语气平缓,并无激烈斥责和强力讨伐的语句。

综上可知,鲁迅对高长虹由"许广平之争"传言而产生成见应该在1926年年末,但其对鲁许二人1925年在北京期间的往来原信并无影响,对1926年至1927年"厦门—广州"期间原信有轻微影响(仅限于鲁迅1926年12月29日和1927年1月11日致许广平的两封信),对1929年"北平②—上海"之间的往来原信并无影响。因此,不能认为鲁迅在20世纪20年代与许通信过程中是为博取许广平青睐

---

① 鲁迅,景宋.两地书·原信:鲁迅与许广平往来书信集[M].北京:中国青年出版社,2005:262.

② 编者注:1928—1949年,"北京"称为"北平"。

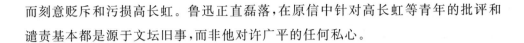

而刻意贬斥和污损高长虹。鲁迅正直磊落,在原信中针对高长虹等青年的批评和谴责基本都是源于文坛旧事,而非他对许广平的任何私心。

第二节 由原信考察鲁迅进化论"轰毁"的原因

鲁迅一贯坚持和发扬"五四精神",不断地以文学创作、学术著述以及社会批评等从事思想启蒙和政治救亡的活动,并在思想文化领域焦点问题的论辩与交锋中,通过"学习译介马克思主义文艺理论著作,掌握唯物辩证法和唯物史观,纠正自己曾经只信进化论和个性主义的偏颇"①。那么,鲁迅在1932年至1933年是否还信仰进化论,《两地书》的成书过程是否以进化论为指导?一般认为,1927年4月,鲁迅的进化论思想就已经"轰毁",鲁迅不再是进化论的信徒。在《三闲集》的"序言"中,鲁迅说:

"我一向是相信进化论的,总以为将来必胜于过去,青年必胜于老人……然而后来我明白我倒是错了。这并非唯物史观的理论或革命文艺的作品蛊惑我的,我在广东,就目睹了同是青年,而分成两大阵营,或则投书告密,或则助官捕人的事实!我的思路因此轰毁,后来便时常用了怀疑的眼光去看青年,不再无条件的敬畏了。"②

令鲁迅否定自己"将来必胜于过去,青年必胜于老人"的进化论思路的,是他在广东所目睹的身处两大阵营的青年"投书告密"和"助官捕人"的事实。在"四·一五"反革命政变中,国民党反动派在广州实行残酷的反革命大屠杀,反动军队搜查和封闭了中华全国总工会广州办事处、省港罢工委员会等革命群众团体,强行解除了罢工工人纠察队武装,并缴去黄埔军校学生500多人的枪械。其后,国民党反动派继续进行大捕杀,据统计,在"四·一五"反革命政变中,被杀害的共产党员和革命群众有两千余人。残酷的屠杀让鲁迅的"一种妄想破灭了",按照"将来必胜于过

---

① 刘中树."五四精神"与中国新文学[J].社会科学辑刊,2008(2):160-170.
② 鲁迅.鲁迅全集:第四卷[M].北京:人民文学出版社,2005:5.

去,青年必胜于老人"的思想逻辑,鲁迅在1927年9月之前还"时时有一种乐观,以为压迫,杀戮青年的,大概是老人",那么"这种老人渐渐死去,中国总可比较地有生气",但是这场反革命政变让鲁迅深刻地认识到"杀戮青年的,似乎倒大概是青年,而且对于别个的不能再造的生命和青春,更无顾惜"(《答有恒先生》)①,血的事实否定了鲁迅"青年必胜于老人"的观念,进化论对他思想的决定性影响就此终结。

实际上,鲁迅面对纷繁复杂的各类学说,能够保持清醒的头脑和理性的认知,他"既着眼于人的思想启蒙、精神改造,从西方学说中寻求新思想",同时"又不是照搬西方,而是结合中国的国情,经过自己的分析、消化和改造,化为自己的思想"②。因此,鲁迅对进化论的接受和运用,存在一个分析、比照以及校验、取舍的过程,绝非僵化的固守或非理性的盲从。我们承认鲁迅在1927年对自己曾信仰的进化论的部分否定,但不认为这种被称为"轰毁"的转变是彻底逆转或者毫无前因的。首先,从1927年以后的思想发展实际来看,鲁迅并未根本上否定进化论。在《三闲集》序言中,鲁迅声称"一本蒲力汗诺夫的《艺术论》"最终"救正我——还因我而及于别人——的只信进化论的偏颇"。鲁迅不再"只"信进化论,但并不意味着从此完全"不"信进化论,因此也就不宜认定进化论在鲁迅精神世界中完全毁灭。早在1861年1月,马克思在阅读《物种起源》后在给斐迪南·拉萨尔的信中写道:"达尔文的著作非常有意义,这本书我可以用来当作历史上阶级斗争的自然科学依据。"③可见,进化论并非完全是谬误,鲁迅最佳的选择是用更加科学的态度来对待进化论,以其服务于现实的社会斗争。事实上,鲁迅也正是这样做的。1927年年底,在批判梁实秋所提倡的资产阶级人性论的时候,鲁迅就利用了人类由猿进化到人的确凿事实,充分地揭露了"人性永久不变"的反科学本质。在这篇《文学与出汗》的杂文中,鲁迅认定如果生物确实在不断进化,那么人性就不可能恒久不变,对超阶级、超时代的人性论进行了有力的批驳。

其次,鲁迅进化论信仰的所谓"轰毁"并非是毫无前因的,实际上,进化论在其赴广州执教前就已"摇摇欲坠"。"轰毁"一般指轰然的毁灭或瞬间的崩塌,所以"衰

---

① 鲁迅.鲁迅全集:第三卷[M].北京:人民文学出版社,2005:473.
② 刘中树.鲁迅的启示:走向世界,创造自我——在"世界文学中的鲁迅"国际学术研究会上的发言[J].鲁迅研究月刊,1994(11):52.
③ 泰勒.达尔文学说对马克思和恩格斯的重要意义[J].国外社会科学,1990(11):1.

变"在一定程度上更能准确描述鲁迅进化论思想的演进状态。事实上,鲁迅并非在"四·一五"反革命政变后才"时常用了怀疑的眼光去看青年",因为他对青年的怀疑在离京赴厦前就曾露端倪;鲁迅也绝非在离开广州后才对青年"不再无条件的敬畏",因为在厦大①任教时他就已经对高长虹之类的青年大举笔伐。所以,鲁迅在1927年4月前并未一直笃信"青年必胜于老人",进化论在其赴中山大学执教之前就已近乎衰解。

早在1925年,在《导师》一文中,鲁迅就已经清醒地意识到对青年不应一概而论:"近来很通行说青年;开口青年,闭口也是青年。但青年又何能一概而论?有醒着的,有睡着的,有昏着的,有躺着的,有玩着的,此外还多。但是,自然也有要前进的。"②可见,当时的鲁迅就并不笃信青年都比老年优异,以为对昏睡的和前进的青年要区别对待,不该"一概而论"。

最能证明在"四·一五"反革命政变以前鲁迅的"进化论"思想就已松动和脆裂的,是与《两地书》对应的鲁许往来原信。早在二人通信之初,鲁迅就针对青年问题与许广平进行坦诚的恳谈。许广平尖锐地提出了青年趋利堕落的问题,并对身边青年进行了措辞激烈的批判,在1925年3月11日写给鲁迅的第一封信中,许广平认为"现在的青年的确一日日的堕入九层地狱了",对包括自己在内的青年人状态极度不满;在1925年3月15日原信中,许广平对身边"只为文凭好看"的同学颇为失望,认为这些人在校内"除了利害二字外其余是痛痒无关",发现她们终日力争的并非事之"是非"而是己之"利害",觉得此类同学不是趋于理的而是趋于利的;在1925年3月26日原信中,许广平更是针对青年"数人聚首,不是谈衣饰,便谈宴会"的状况感叹道:"求其头脑清醒者有几?明白大势者有几?"指出一些青年学生"功则攘诸身,过则诿诸人",已经到了"群居终日言不及义"的地步。③ 作为先生的鲁迅对学生许广平的此类言论答复较为谨慎、克制,在复信时说"谈谈衣饰宴会之类"的"女学生还要算好的",但若是"细细剖析"则仍要"为中国前途万分悲哀",为青年担忧;认为那些"捧线装书和希望得到文凭者"虽然根柢上不离"利害"但也"还

---

① 编者注:"厦大"指"厦门大学"。
② 鲁迅.鲁迅全集:第三卷[M].北京:人民文学出版社,2005:58.
③ 鲁迅,景宋.两地书·原信:鲁迅与许广平往来书信集[M].北京:中国青年出版社,2005:17.

要算好的",因为中国"社会里事无大小,都恶劣不堪",青年身处染缸,也不免染黑。

但是在致许广平的原信中,鲁迅每逢主动谈及青年话题时,措辞却往往不留情面,显得异常尖锐。在1926年11月8日写给许广平的原信里,谈及莽原社时,鲁迅便抱怨说"我为了别人,牺牲已可谓不少",但只觉得文学青年对自己凡是可使役时就会"竭力使役",凡是可诘责时就会"竭力诘责",而将来在可攻击时当然就会"竭力攻击",①说明这些文学青年在鲁迅眼中已是唯利而寡义的形象,很难说鲁迅此时还在对青年"无条件的敬畏"。在次日的信里,针对"长虹和素园的闹架",鲁迅不无悲观地认为,自己生命被这些青年趁机零碎割去的已有很多,从此以后"颇想不蹈这覆辙了",②说明鲁迅对青年已经不是此前那种不加甄别、不计利害地对待了。

在1926年11月15日的原信中,鲁迅对高长虹等文学青年颇有激愤之词,认为高长虹之辈"专想利用我",而且认定他们"看出活着不能吸血了,就要杀了煮吃",感慨他们有"如此恶毒"。五天后,在11月20日的原信中,鲁迅向许广平解释说,自己之所以愤慨,并非因为文学青年以平常相待,而在于他们在"日日吮血"后仍不满足,一旦察觉"我不肯给他们吮了"就刻薄地想要"一棒打杀",甚至还想"将肉作罐头卖以获利",③这表明鲁迅已将高长虹一类的青年视为寄生者和行凶者,全然不是推动社会进步的新鲜力量。此时的鲁迅在对待青年的态度上已经出现了质的转变,因为在此之前,以鲁迅平生的言行而论,"即使青年来杀我,我总不愿意还手",以无私的态度不加分别地为青年铺路;但在11月20日之后,鲁迅则下定决心,"虽是什么青年,我也不再留情面",不再对青年无原则地付出、无止境地迁就、无条件地尊重,而是只将青年当作泱泱人群中普通的一部分,不以青年为天然的优异。

自此,鲁迅有意识地将文学青年做"有希望的青年"和"挂新招牌的利己主义者"的区分,而不是无差别地对待。在1926年12月2日的原信中,鲁迅毫不掩饰对当时"做文章的青年"的失望,他甚至认为"有希望的青年似乎大抵打仗去了",而在鲁迅眼里喜弄笔墨的文学青年"却还未看见一个真有几分为社会的",因为"他们

---

① 鲁迅,景宋.两地书·原信:鲁迅与许广平往来书信集[M].北京:中国青年出版社,2005:179.

② 同①181-182.

③ 同①207.

多是挂新招牌的利己主义者"。一方面,鲁迅这种观点未必公允,以"武""文"的分野来定位青年的"有希望"和"没希望"恐怕失于武断;另一方面,鲁迅对文学青年所做的"未看见一个真有几分为社会"的近乎绝对化的判断,也说明他确实否定了"青年必胜于老人"的偏颇观念,在实际言行上已与"进化论"愈行愈远。

直至1927年1月11日,鲁迅在信中向许广平回顾了自己三四年来"怎样地为学生,为青年拼命,并无一点坏心思",这种热忱的态度是毫无保留的,因为"只要可给与的便给与",体现了鲁迅此前在进化论引导下对青年曾有的"无条件的敬畏"和全身心的付出。但是写此信时的鲁迅也已不再是一个彻底的进化论者,他已将一部分青年视为"貌作新思想"的暴君、酷吏、侦探、小人,而且宣布"我蔑视他们"。这就不仅是对青年的简单怀疑,而是形成了对青年的深度批判,甚至形成了鲁迅与青年之间某种程度的割裂状态或对立关系。"蔑视"和"敬畏"是对立的,在纯粹的进化论者的眼里,青年人不能被冠以"暴君"和"小人"的名号,这说明在1927年"四·一五"反革命政变爆发之前,鲁迅的进化论思想就已经不断蜕变,鲁迅当时就已经不是一个彻底的进化论者。

第三节 "梯子"之论与20世纪30年代初鲁迅的青年观

鲁迅一直是真诚地爱护和培养青年的,并非因为"只信进化论的偏颇"的终结而对青年整体否定和敌视。在1927年4月以后鲁迅对青年群体进行更为清晰的区分,正视了青年群体观念的差异性和成分的复杂性,而不再无条件敬畏,对他们一概而论。鲁迅鲜明地反对私心太重、城府极深的青年,对不择手段、追名逐利以饱一己之私的人保持警惕和戒备,但鲁迅"愿有英俊出于中国之心"始终未死,他坚信中国自古以来就有"埋头苦干的人"和"拼命硬干的人",有"为民请命的人"和"舍身求法的人"[①],对肩负民族大义、情系民众疾苦的青年人,他仍旧寄以热望,全力培养,不改初衷。

鲁迅在1928年还曾吃过冯乃超、李初梨、成仿吾等青年作家的苦头,这更使其

---

① 鲁迅. 鲁迅全集:第六卷[M]. 北京:人民文学出版社,2005:122.

无法对青年"无条件地敬畏"。起初,鲁迅在厦大期间曾有"同创造社连络,造一条战线,更向旧社会进攻"的想法,打算"再勉力做一点文章"①,和创造社的青年作家一道向社会的黑暗发起攻击。直至1927年9月25日,在致李霁野信中,鲁迅还认为"创造社和我们,现在感情似乎很好",而且为创造社青年作家"在南方颇受迫压"而感到"可叹"。②鲁迅到达上海后,创造社的郑伯奇、蒋光慈、段可情在1927年11月9日拜访鲁迅,提出有关大联合的具体意见,得到了鲁迅的赞许。但鲁迅"联合起来"的愿望还未实现,冯乃超、李初梨、成仿吾等青年作家就对鲁迅大加攻伐。1928年1月,冯乃超在创造社刊物《文化批判》上发表了《艺术与社会生活》,开始对鲁迅展开无端的攻击。随后,李初梨发表《怎样地建设革命文学》,成仿吾发表《从文学革命到革命文学》,钱杏邨发表《死去了的阿Q时代》……此外,叶灵凤还在1928年5月15日出版的《戈壁》上绘了一幅讽刺鲁迅的漫画,并以文字描述鲁迅是个"阴阳脸的老人",讽刺他凭着"以往的战绩"并挥着"艺术的武器"来抵御"纷然而来的外侮"。③这些青年作家对鲁迅集体围攻,大举笔伐,"骂"个不停。

事实上,"骂"鲁迅,有时是文学青年的一种"文坛登龙术",是对鲁迅进行穷尽利用的特殊形式。鲁迅的被"骂",并非缘于鲁迅自身有什么错误,而在于"骂"者往往有利可图。正如郁达夫在《忆鲁迅》中所说,有很多无理取闹来攻击鲁迅的文人,本是想利用鲁迅来迅速成名,这实际是个"文坛登龙术",是种"屡试屡验的法门",而过去也确曾有很多青年通过"攻击鲁迅而成了名"。④"骂"鲁迅可以让青年成名,但不"骂"鲁迅则有人可能因此失业。唐弢在《回忆·书简·散记》中曾回忆说,有一次他因为自己的文章连累鲁迅受骂而向其表达歉意,鲁迅却安慰唐弢说:"那不相干!他们总归要骂的。骂鲁迅是'公事',不骂就会失业。让他们骂吧!"这说明,对鲁迅展开文字攻伐,是一些青年在文坛谋取名利的策略,无关是非,而仅是他们在上海滩立足的一条捷径。

---

① 鲁迅,景宋.两地书·原信:鲁迅与许广平往来书信集[M].北京:中国青年出版社,2005:195.
② 鲁迅.鲁迅全集:第十二卷[M].北京:人民文学出版社,2005:76.
③ 中国社会科学院文学研究所鲁迅研究室.1913—1983鲁迅研究学术论著资料汇编:第1卷(1913—1936)[M].北京:中国文联出版社,1985:382.
④ 郁达夫.郁达夫自述[M].合肥:安徽文艺出版社,2014:233.

第一章 鲁迅青年观的演变及其对《两地书》创作的影响

文学青年中有人"骂"鲁迅以谋私利,相识的学生里也有因"同情"鲁迅而自封子嗣的异类,此人即是廖立峨。廖立峨原是厦门大学的学生,后于1927年1月随鲁迅转学至广州中山大学。鲁迅到上海三个月后,廖立峨也到了上海,并被鲁迅收留在景云里家中。据郁达夫在《忆鲁迅》一文中介绍,这位青年误解了鲁迅的善意,竟然以为鲁迅是因为没有儿子(当时周海婴尚未出生)才请自己同住,所以认为他是将自己当作儿子来养。后来,此人又去找来一位女友,意思是给鲁迅当儿媳。可是,这两个人整日"坐食在鲁迅的家里",其零用及衣饰之类的花销,鲁迅自然不必供给,这就导致自封的鲁迅子嗣"发生了很大的不满",他竟然要求鲁迅"一定要为他谋一出路"。① 当鲁迅委托郁达夫在现代书局为其谋得职位(每月薪金要由书局和鲁迅各出一半)之后,廖立峨却和女友愤然离沪回乡。据1928年8月24日鲁迅日记所载,廖立峨回乡前"索去泉一百二十,并攫去衣被什器十余事",足见其德行恶劣。鲁迅对此也颇有介怀,此后常说"青年是挑了一担同情来"的趣话。后来,在《三闲集》的"序言"中,鲁迅还提到这位自云从广东逃出避祸而寄住于寓中的廖君,引述了他愤然对鲁迅说过的话:"我的朋友都看不起我,不和我来往了,说我和这样的人住在一处。"②1933年8月1日致胡今虚的信中,鲁迅也提到"连住在我寓里的学生,也因而憎恶我",对廖立峨的劣迹念念不忘。事实上,鲁迅因同情青年的遭遇而反使自己遭受痛苦的事实不乏其例,这种异常的情形甚至延续到20世纪30年代。

鲁迅在20世纪30年代初的青年观是一个矛盾体,既有爱护和培植青年的夙念,又有忌惮和疏远青年的真心,二者对立而合一。这种矛盾体在现实世界的最佳譬喻,就是鲁迅口中的"梯子"。1930年3月,章廷谦(川岛)曾写信告诉鲁迅,有人觉得鲁迅自身尚无自由,却发起中国自由运动大同盟,难免被人当作"梯子"。鲁迅在3月27日答复章廷谦的信中说:

"梯子之论,是极确的,对于此一节,我也曾熟虑,倘使后起诸公,真能由此爬得较高,则我之被踏,又何足惜。中国之可作梯子者,其实除我之

---

① 郁达夫.郁达夫自述[M].合肥:安徽文艺出版社,2014:236.
② 鲁迅.鲁迅全集:第四卷[M].北京:人民文学出版社,2005:4.

外,也无几了。所以我十年以来,帮未名社,帮狂飙社,帮朝花社,而无不或失败,或受欺,但愿有英俊出于中国之心,终于未死,所以此次又应青年之请,除自由同盟外,又加入左翼作家连盟,于会场中,一览了荟萃于上海的革命作家,然而以我看来,皆茄花色,于是不佞势又不得不有作梯子之险,但还怕他们尚未必能爬梯子也。哀哉!"①

鲁迅在此信中自视为"梯子",并且认为这种譬喻"极确"。"梯子"是一个矛盾体:一方面注定被人踩踏,一方面可以助人高升。"梯子"这一意象内涵较为丰富:它要被人以脚踩踏,被人由顶上跨越,而后又往往被人丢弃,在某个角度来说梯子其实是一件被人利用的工具,一些人也正是靠"梯子"往上爬。鲁迅就是身处于这种二元对立的心境之中:他爱护青年,甘愿为青年打杂铺路,可谓"甘为人梯";但也疑惧青年,不想被青年滥用和伤害,他已经有"哀哉"之叹,且"恐为人梯"了。鲁迅其实不吝于"被踏",他爱惜青年才俊,"愿有英俊出于中国之心"未死,只要"后起诸公"能够由此"爬得较高",则其不惜被踏,甘为人梯,赤诚可鉴;但鲁迅对青年也不乏担心,因为十年以来无私帮助未名社、狂飙社及朝花社而无不"失败"或"受欺"的经验,使他对"皆茄花色"的青年作家心存疑虑且略有不甘。

鲁迅"甘为人梯"是有目共睹的。在回忆录《和鲁迅相处的日子》中,章廷谦也说过,鲁迅对于青年所提的或大或小的要求,只要他认为可以做或应该做的,总不让青年对他失望,并且鲁迅"有时宁肯自己迁就些",无论是精神或物质方面的帮助他都"是从不吝惜的",而此中缘由在于鲁迅"要使青年在精神上受到鼓舞,有健全发展的机会,少让他们碰壁"。② 但不能忽视的是,鲁迅"梯子论"的意象结构是逐渐失衡的,他对青年群体的疑惧慢慢占据主流,对青年(多数时候具体指文学青年)的批判渐次增强,有时令人感受到他对青年群体的强烈失望。

就在着手创作《两地书》之前,在1932年7月8日致黎烈文的信中,鲁迅说自己与中国的"新文人"周旋十余载,感觉他们"以古怪者为多",其中要数"漂聚于上海者,实尤为古怪",这些上海"新文人"频频"造谣生事,害人卖友,几乎视若当然",

---

① 鲁迅.鲁迅全集:第十二卷[M].北京:人民文学出版社,2005:226-227.
② 川岛.和鲁迅相处的日子[M].成都:四川人民出版社,1979:8.

第一章　鲁迅青年观的演变及其对《两地书》创作的影响

而最令人生畏的是这些新式文人"动辄要你生命"。《两地书》出版后不久,在 1933 年 6 月 18 日致曹聚仁的信中,鲁迅无奈地说:

> "十余年来,我所遇见的文学青年真也不少了,而希奇古怪的居多。最大的通病,是以为因为自己是青年,所以最可贵,最不错的,待到被人驳得无话可说的时候,他就说是因为青年,当然不免有错误,该当原谅的了。"①

这不是一时之感慨,而是对十余年经验的概括。鲁迅说十余年所见之文学青年"希奇古怪的居多",可见在他看来心存病态的占大多数,也就是说"希奇古怪"之流甚至构成了文学青年的主体。这种判断不可谓不激烈、不严厉,但也很难说不公允、不实在。

在这封 6 月 18 日致曹聚仁的信中,鲁迅还对当时的青年进行了犀利的描述:"今之青年,似乎比我们青年时代的青年精明",而且这些私心甚重的青年更"重目下之利",能够为图一点小利而"反噬构陷"。精明,即是无赤诚;重目下之利,即是无长远之志;反噬构陷,则已近乎卑劣。令鲁迅"大出于意料之外"的"历来所身受之事",加重了鲁迅对文学青年的负面印象,使其更显失望和回避,"梯子之论"的意涵也渐渐倾向于悲观,"梯子"也更像是鲁迅被践踏、被利用的鲜活象征。虽然鲁迅在此信中说自己"如野兽一样"在受伤后独自"钻入草莽,舐掉血迹",②但自舐伤口不意味着损害终止,鲁迅还是在信里坦言自己"年纪渐大"而"世故也愈深",所以"渐在回避"。鲁迅的"回避"说明其不再热心于做"人梯",他对文学青年抱有的精于营私、损人自利的印象已经愈来愈深。

值得注意的一点是,不能认为鲁迅对青年的失望和愤懑仅仅是因为高长虹一人写"月亮诗"所致,那仅仅是一个初始的诱发因素,而非事实的全部。青年群体的分化,部分作家的反噬,这属于鲁迅时代的社会性命题,不是哪一个文人的孤立个案。高长虹 1930 年至 1938 年出国留学,辗转于日本和欧洲多国,并不在国内,其

---

① 鲁迅.鲁迅全集:第十二卷[M].北京:人民文学出版社,2005:405.
② 同①.

行踪已消失于中国文坛,但在此期间鲁迅对青年的负面看法和抵触态度并未减轻,反而更甚。例如1934年11月12日在写给萧军和萧红的信中,鲁迅觉得青年群体里"稚气和不安定的并不多",反而是"遇见的十之七八是少年老成",而自己大抵"不和这种人来往"①,这说明在鲁迅心中"十之七八"的所遇青年极具城府而不值得交往,措辞之严肃,态度之坚决,不逊于1926年至1927年鲁迅致许广平私信中的激烈言论。再如鲁迅在1936年5月23日致曹靖华信中说过"私心太重的青年,将来也得整顿一下"的话,此处"私心太重"的青年并不具体指高长虹,写此信时高长虹已经出国六年,显然与其无关;又在1936年10月15日致曹白的信中说自己对"所遇见的随便谈谈的青年"很少失望,但大抵觉得那些"大写口号理论的作家"是不可理喻的"呆鸟"②,在肯定普通青年务实作风的同时,也贬斥了夸夸其谈的青年作家,批评了他们的空洞与浮躁。总体而论,上述这些涉及青年的负面言论并非全是源于高长虹所激,鲁迅的青年观的演变是其综合思辨、审慎权衡的结果。

  以上是对20世纪30年代初鲁迅青年观的简述,主要呈现的是《两地书》创作前夕鲁迅较为复杂的青年观,而其中"梯子"之论显然对《两地书》的创作构成一定影响。进而,我们需要明确《两地书》手稿撰写的起讫时间,来探讨鲁迅青年观嬗变对此书创作的关联程度和影响范围。那么,鲁迅是从什么时候开始撰写《两地书》手稿的呢?不会早于1932年8月17日,因为在这天写给许寿裳的信中,鲁迅还说自己在创作上"一无所作",出于"为啖饭计"的考虑,打算整理自己与许广平的旧信"付书坊出版以图版税",但是"是否编定,亦未决也"。③ 这说明,鲁迅对是否编写此书尚处犹豫,并未确定,只是一个酝酿中的写作计划,没有具体落实在书稿层面上。由此可见,《两地书》手稿起笔要晚于8月17日。但是两个多月后,鲁迅的手稿就已经完成了近三分之一。1932年10月20日,在写给李小峰的信中,鲁迅说明了该书写作的大致进度:书稿"全部约有十四、十五万字",但是目前只完成"尚不到三分之一",而全部完成则"恐当在年底";因为书稿完成后鲁迅"当看一遍并作序",

---

① 鲁迅.鲁迅全集:第十三卷[M].北京:人民文学出版社,2005:256.
② 鲁迅.鲁迅全集:第十四卷[M].北京:人民文学出版社,2005:168.
③ 鲁迅.鲁迅全集:第十二卷[M].北京:人民文学出版社,2005:326.

这也会略耗时日,所以他最后推测"今年恐不能付印"。① 按信中数据分析,10月20日至当年年底为两个多月,需要完成手稿的三分之二,则鲁迅撰写书稿的进度约为每月"三分之一"。由此速度推测,10月20日鲁迅已经完成约"三分之一",说明他已经撰写约一个月,那么手稿的起笔时间大致是1932年9月下旬。

那么,鲁迅《两地书》手稿本是何时完成的?在《〈两地书〉手稿本与初版本校读记》一文中,叶淑穗、孙曰修两位学者认为"《两地书》手稿本完成于1932年10月间"②,理由是1932年10月31日鲁迅在日记中记有"夜排比《两地书》讫,凡分三集"。这个判断恐怕不够准确。鲁迅所说"排比《两地书》讫",只能视为鲁迅对《两地书》篇目的选定和体例的确认,属于此书框架层面的体例设计,不能说明具体的书稿内容已经完成。如前所述,鲁迅10月20日完成了全部书稿的约三分之一,如果叶、孙所说时间成立的话,鲁迅就是只用十一天时间完成了另外三分之二的工作量,这显然不合常理,鲁迅根本无法在一周多的时间内完成近十万字的改写任务。再者,在1932年11月24日致鲁迅信中,许广平说"信(两地集)已抄至第84,恐怕快完了",可是《两地书》共有"鲁迅与景宋的通信"135封,那么刚刚"抄至第84封"何以就"快完了"呢?这说明鲁迅离沪前留给许广平誊抄的稿本内容并不完整,只是全书的一大半而已,意味着鲁迅的《两地书》手稿直至11月24日并未全部完成。

在1932年10月24日写给李小峰的信中,鲁迅说"成后我当看一遍并作序","作序"往往以成稿为前提,似乎可以视为书稿完成的标志。那么1932年12月16日《两地书》序言写就,是否就标志着鲁迅完成手稿,证明《两地书》创作结束了呢?答案是否定的。因为1932年11月13日至28日,鲁迅因母病回北平探视,耗时半月有余,这段时间鲁迅并未就此动笔,写作进程搁置。因此,鲁迅的完稿时间应该只能延后,而不会提前。实际上,鲁迅在此时段事务烦冗,分身不暇,能够静心撰写《两地书》手稿的时间并不多。由北平返回上海后,鲁迅接待了来家中避难的瞿秋白夫妇,特意将自己的书房兼卧室腾出,让二位安心居住。二十多天时间里,鲁迅与瞿秋白朝夕相处,精诚相见,倾心交谈。许广平曾就此回忆,瞿秋白在沪期间给鲁许的家庭注入了"振奋人心的革命鼓舞力量",她觉得鲁迅和瞿秋白"实在融洽之

---

① 鲁迅.鲁迅全集:第十二卷[M].北京:人民文学出版社,2005:333-334.
② 叶淑穗,孙曰修.《两地书》手稿本与初版本校读记[J].鲁迅研究月刊,2016(3):42.

极",发现他们两人有"谈不完的话语"。① 在如此特殊的情况下,鲁迅专门待客,时间相对紧迫,显然不足以将"抄成恐当在年底"的写作计划再提前半个月。更为重要的是,作《两地书》序言并非一定以书稿写毕为前提,鲁迅心怀全书的体例纲要和创作方略,在全部手稿完成之前预先撰成序言是极有可能的。

1933年1月13日,鲁迅在日记载明"复阅《两地书》讫",这实际是鲁迅完成《两地书》手稿的标志。首先,此前鲁迅在致李小峰信中曾说"成后我当看一遍",而"复阅《两地书》"应该正是手稿完成后"看一遍"的印证,说明当时鲁迅已经完成全书手稿,并复阅一次,略做检视。其次,鲁迅起初估计完成时间"当在年底",但因北上探母耽搁半月,1933年1月13日正和1932年年末延后半月的时间大致吻合。

前文论及,《两地书》创作过程中鲁迅主要负责体例编排和手稿撰写,而许广平则大抵按鲁迅手稿抄写交付书局排印的付排稿本。那么,许广平是什么时候抄完的呢?其实,并非鲁迅在1933年1月13日完成手稿后才交许广平誊抄付排本,而是鲁迅改定一部分,由许广平抄录一部分,边改写边誊抄。1932年11月13日至28日,鲁迅因母病到北平探望,其间许广平在上海誊抄鲁迅所留书稿。在1932年11月16日致鲁迅原信中,许广平说自己"也能做工",而所谓"做工"即是"连日都是闲空则抄《两地集》"②;11月20日致鲁迅信中,她说自己"日来仍抄写,没什事了",请鲁迅勿以其为念;四天后,她在原信中又向鲁迅说起"信(两地集)已抄至第84"的近况。在《两地书》初版本中,第84封之前约九万字,与鲁迅离沪前按进度应完成的手稿字数大致相符,可见许广平是由鲁迅安排抄录其所写手稿,而非抄录原信。但是,许广平抄录的进度也取决于鲁迅手稿的完成情况,鲁迅若没写好,许广平自然无法抄录。1933年1月2日,在致李小峰的信中,鲁迅决定将《两地书》转交北新书局出版,但仍强调"现在还未抄完"以及"交稿就必须在阴历过年之后了"。1933年1月26日是阴历春节,"过年之后"就是二月初了,这说明鲁迅预计付排稿完全抄完需到阳历二月初。1933年1月15日,鲁迅在致李小峰的信中说:"昨交上《两地书》稿上半……后半还在抄,大约须二月初(阳历)才完。"③这里"二月初(阳历)"的时限与前信中"过年之后"的时限完全一致。但是1933年3月25日和31

---

① 许广平.十年携手共艰危:许广平忆鲁迅[M].石家庄:河北教育出版社,2000:214.
② 此处许广平所说《两地集》,当是最初拟定的书名,所抄实为《两地书》。
③ 鲁迅.鲁迅全集:第十二卷[M].北京:人民文学出版社,2005:361.

日鲁迅还在校对北新书局送来的《两地书》校对稿,说明付排稿交付书局的时间可能略为延迟,所以许广平抄好《两地书》付排稿本的大致时间应该是1933年2月中旬。

唯一存疑的是,许广平在1932年11月24日已经抄录到第84封,完成多半部,可是1933年1月14日鲁迅才"交上《两地书》稿上半"给李小峰。为何这期间足足间隔五十多天?原因是鲁迅1932年在创作此书时,已经将其版权预约给了另一书店,且已为此预支了大额版税以供家用。但是李小峰在得悉此事后,便商请鲁迅从"天马"收回版权并改交"北新"出版。鲁迅对此迟迟未允,在1932年12月23日致李小峰信中,他介绍了自己因为上海寓中连续生病而财务亏空的近况,以及此前将《两地书》预约给天马书店并支用数百元版税的原委,但是坚持认为"取还的交涉,恐怕是很难"。可见,虑及跟天马书店交涉"很难",鲁迅对于将书稿改交北新出版并不看好。直至1933年1月2日,鲁迅才以北新书局全部接受"版税须先付,但少取印花""广告须先给我看一遍,加以改正"以及以后需要"将另一作品给与天马书店"等四款条件为前提,答应将《两地书》"付北新出版了"。① 这种出版商的改换周折,造成书稿去向的不确定,进而导致许广平抄好的半部书稿搁置一个多月,一直到1933年1月14日才正式交付青光书局(北新书局化名)排印。

综上可知,鲁迅执笔撰写《两地书》手稿的起始时间大致是1932年9月下旬,而完成时间为1933年1月中旬,许广平抄好《两地书》付排稿本的大致时间是1933年2月中旬;而就在这一时期,鲁迅已经笃信章廷谦提及的"梯子之论",不再秉持"幼者本位"的进化论思想,甚至干脆认定"漂聚于上海"的新一代文人动辄"造谣生事,害人卖友"乃至"动辄要你生命"(1932年7月8日致黎烈文信)。由此推知,鲁迅青年观的重大演变必然对《两地书》的创作产生不可忽视的影响。

第四节 鲁迅的青年观对《两地书》创作的影响

将《两地书》与相应的原信做比较,一个显著变化是:只要是原信中涉及青年话题的评论语句,在《两地书》中几乎都被扩增和强化,其批评的程度加剧,文字的篇

---

① 鲁迅.鲁迅全集:第十二卷[M].北京:人民文学出版社,2005:357-358.

幅增多,谴责的语气变强,披露的细节则更为详尽。鲁迅针对原信在增删方面的处理,基本以"删"为主,尽量删除原信中饾饤琐屑,砍掉无关主旨之处,以求行文紧凑,褒贬有度,语言得体;其所"增"的笔墨本已不多,但在青年话题上却格外放开,增添字句,多发议论,言辞激烈,颇为异常。遇青年话题则多增笔墨,且多为怨怼和谴责,这是《两地书》创作过程中的一种鲜明特征,且于"厦门—广州"这一集中尤为突出。

鲁迅在《两地书》创作中对青年话题普遍增写的原因何在?一方面,鲁迅"进化论"观念的衰解所致,鲁迅对原信改写时早已不再秉持"幼者本位"的理念,不再相信"青年必胜于老年",虽然他依旧对优秀青年无私地爱护,但已有所研判,有所区别,不再无条件地给青年"补靴子",这使鲁迅对青年的分析和评价更辩证、更客观。另一方面,鲁迅在热心帮助一些文学团体却"无不或失败,或受欺"的背景下,认清了部分青年老成世故、损人自利的复杂面目,于 20 世纪 30 年代初笃信"梯子之论",以被踩踏、被利用、被抛弃的梯子自比,对青年渐增私心太重、城府颇深的负面印象,这使鲁迅在论及青年话题时心有芥蒂、略存成见。这些因素虽不是全部,但在很大程度上都促使鲁迅在《两地书》青年话题的增写变动上积怨难消、下笔颇重。

就涵盖的书信范围而言,鲁迅这方面的增写不限于鲁迅致许广平的原信,也包括许广平致鲁迅的原信。对自己原信的处理反映鲁迅在《两地书》出版前的真实态度,这属必然;但对许广平原信的改写扩增反映的却未必是她本人的心思,而更无限接近鲁迅的想法,这值得关注。鲁迅致许广平书信被增写的典型一例是《两地书》第 73 封中的一段。在对世人进行了"可利用时则竭力利用,可打击时则竭力打击,只要于他有利"的尖锐批判后,初版本与原信在对青年群体的评价上出现了重大差异,1926 年 11 月 15 日原信只是简单概述了当年"我在北京是这么忙,来客不绝,但倘一失脚,这些人便是投井下石"的冷暖境况,但初版本中则多有增写且颇为繁复,描述得更为透彻:

"我在北京这么忙,来客不绝,但一受段祺瑞,章士钊们的压迫,有些人就立刻来索还原稿,不要我选定,作序了。其甚者还要乘机下石,连我请他吃过饭也是罪状了,这是我在运动他;请他喝过好茶也是罪状了,这是我奢侈的证据。借自己的升沉,看看人们的嘴脸的变化,虽然很有益,

第一章　鲁迅青年观的演变及其对《两地书》创作的影响

也有趣,但我的涵养工夫太浅了,有时总还不免有些愤激……"①

同是评述当年在北京"来客不绝"与"落井下石"的反差,初版本比原信描述得更细致,揭露得更翔实:原信只是说"失脚",初版本则细化为"受段祺瑞、章士钊们的压迫";原信只是说"投井下石",初版本则细化为"请他吃过饭""请他喝过好茶"被诬为罪状,被人斥为善于拉拢或生活奢靡。初版本还增写了鲁迅对某些青年嘴脸随势而变的"杂感",展现了对青年动辄反目的无奈,以及甘心助人却反被构陷的悲愤。这种浓墨重笔的改写丰富了原信中的辞句,也成了鲁迅在进化论思想衰解后对青年不再"无条件敬畏"的有力佐证。

鲁迅在青年话题上增写也针对许广平致鲁迅的原信。在《两地书》第 84 封信中,许广平就鲁迅所述高长虹的反目行径进行表态,阐明自己"真是出入意外",觉得他仅仅因为一点小愤且是"并非和你直接发生的小愤"就大肆"嘲笑骂詈,好像有深仇重怨",由此可以窥见"奇妙不可测的世态人心"。但是在 1926 年 11 月 27 日原信里,许广平并未谈及高长虹的"嘲笑骂詈""深仇重怨",而是仅以"无礼对待"简单概述,语气较轻。这种增写,补充了高长虹中伤鲁迅的低劣言行,使读者对当年高鲁纷争看得更真切,但也可以理解为鲁迅借《两地书》中许广平之口,隔着时空对高长虹展开更为尖利的批评。

就增写的操作方式而言,鲁迅就青年话题而进行的增写可分两种,一种是在原信本意基础上细节的增添和文字的扩充,使渲染更充分、表意更周全,这在《两地书》中居于主流。在《两地书》第 95 封信中,鲁迅叙写了自己对一些青年的宽容态度,即惯于退让或默然忍受,随后进一步描述了青年对他的回应:"不料他们竟以为可欺,或纠缠,或奴役,或责骂,或诬蔑",可谓"得步进步,闹个不完"。②但查阅对应的 1926 年 12 月 24 日原信,在同样的"不料他们竟以为可欺"之后,只有"或纠缠,或责骂",可见初版本中的"或奴役""或诬蔑"是鲁迅后期增添进去的,而且所增两组词的所指更恶劣、性质更严重,体现出鲁迅在《两地书》出版前对一些青年的消极看法和失望情绪。但这里的"或奴役""或诬蔑"并不与原信中"或纠缠,或责骂"

---

① 鲁迅,景宋.两地书[M].上海:青光书局,1933:156.
② 同①197.

的表达相悖,新增的成分对旧有的措辞只是言动的补充,并无意旨的颠覆,属于原信本意基础上的内容扩充。

增写的另一种方式是曲解原意而生成新意,对原信进行深层改造,不拘泥于写信人的原始意旨,而是要符合鲁迅在《两地书》创作过程中的思想意图,这种情况虽不占多数,但也不罕见。对原信意思的曲解并非恶意的篡改或无聊的矫饰,而是因材取意、借题升华。例如在1926年10月28日的原信中,鲁迅对许广平回乡后的人际关系和生活境遇做出了精当的分析和善意的提醒,现将原信内容和初版本第62封信片段做如下对比:

[原信]"我早已有点想到,亲戚本家,这回要认识你了,不但认识,还要要求帮忙,帮忙之后,还要大不满足,而且怨愤,因为他们以为你收入甚多,即使竭力地帮了,也等于不帮。将来如果偶需他们帮助时,便都退开,因为他们没有得过你的帮助,或者还要下石,这是对于先前吝啬的罚。"①

[初版]"我早已有些想到过,你这次出去做事,会有许多莫名其妙的人们来访问你的,或者自称革命家,或者自称文学家,不但访问,还要要求帮忙。我想,你是会去帮的,然而帮忙之后,他们还要大不满足,而且怨恨,因为他们以为你收入甚多,这一点即等于不帮,你说竭力的帮了,乃是你吝啬的谎话。将来或有些失败,便都一哄而散,甚者还要下石,即将访问你时所见的态度,衣饰,住处等等,作为攻击之资,这是对于先前的吝啬的罚。"②

鲁迅评述的对象在原信和初版本中存在根本的差异,原信所针对的是许广平的"亲戚本家",而初版本的评述对象则改成了"自称革命家,或者自称文学家"的"许多莫名其妙的人们",这两者存在明显的不同。"亲戚本家"是家族内部成员,许广平在原信中多有提及,他们的确是她的远亲近戚,而非什么"革命家""文学家",

---

① 鲁迅,景宋.两地书·原信:鲁迅与许广平往来书信集[M].北京:中国青年出版社,2005:163-164.

② 鲁迅,景宋.两地书[M].上海:青光书局,1933:136.

比如有"忽然从沪来,说是谋事未就"的"久未通信之兄",他要求许广平"给费作盘川找事";此外还有些"跑到学校,硬要借贷"的"破旧不堪的女人",这些亲戚令许广平"颜面不堪,苦恼透了"等。

由此可见,10月28日原信评述的"亲戚本家"和初版本第62封信评述的"自称革命家,或者自称文学家"的所指迥异,几乎没有交集。但有趣的是,二者的评述内容却在核心意旨上达成一致,都在揭露被帮助的人"大不满足"后心生怨恨,反讥帮助者"吝啬",转而对其落井"下石"。只不过,初版本比原信在具体评述内容上多有增写,原信"等于不帮"在初版本里被改成了"这一点即等于不帮",突出了受助者的贪婪;原信"竭力地帮了"一句在初版本中又补充了"乃是你吝啬的谎话",显现出受助者刁蛮的心性;原信中的"便都退开"则被扩展为"便都一哄而散",显得更直观、更生动,如在目前;而关于"对于先前的吝啬的罚",原信并未交代受助者反目"下石"的手段,而初版本则补写了"将访问你时所见的态度,衣饰,住处等等,作为攻击之资"一句,真切形象,细致具体。在此例中,"亲戚本家"这一原意涉及许广平的家庭隐私,所涉段落本应删去,但因境况虽异,事理同一,鲁迅便曲解原意,借题生发,跳出许广平的家庭内务而暗指鲁迅自己的人际困境,凸显某些青年贪婪世故、私心太重的群像,生成新意,可谓妙笔。

就鲁迅对青年话题增写的具体人物而言,范围不限于高长虹,并未特别针对他。鲁迅是将青年作为整体进行评价和思考,不囿于文学视野,不陷于个人恩怨,而能够在复杂的社会语境下全面地审视自身与青年的深层关系,反思进化论"幼者本位"观念下自己对青年不加甄别而盲目迁就的错误态度。当然,在《两地书》中,鲁迅涉及高长虹的文字增写和篇幅扩充还是颇多的,例如在第79封信中,鲁迅指责高长虹一边"自己加我'假冠'以欺人",一边又因为"别人所加之'假冠'而骂我",进而评价他"真是轻薄卑劣,不成人样"。查1926年11月20日致许广平的原信,鲁迅的评价只有"真是不像人样"一句,而没有"真是轻薄卑劣",此为后来所添。而且,新增写的"轻薄卑劣"是鲁迅对高长虹品质与人格的明确否定,措辞激烈,谴责意味极强。

此外,对于此种流言的原委,鲁迅在1927年1月11日致许广平原信中交代得比较简单,仅40余字,只是说最初是由韦素园将流言告知鲁迅的,所谓《狂飙》上有一首诗,太阳是自比,我是夜,月是她",①而韦素园也仅是从沉钟社听说而已。但是在《两地书》第112封信中,经过鲁迅的扩充,原信这一句就扩成了初版本的一段,增写了200多字,全段内容如下:

"那流言,是直到去年十一月,从韦漱园的信里才知道的。他说,由沈钟社里听来,长虹的拼命攻击我是为了一个女性,《狂飙》上有一首诗,太阳是自比,我是夜,月是她。他还问我这事可是真的,要知道一点详细。我这才明白长虹原来在害'单相思病',以及川流不息的到我这里来的原因,他并不是为《莽原》,却在等月亮。但对我竟毫不表示一些敌对的态度,直待我到了厦门,才从背后骂得我一个莫名其妙,真是卑怯得可以。我是夜,则当然要有月亮的,还要做什么诗,也低能得很。那时就做了一篇小说,和他开了一些小玩笑,寄到未名社去了。"②

鲁迅在其中向读者展示了"流言"的来源和韦素园的态度,并描述了高长虹当时害"单相思病"、到鲁迅宅等许广平、待鲁迅赴厦门后反目攻讦的种种行径,较原信那一句而言细节更丰富、曝光更充分、态度更鲜明。鲁迅甚至在初版本中表态"我是夜,则当然要有月亮的",贬损高长虹"卑怯得可以"和"低能得很",毫不掩饰对他的敌视和对爱的渴盼。

实事求是地说,高长虹是否通过《给——》诗以夜和月影射鲁迅和许广平,以及他是否真的对许广平害"单相思病",都因缺乏可信的证据而无法下定论。鲁迅在原信中只是引述了沉钟社中人所说的话,自己并未就此深谈,言辞简单,非常克制。但在初版本第112封信中,鲁迅"这才明白"的"真相",不仅包括高长虹频访鲁宅"不是为《莽原》,却在等月亮",还包括高长虹在鲁迅南下厦门后因为情恨而嘲笑骂詈,这说明鲁迅创作《两地书》时对韦素园当年转述的"流言"已经信以为真。其实,早在1926年12月29日致韦素园信中,鲁迅首先还只是觉得流言"是别人过敏的推测",或者是"《狂飙》社中人成心附会宣扬"以作为攻击他的特殊方法;最后才想

---

① 鲁迅,景宋.两地书·原信:鲁迅与许广平往来书信集[M].北京:中国青年出版社,2005:277.

② 鲁迅,景宋.两地书[M].上海:青光书局,1933:223.

第一章 鲁迅青年观的演变及其对《两地书》创作的影响

到"他真疑心我破坏了他的梦"。这种理性冷静、主次分明的分析是可取的,但鲁迅没能在创作《两地书》时就此坚持。显然,事实未必能像鲁迅所"明白"的那样繁杂混乱,高长虹也肯定不至于像鲁迅描述的那样因情反目到"不像人样"。但无论如何,《两地书》上这200多字的增写却清楚呈现了鲁迅在《两地书》出版前对高长虹的些许成见,反映了他在进化论衰解后不再不加区别地"甘为人梯"的青年观。

鲁迅增写所涉及的人物,更多是指文学青年群体,而非高长虹自己。可以说,鲁迅在《两地书》中描述和剖析的是一类人,而非一个人;他针对的基本是社会的一个面,而非简单的一个点。在《两地书》第102封信中,鲁迅自叙到了厦门后"不料有些人遽以为我被夺掉笔墨了",从此"不再有开口的可能",便转而"翻脸攻击"。这些文学青年如何"翻脸攻击"呢?1926年12月29日的原信并未说明,言之寥寥,但初版本补充为"想踏着死尸站上来",以及"报他自己心造的仇恨"。同样,在《两地书》第71封信中,鲁迅谈及"比敌人所伤"更大的悲哀,即"暗中将我作傀儡"或者"从背后枪击我";其后的一句变动颇多,较为典型,将1926年11月9日原信与初版本相关片段对比如下:

  〔原信〕 "我的生命,被他们乘机零碎取去的,我觉得已经很不少,此后颇想不蹈这覆辙了。"①

  〔初版〕 "我的生命,碎割在给人改稿子,看稿子,编书,校字,陪坐这些事情上者,已经很不少,而有些人因此竟以主子自居,稍不合意,就责难纷起,我此后颇想不再蹈这覆辙了。"②

将鲁迅生命碎割得"已经很不少"的事情是什么?原信简略,未能详写,但初版本中所叙颇丰,指明了"这些事情"是给人"改稿""看稿""编书"以及"校字""陪坐"等,具体翔实,让读者一目了然。鲁迅所列事项,其实也就是多年来给文学青年倾尽心血、甘于"打杂"的写照。让鲁迅改变态度而"此后颇想不蹈这覆辙"的,不仅是原信中提及的生命"被他们乘机零碎取去"的痛苦经历,而更体现在初版本中所增

---

① 鲁迅,景宋.两地书·原信:鲁迅与许广平往来书信集[M].北京:中国青年出版社,2005:181-182.

② 鲁迅,景宋.两地书[M].上海:青光书局,1933:152.

"以主子自居"的青年稍不称意就动辄责难的社会现实。一些青年作家当面与鲁迅称为同道而暗中将其视为工具,平时让鲁迅为其审稿、校对,稍不合意就以主子自居,鲁迅正是通过《两地书》创作中的增写操作来凸显自己与青年的这种异化关系,进而表达内心深处的苦楚与无奈。

在1926年12月26日致许广平的原信中,鲁迅讲述自己先前对青年的无私帮助和坦荡襟怀,自愿"将血一滴一滴地滴过去,以饲别人",虽然自己"渐渐瘦弱,也以为快活"。与之形成鲜明对比的是,后来人们反而"笑我瘦弱",甚至"连饮过我的血的人"也反过来"嘲笑我的疲弱"。这种反差其实代表着鲁迅与青年关系的紧张,鲁迅为青年默默付出,呕心沥血,结果是连滴血饲人的状态都难以为继,在青年动辄反噬的背景下,他禁不住"有时简直想报复"。值得注意的是,鲁迅在原信中用词简洁,而初版本第95封信则在"这实在使我愤怒"前增写了有些人咒骂鲁迅"本早可以死了的,但还要活着"的细节,补述了这种人"乘我困苦的时候,竭力给我一下闷棍"的卑劣行径,发出了"他们在替社会除去无用的废物"的悲苦慨叹。① 鲁迅所补写的这个片段,勾勒出鲁迅生命中的一种诅咒者、加害者的形象,他们诅咒鲁迅早死,责备其"没出息",却自视为精英;他们给鲁迅闷棍,乘人"困苦"之危,却自以为崇高。这一形象不见得确有其人,显然只是鲁迅在书中营造的寓言化的人物,但此形象却对鲁迅的现实境遇有着高度的概括力:鲁迅竭力帮助、无私栽培的一些青年,却成了鲁迅生活中的诅咒者和加害者,这不正是鲁迅在《两地书》中反复剖析和批判的吗?

鲁迅对原信中青年话题进行增写,涉及的人物不仅包括国内的文学青年,甚至还包括在海外求学的留学生。在1926年11月3日原信中,鲁迅曾向许广平讲过这样一件事:一个在东京的中国留学生自称是鲁迅的代表,去见盐谷温氏,并且以鲁迅的名义向盐谷温索要他所印的新书。但因盐谷温所著的新书尚未钉成,因此没有拿去。这个留学生害怕事情弄穿,事后向鲁迅写信认错。鲁迅对此颇有感慨,认为他们的行为非常荒唐,"无论什么都要利用,可怕极了"。在《两地书》初版本第68封信中,鲁迅将这件事加以扩写,补充了一些细节:留学生索要的书是盐谷温所印的《三国志平话》;他之所以"怕事情弄穿",是因他担心"将来盐谷氏直接寄我";

---

① 鲁迅,景宋.两地书[M].上海:青光书局,1933:200.

他为此所采取的应对措施是"托 C. T. 写信给我,要我追认他为代表",并威胁说"否则,于中国人之名誉有关"。"中国人之名誉"竟然建立在说谎之上,为了一点私利,这个留学生"什么都要利用",①这令《两地书》的读者不难窥见那个时代青年群体的一些侧影。鲁迅以寥寥数笔,清楚勾勒出这个留学生头脑精明而手段粗劣的"可怕"面目,此处的增写十分精彩。

---

① 鲁迅,景宋. 两地书[M]. 上海:青光书局,1933:145.

第二章 《两地书》针对原信的"去言情化"处理

第一节 "肉麻"与《两地书》的"去言情化"

《两地书》是不是一部情书？鲁迅自己对此持否定的态度。在1934年12月6日致萧军、萧红的信中，鲁迅自称《两地书》"并不像所谓'情书'"，原因之一在于通信之初二人都"没有什么关于后来的预料"；原因之二在于他们在"年龄""境遇"等方面已经"倾向了沉静方面"，所以在通信中"决不会显出什么热烈"，①显得较为平实。鲁迅不把《两地书》视作"情书"，强调的是他与许广平当年通信并无恋爱的初衷，二人心性本就"沉静"，所以书信绝不"热烈"。这里，鲁迅显然是将《两地书》与其原信混同为一加以评论的。其实《两地书》不等于原信，鲁迅所说《两地书》"决不会显出什么热烈"自然无误，但这不代表他与许广平之间的原始私信完全没有"热烈"的言情成分。事实上，鲁许往来原信虽不"肉麻"，但确实有明显的"言情"色彩，《两地书》的创作实际经过了细密的"去言情化"处理。

一、"肉麻"的含义及其与"言情"的差异

《两地书》并不"肉麻"，这在该书出版后不久就为广大读者所称道。1933年8月5日上海《民报》上有篇评论《两地书》的文章，署名是何觉夫。这篇文章认为，《两地书》"表面上，虽说是一本通讯的情书；但，也可以当做一部当时社会的大观图看"，从中可以窥见各式各样的人物心理，以及光怪陆离的社会现象。读者读到了

---

① 鲁迅.鲁迅全集：第十三卷[M].北京：人民文学出版社,2005:279.

什么呢？基本只是"几年前教育界的暗潮，政客武人的倾轧勾引，文人学者的猜忌角斗的实况"。文章强调，虽然第三集里，谈及"双方切念爱慕的一些话"，但是"其措辞用句，处处都足以引起读者的同感，确不是一般卿卿我我，花花月月令人肉麻的情书可比"。① 在作者看来，《两地书》不仅忠实地记录社会现象，也质朴地展现私人情感，远胜于一般"令人肉麻的情书"。

鲁迅的确是反对"肉麻"的，这在《两地书》创作之初就非常明显。在1932年8月17日致许寿裳的信中，鲁迅说"拟整理弟与景宋通信"，但"昨今一看，虽不肉麻，而亦无大意义"，因此无法做出决定。鲁迅之所以犹豫不决，是因为原信虽有"不肉麻"的优点，但也有"无大意义"的缺憾。在鲁迅眼里，"不肉麻"是其与许广平往来通信的可取之处，是将原信加工出版的有利因素。

其实，鲁迅素来反对"肉麻"，但是鲁迅笔下的"肉麻"却不止于男女间轻佻的亲昵，而是指向了广阔社会生活中各色的谄媚和吹捧。女师大风潮时期，在北京的朝阳、民国、中国、华北、平民五所大学联名向段祺瑞政府呈送呈文，大肆吹捧段祺瑞政府，诋毁学生运动。鲁迅在《"公理"的把戏》中批评说，当章士钊"势焰熏天"的时候，"教育界名流"不但鸦雀无声，甚至还"捧献肉麻透顶的呈文，以歌颂功德"。所献呈文被鲁迅批为"肉麻透顶"，主要在于其对权贵毫无操守的谄媚。直至1932年4月，鲁迅在《林克多〈苏联闻见录〉序》一文中评价当时报纸上鼓吹的"新旧三都的伟观，南北两京的新气"，觉得仅是"看见标题就觉得肉麻"，令人生厌。新闻标题何以令鲁迅觉得"肉麻"？因为当时政府的所谓"宣传"，在他看来"确凿就是说谎"，各式的阿谀和作假已经令人对于"记述文字逐渐起了疑心"，无法相信。

由此可见，鲁迅厌恶和反对"肉麻"。可究竟什么是"肉麻"？"肉麻"在鲁迅的话语中可粗分为两种，其一指男女之间轻佻的狎昵，其二指人们对权贵的虚伪谄媚。前者针对两性关系，多指男女不得体的亲近和无分寸的媚态；后者涉及真伪之别，源于对权势的逢迎和对恶行的矫饰。鲁迅反对虚伪矫饰的"肉麻"，如他对"老莱娱亲"的批判就是证明；但是也反对两性轻佻的"肉麻"，对《两地书》的"去言情化"即是典例。

---

① 中国社会科学院文学研究所鲁迅研究室.1913—1983鲁迅研究学术论著资料汇编：第1卷(1913—1983)[M].北京：中国文联出版公司,1985:832.

关于"肉麻",鲁迅最广为人知的名句是"肉麻当有趣"。在鲁迅的作品中,这一惯用语最早出现在1926年2月发表的《古书与白话》里,但广为人知却是因1926年5月发表的《〈二十四孝图〉》。在此文中,鲁迅认为《二十四孝图》中最使人不解的是"老莱娱亲",因为老莱身着"五色斑斓之衣"而动辄"诈跌仆地,作婴儿啼"的怪诞模样,"简直是装佯,侮辱了孩子"。最招致鲁迅反感的是此"孝"中的"诈跌",因为"小孩子多不愿意'诈'作",那么"老莱娱亲"便是以"不情为伦纪",真可谓拿"肉麻当作有趣"。不难发现,"肉麻"在文中最可恶之处在于"诈",在于以"装佯"来自视崇高,其惺惺作态的举动实为蓄意作伪,而最终难免归入轻佻和无聊之列。

另一方面,鲁迅笔下的"肉麻"更指向两性的轻佻。早在1927年8月发表的《朝花夕拾·后记》中,鲁迅觉得"讽刺和冷嘲只隔一张纸",而"有趣"和"肉麻"也是同理。在他看来,成年男女之间的撒娇"未免有些不顺眼",近乎轻佻,而放达夫妻当众恩爱的轻佻举动一旦跨出"有趣"的边界,也更容易转为"肉麻"。① 让鲁迅看"不顺眼"的不是男女之爱,而是男女在两性关系上的轻佻和肤浅,夫妻之间的"互相爱怜"应该真诚而自然,而不是"在人面前"的自赏或表演。

指向两性的轻佻的"肉麻"在蒋光慈的《纪念碑》里俯拾即是,而这部满含"死呀活呀的热情"的作品应是鲁迅创作态度的反面参照。《纪念碑》是宋若瑜和蒋光慈的通信集,由上海亚东图书馆于1927年11月出版,上卷收宋致蒋信而下卷收蒋致宋信。该书颇为畅销,至1931年5月时已出至第八版。事实上,出第一版时宋若瑜已去世,此书正是蒋光慈对她周年祭的纪念。在《〈纪念碑〉序》中,蒋光慈声称自己在整理与宋若瑜往来旧信时"一切都仍其旧",做到"一字不易",意在将此通信集"做为一个小小的纪念碑"来纪念亡妻。在此,蒋光慈强调初版本与原信内容绝对一致,达到"一字不易"的程度,意在强调书中呈现的情书是绝对真实的。当然,蒋光慈也为原信的散失而遗憾,自称有"很多的信都被散遗,无从收集",所以"只得仅限于此",这更显出他所录情书的珍贵。② 那么,把亡妻的情书拿出来出版是否恰当?蒋光慈的逻辑是,这些信函是他"此生中的最贵重的纪念物",因此他自然要"将它好好地留存起来",而印书传世是理想的保存方式,就算"读者要骂我为多

---

① 鲁迅.鲁迅全集:第二卷[M].北京:人民文学出版社,2005:340.
② 方铭.中国文学史资料全编·现代卷:蒋光慈研究资料[M].北京:知识产权出版社,2010:28.

事",也坚持认为"这是我应当做的事",自觉并无不当。其实,《纪念碑》所载情书的真实性,需要以宋若瑜、蒋光慈往来的原信手迹来证明,原信既然不存,则畅销书作家自称的"一字不易"只能作为一种参考。

鲁迅在"序言"里说《两地书》里既无"死呀活呀的热情",也没有"花呀月呀的佳句",不知鲁迅此处"死呀活呀""花呀月呀"具体指哪位作家的作品,但是如果寻找饱含此类词句的情书范本,《纪念碑》应是首选。此书第"二一"信即充满"热情",有不少剖心示爱的"佳句",例如"你说世界上只有我可以安慰你,但是反过来说,世界上除了你,还有谁可以安慰我呢?妹妹,亲爱的!请你回答一下吧!",以及"倘若你的母亲病好时,即请你到北京来,来与我握手,来与我接吻!",还有"倘若你羞哭了,我便跪在你面前赔不是……"等,①或缠绵悱恻,或激情满怀,满篇尽是"我的妹妹""我的爱人""我的女神"之类的亲密昵称。此信的最末一句是"与你接一个亲密的吻",落款的称谓为"爱你的侠哥",坦率浅白,毫无遮掩。鲁迅素来反对"肉麻",对《纪念碑》中甜腻直露、炽烈放达的言情方式应有强烈抵触。在鲁迅看来,"有趣"和"肉麻"之间"只隔一张纸",若是纵情无度而逾越界限,"有趣"的情谊沦为"肉麻"的展览,终是无聊和无益。

鲁迅与蒋光慈关系一度紧张。蒋光慈原名蒋如恒,曾名蒋光赤,1927年大革命失败后改"赤"为"慈",这一点颇受鲁迅的奚落。在《三闲集·文坛的掌故》中,鲁迅称其为"蒋光X",而且不无嘲讽地附言"恕我还不知道现在已经改了那一字";后来在《集外集·奔流编校后记(十二)》中,鲁迅称之为"蒋光Y",对他并不客气。在《伪自由书》的"后记"中,鲁迅还忆起蒋光慈等人率领"小将"对他进行围剿时抛出的言论,大意是说鲁迅"向来未曾受人攻击,自以为不可一世,现在要给他知道知道了"。② 鲁迅觉得蒋光慈的话是错误的,因为"我自作评论以来,即无时不受攻击",可见二人一度颇有隔阂。总体而言,鲁迅创作《两地书》的计划并非从蒋光慈那里照搬而来,但不排除在出版思路上受其启发;鲁迅在创作《两地书》时反对"肉麻"并坚持"去言情化",也可视为对《纪念碑》浅薄文风和滥情做法的反面借鉴。

无疑,鲁迅这种反对"肉麻"的求真品格和至诚态度深深影响了五年后《两地

---

① 蒋光慈.蒋光慈文集:第三卷[M].上海:上海文艺出版社,1985:209.
② 鲁迅.鲁迅全集:第五卷[M].北京:人民文学出版社,2005:191.

书》的写作和出版。1933年4月,正值《两地书》出版之际,鲁迅在《听说梦》一文中更是对"肉麻"与"情书"一并嘲讽,将二者放在因果联系中进行品评。在论述"食欲的根柢,实在比性欲还要深"的时候,鲁迅认定在"开口爱人,闭口情书"却"不以为肉麻"的社会阶段,人们应该洞察根柢而"不必讳言要吃饭",这使读者由"情书"而联想到"肉麻",并以"情书"为引发"肉麻"的一种缘由。至此,"情书"在鲁迅的话语里,恐怕就和"肉麻"一样带有负面印记,而同期出版的《两地书》自然也不是通篇"肉麻"的所谓"情书"。

二、《两地书》"去言情化"的原因与动机

鲁许往来的原信已经成为静态的历史性文书,其篇章面貌和交流内容已经定型,那么原信是否"肉麻"或"言情"呢?如前所述,鲁迅自认为原信"虽不肉麻,而亦无大意义",说明原信"不肉麻";但是,原信是"言情"的,往来的书信是鲁迅和许广平爱情发展的见证和表情达意的载体,蕴藏着情感,承载着情话,洋溢着情韵。从原信中常见的"致使我的'嫩弟弟'挂心""我就爱枭蛇鬼怪"以及"许是你已为感情蒙蔽了罢"之类的词句来看,鲁许原信情真意切,颇具"情韵",坦诚"言情"。

鲁迅反对别人有"肉麻"的言行,自己更不会有"肉麻"的作品。《两地书》是一部没有"肉麻"可言的书,这在书稿创作之初就已确定无疑。此书并非以肉麻文字博人眼球,而是以大量篇幅评论社会现象、叙写校园见闻,正如王得后先生所说,《两地书》并没有那种连篇累牍而单调乏味的"谈情说爱",恰恰相反,这本书大部分篇幅是在"谈自己的生活"抑或"谈自己对各种情况的感受",①因此这些通信能够真切细致地反映出鲁许二人在当时的生活情况以及心理状态。问题在于,"肉麻"不等于"言情",前者是轻佻的狎昵,后者是恳切的抒怀,"肉麻"是需要摒弃的,而"言情"是可以接受的。那么,《两地书》初版本是否真的"言情"呢?

从原信与初版文本的比较结果看,原信中涉及"情话"或"情韵"的语句,在初版本中已被大范围地删除或改写,读者已经看不到原信"言情"的本真面目,《两地书》在涉及鲁许情感的内容都较为冷静、克制,显得质朴、平淡,所以初版本不仅全无"肉麻",也几乎无"言情"可言。

---

① 王得后.《两地书》研究[M].天津:天津人民出版社,1982:259.

第二章 《两地书》针对原信的"去言情化"处理

问题的关键是,反对"肉麻",不意味着《两地书》中平常的"言情"也不可以有。鲁迅为何选择对原信进行"去言情化"的处理,而不延续原信"言情"的原貌呢?况且,原信本已"言情",以言情之新书来呈现言情之原信,这本是编写过程中最直接、最坦率也最省事的做法。但鲁迅最终还是耐心地对原信中的情话进行大刀阔斧的删减和改写,"情话"难觅踪影,"情韵"味变得索然,《两地书》呈现出的是冷静、平实、简明的雅正面貌。

当然,情感作为和事理平齐的叙写对象在《两地书》中当然存在,但往往以平淡、隐晦的笔触简略带过,书中"情"的表现变得不充分、不饱满,甚至不自然。不能认为所有谈及爱情的作品都是"言情"的作品,《两地书》对鲁许爱情的陈叙已是隐蔽、寡淡和零散的,故此书不在"言情"作品之列。例如在初版本第86封信中,鲁迅因为发现自己手指微抖,便忆起在北京时曾因节制吸烟而给许广平"大碰钉子"的事,自觉"脾气实在坏",感慨自制力"竟会如此薄弱,总是戒不掉"。随后的文字便与原信大为不同,堪为典例。现将其与1926年12月3日原信相应内容比照如下:

[原信]"但不知怎的,我于这一点不知何以自制力竟这么薄弱,总是戒不掉。但愿明年有人管束,得渐渐矫正,并且也甘心被管,不至于再闹脾气的了。"①

[初版]"但不知怎的,我于这一事自制力竟会如此薄弱,总是戒不掉。但愿明年能够渐渐矫正,并且也不至于再闹脾气的了。"②

原信字里行间洋溢着盎然的情韵,见证着二人非比寻常的亲密关系;而在初版本中,这种珍贵的言情文字被完整剔除,所留的只是极平淡的简单交代而已。鲁迅愿意"明年有人管束"且"甘心被管",是以"驯服"的姿态主动求取爱人的"管束",这正是情的流露和爱的表示,显现出鲁迅思念爱人的心境和猛士柔情的一端,更说明了许广平在其生命中的特殊位置。初版本中"明年能够渐渐矫正"一语平实而无味,回避了"谁来矫正"这一关键,抹去了许广平在原信中的鲜亮印记;而删去的"甘

---

① 鲁迅,景宋.两地书·原信:鲁迅与许广平往来书信集[M].北京:中国青年出版社,2005:228.

② 鲁迅,景宋.两地书[M].上海:青光书局,1933:181.

心被管"更是屏蔽了原信中鲁迅暖心的亲昵和绽放的爱意,令读者在此处看到的只是鲁迅的冷静和自律,读不到热烈的爱,也读不到作为爱人的许广平。

整体而论,《两地书》中的情爱表达是偏于冷静和克制的,篇幅删减,措辞委婉,近乎"含而不露",并无明显"言情"风貌。王得后先生认为,在表达爱情方面,《两地书》具有"含蓄、委婉、朴素的风格"以及"词感敏锐的笔致",其中最为显著的是鲁迅"好用欲亲反疏的曲笔",①在情爱的表达上往往含而不露。例如初版本不直接说"不愿失去你",而写成"不愿失了我的朋友"等,见解颇为精当。那么,在《两地书》创作中,这种由原信中"言情"转向初版本"沉静"的改写,其缘由何在?

缘由首先在于鲁迅对自己特殊婚姻状态的考量。学者余放成在《论鲁迅〈过客〉里的爱情底蕴》一文中分析,鲁许的爱情在当时被认为是"往年恋""师生恋""婚外恋",这使鲁迅承受着巨大的社会压力。自从1906年夏被母亲以"病重"为名从日本骗回而与朱安结婚开始,鲁迅与朱安一直维系着表面的婚姻关系,没有在法律上离弃她,朱安自始至终是鲁迅的"合法"妻子,这也正是鲁许之恋被一些人称为"婚外恋"的依据。但是,鲁迅与朱安的婚姻是"媒妁之言"的产物,鲁迅自身也是这一封建婚姻的牺牲者。在《随感录四十》一文中,鲁迅假借"一位不相识的少年"之口,对此事痛陈道:"可是这婚姻,是全凭别人的主张,别人撮合:把他们一日戏言,当我们百年的盟约。"在鲁迅眼中,这种被迫缔结的婚姻徒具外壳,使人形如牲畜:"仿佛两个牲口听着主人的命令:'咄,你们好好的住在一块儿罢!'"②可见,他与朱安的婚姻名存实亡,毫无爱情基础。那么,鲁迅作为反封建的"斗士",为何未能反抗母命而尽早结束这场旧式婚姻呢?这可能缘于鲁迅对母亲的隐忍、对家庭的承当,甚至还有对朱安的保护。孙伏园在1939年10月昆明文协纪念鲁迅逝世三周年大会上发表讲话时说,鲁迅一生"对事奋斗勇猛"而"待人则非常厚道",以至于他自始至终"不忍对自己最亲切的人予以残酷的待遇",③所以鲁迅最终在"最亲切的人"面前选择屈服。显然,鲁迅因为不忍拂逆母亲的意志,于是只能牺牲自身的幸福,默默地接受和供养母亲给予的这份不需要的"礼物"。

时至1927年10月8日,鲁迅和许广平从共和旅馆搬入景云里第二弄二十三

---

① 王得后.《两地书》研究[M].天津:天津人民出版社,1982:259.
② 鲁迅.鲁迅全集:第一卷[M].北京:人民文学出版社,2005:337.
③ 孙伏园,孙福熙.孙氏兄弟谈鲁迅[M].北京:新星出版社,2006:21.

号并开始同居生活,这时的鲁迅还只对外宣称许广平是帮他校对文稿的助手。在1929年3月22日致韦素园的信中,鲁迅还对此进行过意味深长的解释:许广平是接受鲁迅的劝告而随之同行的,她其实也"住在上海",具体角色是"帮我做点校对之类的事",而且此前那些"大放流言的人"对此情状"反而哑口无言",未敢置评。值得注意的是,鲁迅在此处只是说许广平居于上海,却没有承认二人已经同居;只是强调她的鲁迅助手的角色,却没能公开承认许广平的爱人身份,这说明鲁迅一度对自己婚外同居的生活状态存在心理焦灼。

其实,鲁迅和许广平的同居关系,更不易于为他人所接纳。他们在景云里共同生活的消息散播开后,并未普遍地得到理解和祝福,反而招致各色人等的指责和非议。有人评说作为原配夫人的朱安才是鲁迅的合法配偶,而许广平不过是一个"姨太太"而已;也有人揣测鲁迅与朱安关系的破裂,其缘由恰恰在于许广平从中作梗、蓄意破坏;就连作为鲁迅胞弟的周作人,也公开表示鲁许二人的婚姻不合法,并不予承认……可以说,鲁迅和许广平在景云里的同居生活并非一直恬静安宁,来自不同阵营的流言几乎如影随形。一位"文学青年"曾就此事给鲁迅写信,说他"昨与成仿吾冯乃超诸人同席",而成冯二人在宴席上宣传鲁迅"实为思想落伍者",因为鲁迅不仅"弃北京之正妻",竟然还"与女学生发生关系",此人认为这种"讨姨太太"的舆论关系到鲁迅的名誉和私德,希望鲁迅能够主动"作函警戒"。[①] 这里所说"女学生"即指许广平,而"北京之正妻"即是朱安。其实,即便在《两地书》创作和出版的1932年至1933年,朱安仍以元配妻子的身份与鲁迅的母亲一起在北平生活,这一事实简直为流言的传播和社会的歧见提供了反复可用的由头。

事实上,对鲁迅与许广平的同居生活,不应指其一端而过分苛责。鲁迅和许广平都生活在新旧社会交接更替的时代,婚姻生活上必然负载旧的烙印而又萌生新的追求,这本是时代的特征,也是他们同居的背景。摆脱封建婚姻的桎梏,赢得爱情境域的新生,这本无可厚非,具有鲜明的正当性。正如王得后先生在《〈两地书〉研究》中阐述的那样,鲁迅在旧式婚姻的桎梏里陪着做了长达二十年牺牲,还能够妥善地关照和安置朱安的基本生活,那么无论在新道德或者旧道德的角度来看,他

[①] 赵瑜.小闲事:恋爱中的鲁迅[M].北京:中国青年出版社,2012:287.

与许广平"共享人所应有的爱情"都无可非议,这其实"没有什么东西需要回避"。①但如上文所述,鲁许二人的同居生活确实面临着诸多非议,承载了巨大压力,鲁迅自己在《两地书》序言中就曾提及,几年来"环绕我们的风波也可谓不少",但是在抗争过程中,有人慨然"相助",也有人趁机"下石",更有人"笑骂诬蔑"……因此,在这种语境下出版《两地书》虽可认为是鲁迅对许广平配偶身份的婉转"正名",体现了鲁迅对他们爱情的充分肯定;但是,如果鲁迅在《两地书》初版本中保留原信里的大量"情话"并凸显他与许广平的绵绵"爱意",则容易减低大众对鲁许恋情的正面接受效果,而且会给世俗社会一种婚外言情的不良观感,实不可取。在《两地书》创作中,鲁迅对原信"言情"热度进行冷却处理,并非是对二人恋情的任何否定,而更可能是基于社会舆情压力的慎重考量。

其次,原信的"言情"在《两地书》中被改为"沉静",在一定程度上缘于鲁迅对作品在出版市场号召力的自信。如果想在20世纪30年代的上海出版一本能够获得上好口碑和可观销量的书,自然要考虑迎合文化市场的需求,研究大众读者的口味。但是在《两地书》序言中,鲁迅说此书不仅没有"死呀活呀的热情",而且连"花呀月呀的佳句"也难觅踪迹,有的只是"学校风潮""饭菜好坏"以及"天气阴晴"之类的生活点滴。实际上,《两地书》中不仅没有"死呀活呀的热情",连正常的言情内容都删减殆尽,这简直是与迎合读者口味的书商做派恰好相反。毫无疑问,以鲁迅当时的社会影响力,如果在《两地书》中渲染两性私情、添加言情词句,定会极大激发读者的窥视兴趣和购读热情。但如鲁迅自己所言,如果一定要评价《两地书》的特色,那恐怕是它的平凡,而且"这样平凡的东西,别人大概是不会有,即有也未必存留"。② 鲁迅以严谨而平实的态度出版《两地书》,坚守它的"平凡"本色,不炮制影响市场的卖点,不制造取悦读者的噱头,而只是平静地叙写一起经受的境遇、共同明晓的事理和辗转流离的经历,对这部作品的销售前景有足够的信心。鲁迅的自信不是盲目的,《两地书》在1933年4月出版之后,短短一年内竟然印刷九次,总印数更是达到6 500册,鲁迅和许广平也因此获得了1 625元的版税,迎来了《两地书》在出版市场上最初的成功。

这种"去言情化"的冷处理在《两地书》出版当年就得到了读者的认可,人们并

---

① 王得后.《两地书》研究[M].天津:天津人民出版社,1982:279.
② 鲁迅,景宋.两地书[M].上海:青光书局,1933:2.

未因为这本书缺少预期的言情词句而否定这本书的诸多价值。1933年5月9日《南大副刊》(周刊)第二十七期曾刊过署名余琴的文章,介绍了《两地书》并"泛谈所谓情书"。作者认为,如果人们怀着去读"情书"的心情,想从《两地书》中要得到一些舒软的或是醉人的旖旎话语,或者一些"肉麻与有趣"的故事,那一定会彻头彻尾地失望,因为"在这里还是只有他老先生特具的那种辛辣的笔调,刻骨的讽刺,和那幽默的风格",①说明《两地书》的旨趣和风格与其他杂文趋同,不旨在"言情",而在于记事说理,只不过更为诚挚、更显亲切。作者强调说,鲁迅和许广平恋爱关系的进展完全"不曾表现在亲呀肉呀,心肝呀的怪叫中",但是他们彼此恳切的关心和诚挚的情意已经溢于纸上;读完《两地书》,人们会从中"领略一点爱情的真价",对鲁许爱情的正当性给予了肯定。

第二节 "言情"的尺度:鲁迅的含蓄与许广平的热烈

在原信中,鲁迅示爱的方式较为委婉,措辞含蓄,往往爱在心头而欲言又止;许广平的"言情"则较为明快,用词直接,可谓言为心声,显露出纯真的热情。究其缘由,在于在这个恋爱关系中,鲁迅较为年长且曾为人师,所以表意含糊,不够热烈;而许广平正值芳龄且性格不羁,所以能够果敢传情,更显明朗。无论是原信中鲁迅的含蓄传情还是许广平的坦率示爱,在《两地书》初版本中都被大量删改,面貌剧变。

一、鲁迅的含蓄传情及其在初版本中的改写

将原信与初版对读,发现原信中鲁迅思念许广平的特别方式是"默念","默念"多是一种"静观默想",传情的手段较为含蓄隐晦。在"厦门—广州"以及"北平—上海"通信期间,鲁迅和许广平彼此思念,以鸿雁传情,二人如何表达情愫的呢?鲁迅在原信中不用"想念"或"思念"这样传情的词语,他对许的"默想"或"默念"是一种

---

① 中国社会科学院文学研究所鲁迅研究室.1913—1983鲁迅研究学术论著资料汇编:第1卷(1913—1936)[M].北京:中国文联出版社,1985:792.

不动声色的思恋,是沉潜心底而日益浓郁的爱的呼唤。这样"并不肉麻"的表达在初版本中并未原貌留存,而是消除了"言情"成分,下面择例阐明。

在《两地书》初版本第60封信中,鲁迅向许广平讲述宿舍因孙伏园的离去而"现在就只有我一人",但他"可以静观默想,所以精神上倒并不感到寂寞"。鲁迅"不感到寂寞"的原因是可以"静观默想",但"默想"的对象是什么呢?没有明确。可以默想文坛典故、历史趣谈、民俗花絮、时政秘闻……但并没有明确提及许广平。其实在1926年10月23日原信中,这句话的原貌是"但我却可以静坐着默念HM,所以精神上并不感到寂寞"。"HM"指代的是"害马",即许广平。可见鲁迅原是以思念远在广州的恋人而驱除心底的寂寞,并非泛泛地"静观默想"。原信是以不经意的笔触传递深沉的爱,是一种并不肤浅的"言情",但在初版本中它被改为毫无确指的言辞,只余平实和冷静。

原信中鲁迅的"默念"不仅被"改",还大量被"删"。在初版本第68封信中,聊起为《厦大国学季刊》撰稿的事,鲁迅说自己写了4 000余字,已经完稿,而且"并不吃力,从此就又玩几天"。这是该段最后一句,其后并无文字。但查1926年11月4日致许广平的原信,"玩几天"之后其实还有一句,所删为"默念着一个某君",且在"独坐在电灯下"而窗外大风呼啸的时刻默念更甚。鲁迅"默念"的"一个某君",就是许广平。窗外狂风大作,舍内孤灯独坐,所思所念,正是远方的爱人。这种淡然的情话也未免被删,可见鲁迅只是将《两地书》作为"鲁迅与景宋的通信"而已,并非他们二人之间的私密情书。这并非孤例。在初版本第85封信中,鲁迅计算起离厦的时间,结果是"至多也只有两个月",而且这段日子可以"编编讲义"或者"烧烧开水",感觉时间"也容易混过去"。其实,1926年12月2日原信在"混过去"后还接了几句,即"何况还有默念",而且默念的频度"常有加增的倾向",在鲁迅看来,似乎"终于也还是那一个人胜利了",①但在初版本中这些内容却被删掉了。原信中鲁迅"默念"的对象自然是许广平,不同的是此时鲁迅的"默念之度"已经增加,说明时近岁尾,他已对广州的恋人心驰神往,而且思念更甚;而且通过"还是那一个人胜利了"一句,鲁迅暗示自己的心已被许广平征服。因为有浓郁的"言情"成分,原信中

---

① 鲁迅,景宋.两地书·原信:鲁迅与许广平往来书信集[M].北京:中国青年出版社,2005:226.

这些精彩的语句没能在初版本中得以留存。

鲁迅思念许广平的方式在原信里不仅体现于"默念",还包括话语"留白",含蓄示爱。原信中,鲁迅经常话说"半截",含蓄表白,欲言又止,但看似零碎的语句往往有颇深的言外之意。在初版本第 48 封信中,鲁迅向许广平抱怨在厦大的生活"有些无聊",而且"有些不高兴",仿佛是"不能安居乐业"一样,只能通过"开手编讲义"等工作来"排遣排遣"。其实,此处的"不能安居乐业"在 1926 年 9 月 30 日原信中实为"仿佛缺了什么",而"有些不高兴"在原信中亦为"不满足"。那么,鲁迅仿佛"缺了什么"呢?他没有明指,但这自然是种含蓄的爱的表示,在厦大所缺的正是作为伴侣的许广平。与此相反,初版本里改成的"不能安居乐业"更多指向了厦大不尽人意的居住条件和工作环境,与许广平无关,这就消除了"言情"的成分。此外,在初版本第 64 封信中,鲁迅虽然"很愿意现在就走一趟",但还是计划等到年底才去广州,因为"开学既然在明年三月,则年底去也还不迟"。这里的词句与原信有异,虽然"现在就走"与 1926 年 10 月 29 日原信的"我自然也有非即去不可之心"大意相同,但原信随后还有"虽然并不全为公事"一句,在初版本中被删掉了。鲁迅"不全为公事"这句真可谓"欲言又止",颇有弦外之音。公事之外,所为何人?自然是许广平。如此隐晦的"言情"手法,传递的却是对许的绵长的思念和真诚的爱恋。这种针对原信"言情"成分的大量删改,使《两地书》显得特别重于叙事论理,而抹去说爱谈情。为对此佐证,再引一例:

[原信]"我并非追踪政府,却是别有追踪。中央政府一移,许多人一同移去,我或者反而可以闲暇些……"①

[初版]"我并不在追踪政府,许多人和政府一同移去,我或者反而可以闲暇些……"②

以上是 1926 年 12 月 2 日原信与初版本第 85 封信的片段对比。鲁迅在初版虽阐明"不在追踪政府",但隐去了"却是别有追踪",只谈"许多人和政府一同移去"

---

① 鲁迅,景宋.两地书·原信:鲁迅与许广平往来书信集[M].北京:中国青年出版社,2005:225.

② 鲁迅,景宋.两地书[M].上海:青光书局,1933:179.

后自己的闲暇,却未能描绘二人相聚广州后朝夕为伴的生活图景。原信所说"别有追踪",所"追"的人自然是许广平。如此含蓄的情话,在初版本中还是被删。

鲁迅删去自己隐晦"情话"的情况还体现于初版本第95封信中。鲁迅说自己在生活的征途中"将血一滴一滴地滴过去,以饲别人",即使"渐渐瘦弱",也会"以为快活",但另一方面却也因"人们笑我瘦弱了"而愤怒。查1926年12月16日原信,"人们笑我瘦弱了"之后原有"除掉那一个人之外",而"那一个人"显然是指许广平。这说明鲁迅将许广平视为生命中最忠实的朋友和最亲密的伴侣,初版所删部分恰恰体现了他对许广平的殷殷深情。此外在初版本第102封信中,鲁迅向许广平报告"中大似乎等我很急",所以他想和林语堂商议,打算"能早走则早走"。表面看起来,鲁迅急于"早走"奔赴广州的原因就是中山大学"很急",但事实并非如此。据1926年12月29日原信,"能早走则早走"之后原本还有一句,即"自然另外也还有原因",被鲁迅在撰写书稿时删掉。而这另外存在的原因,就是许广平也在广州,鲁迅急于与她团聚。鲁迅上述含糊而隐晦的传情示爱的语句,本属真切平常,与矫情或肉麻毫无关系,但创作过程中都被删改,没能写进《两地书》初版本里。

二、许广平的热烈示爱及其在初版本中的改写

初版本第82封信中,许广平曾经向鲁迅询问"我的话是那么率直,不知道说得太过分了没有?"足见许广平个性之诚恳、为人之率真。与鲁迅"欲言又止"的示爱姿态不同,许广平在原信里言情的态度往往爽直、明快得多。在初版本第49封信中,许广平感慨自己时间太紧、写信匆忙,许多应写事项也往往忘却,"致使你因此挂心,这真是该打!""你"当然指鲁迅,但1926年9月28日原信在此处并无"你"字,而是"我的'嫩弟弟'"。写这封信时许广平刚刚在广东省立女子师范学校(以下简称"广东女师")执教三周,称呼与自己分别不久的"迅师"为"我的'嫩弟弟'",这说明此时二人关系已经非常亲密,更显现出许广平对爱情坚定不渝的信念。自然,在初版本中这一热烈的爱称被换掉。而在初版本第90封信中,许广平对自己发给鲁迅的"廿三的信"(实为1926年11月22日夜所写)颇为不安,对于自己激烈的言辞稍感忐忑,觉得自己"太过火了",现将1926年12月6日原信与初版本片段对比如下:

第二章 《两地书》针对原信的"去言情化"处理

[原信]"在我寄了廿三的信后,总是觉得我太过火了,这样的说话,又愿意知到你的意思,想得你'棒喝'一下,然而意外的不然,许是你已为感情蒙蔽了罢?"①

[初版]"这信到在我发了廿三的信之后,总是觉得我太过火了,这样的说话。"②

在原信里,因为没有得到鲁迅的"棒喝",许广平便嗔怪鲁迅"已为感情蒙蔽",大有诘问之意。这自然是情侣间甜蜜的笑谈,却也体现出鲁许二人心灵的交融和情感的默契,更彰显了许广平在情感世界中的自信和勇敢。初版本只余许广平对措辞"过火"的自责,原信"这样的说话"之后的语句被尽数删除。

针对前文鲁迅所述"默念之度常有加增的倾向",许广平在1926年12月7日的原信中分析说"想是日子近了的原故",因为按照常理,"孩子快近过年,总是天天吵几次",并且干脆揶揄鲁迅"你失败在那一个人手里了么"以及"你真太没出息了"。这简直是在宣告鲁迅已经被"败"在自己手里,被自己的真爱征服,可见许广平的情感诉说是何等火热。而原信中许广平将鲁迅当作"小孩子",且在得知对方因自己而"默念之度常有加增"后笑其太没出息,这无疑反映出情侣之间的亲昵,自然也在《两地书》初版本第91封信的删除之列。

许广平纯真直率、热情明快的性格还强烈表现在其与鲁迅1929年5月至6月间的通信中。在5月20日的原信里,正值孕期的许广平向回北平探母的鲁迅报告自己的起居情况,并叮嘱鲁迅"平心和气"和"好好保养"。其中的一段,娓娓传情,率真至诚,许广平自称"你的乖姑甚乖",而乖处就在于能够"听话",体谅对方苦心,自觉地"好好地保养自己";她向鲁迅保证自己"不整天在外面飞来飞去",而是小心善待身体,细致安排饮食,"养得壮壮的",为的是可以"等小白象回来高兴"。③ 这段话可以视为许广平对鲁迅爱的告白,热烈洋溢着她对鲁迅的体谅和关爱。"你的乖姑"是许广平的自称,"小白象"是鲁迅的爱称,她"小心体谅小白象的心",以他为

---

① 鲁迅,景宋.两地书·原信:鲁迅与许广平往来书信集[M].北京:中国青年出版社,2005:229.

② 鲁迅,景宋.两地书[M].上海:青光书局,1933:187.

③ 同①292.

重，为他着想，感人至深。但是，上述"情话"在初版本第124封信中被删去，再次印证了鲁迅在《两地书》创作中"去言情化"的一贯努力。

在第126封信中，许广平对鲁迅来信所用笺纸非常喜欢，尤其是两张笺纸所绘的"那两个莲蓬，并题着的几句，都很好"。她称赞鲁迅"你是十分精细的"，认定"那两张纸必不是随手捡起就用"。这里的行文和缓，措辞平实，并无特别之处。但与1929年5月21日原信对读，发现在"你是十分精细的"之前原有这样一句："我定你是小莲蓬，因为你矮些，乖乖莲蓬！"比较而论，鲁迅身材较许广平偏矮，自然成为笺纸所绘两个莲蓬中的"小莲蓬"，且被自视为"大莲蓬"的许广平称作"乖乖"。这种语句已经是夫妻间最为亲密不羁的情话，一字一句都浸润着爱的气息，自然也不可能在"去言情化"的《两地书》初版本中出现。

前文提到，原信中鲁迅思念许广平的特别方式是"默念"，传情较为含蓄，而许广平则在原信中以"梦"示爱，传递的是较为炽烈的情怀。在初版本第43封信中，许广平因为对鲁迅"那里的消息一概不知道"而颇为挂念，"惟有心猜臆测，究竟近状如何？"此处的"心猜臆测"在1926年9月17日原信中本为"梦想臆测"，二者看似同义，实则不同。原信在"臆测"之外重心在于"梦想"，许广平意在说明自己对鲁迅已是心中想念、夜里梦见，是种热烈的思恋的表示；初版本中"心猜"和"臆测"本属近义词，表意平淡，情味大减。可见，原信所用"梦想"比起初版改成的"心猜"更为热烈，也传神很多，但如此含情的词句当然在《两地书》创作的删改之列。而后，在初版本第45封信中，许广平收到鲁迅由厦门大学寄出的明信片后，告诉鲁迅"你扣足了一星期给我一信"，但明信片让她"在企望多日之中总算得到一点安慰"，此处的"企望多日"表意平淡，较为寻常；但其在1926年9月18日原信中本为"望眼欲穿"，该词生动展现出许广平心中热切的期盼；而后，许广平说"钟停了不知何时"，所以只能"急忙写此，恕其不备"，但查原信，此处原本还续有"但朝夕作梦"一句，但于初版本中未见。"朝夕作梦"表明她对鲁迅魂牵梦绕般的思恋和惦念，已至日思夜想的程度，这种"言情"的词语热烈真挚，但在初版本中自然不免为鲁迅所删。

第三节　"言情"的消隐：初版本
　　　　与原信首末称谓语的差异

本节着重讨论《两地书》初版本与原信在起首称谓语与信末称谓语（简称"首末称谓"）方面的差异，并分析和评价鲁迅"去言情化"的诸种努力。因《两地书》按时间先后内分三集，所以此处也以集别为序分别进行阐述。

一、初版本第一集首末称谓语与原信的比较

《两地书》初版本第一集共 35 封信，由 35 封原信改写创作而成。这一集是首末称谓改动比率较低的一集，原信与初版无变动的共 30 封，约占本集 35 封通信的 86%，而发生变动的通信约占本集总篇数的 14%。无变动的信中，鲁迅致许广平的信 16 封，起首称谓与信末称谓组合为"广平兄——鲁迅"（出现 11 次）、"广平兄——迅"（出现 4 次）、"广平仁兄大人阁下，敬启者——'老师'谨训"（出现 1 次）。许广平致鲁迅的信 14 封，起首称谓与信末称谓组合为"鲁迅先生吾师左右——小学生许广平谨上"（出现 1 次）、"鲁迅师——学生许广平"（出现 2 次）、"鲁迅师——小鬼许广平"（出现 11 次）。

第一集中原信与初版在首末称谓上发生变动的共 5 封，初版本第 1 封信起首称谓为"鲁迅先生"，信末称谓为"受教的一个小学生许广平"，但原信信末称谓是"谨受教的一个小学生许广平"，差了一个"谨"字。初版本第 5 封信起首称谓为"鲁迅先生吾师左右"，信末称谓为"你的学生许广平上"，但原信信末称谓是"鲁迅先生的学生许广平上"，相较而言，初版更显平和。初版本第 11 封信起首称谓为"鲁迅师"，信末称谓为"（鲁迅先生所承认之名）小鬼许广平"，但原信署名是"（鲁迅师所赐许成立之名）小鬼许广平"，初版去掉了代表尊卑之分的"赐"，而换为谦和的"承认"。初版本第 30 封信起首称谓为"鲁迅先生吾师左右"，信末称谓为"小鬼许广平"，但原信起首称谓是"鲁迅先生，吾师左右"，初版较原信少了一逗号，差别不大。初版本第 32 封信没有起首称谓，而注明"前缺"，信末称谓为"迅"，这和原信所差无几；但原信除了上述这段文字外，还有一篇尽显嬉闹之态《训词》，信首以"训词："领起，而信末则为带引号的"老师"，鲁许二人的亲昵关系已经初现端倪，但是后来在

初版本中整体被删去。

这一集里,鲁迅致许广平信中,最常使用的首末称谓语组合是"广平兄——鲁迅",出现次数多达11次;而许广平致鲁迅信中,最常使用的首末称谓语组合是"鲁迅师——小鬼许广平",出现次数也是11次。其实,鲁许在北京期间的往来原信中有七封没有写进《两地书》初版,其中1925年6月30日许广平致鲁迅信的首末称谓语分别是"鲁迅师"和"小鬼许广平",1925年7月13日许广平致鲁迅信的首末称谓语分别是"嫩弟手足"和"愚兄手泐",1925年7月15日鲁迅致许广平的信没有完整的首末称谓语(但是以"'愚兄'呀!"开头),1925年7月15日许广平致鲁迅信的首末称谓语分别是"嫩棣棣"和"愚兄泐",1925年7月16日鲁迅致许广平信的起首称谓是带引号的"愚兄"(信末称谓语空缺,不宜认定为信中"第十章 署名鲁迅。"),1925年7月17日许广平致鲁迅信的首末称谓语分别是"嫩棣棣"和"小鬼许广平",1926年8月15日鲁迅致许广平信的首末称谓语分别是"景宋'女士'学席"和"师鲁迅"。这些随原信被整体隐去的首末称谓语,多数都与初版本里彰显师生体统的用语存在明显差异,"嫩棣棣"和"愚兄泐"之类的称谓显示出二人非同寻常的亲密关系,几乎可以作为鲁许情感升华的文字证据。这些见证鲁许彼此亲昵态度的称谓没能写进《两地书》初版,足可印证鲁迅"去言情化"的一贯努力。

二、初版本第二集首末称谓语与原信的比较

《两地书》初版本第二集共77封信,由81封原信改写创作而成(初版本第51封、第61封、第82封、第87封通信各源于两封原信)。这一集是首末称谓改动比率最低的一集,与原信比较,初版本中基本无变动的通信共71封,占本集77封信的92%,而发生变动的通信占本集总篇数的8%。[①] 无变动的通信中,鲁迅致许广平的信最常用的起首称谓与信末称谓组合为"广平兄——迅",出现频率极高,只有一封写于明信片背面的信除外(该信无起首称谓,信末称谓为"迅");许广平致鲁迅的信最常用的起首称谓与信末称谓组合为"MY DEAR TEACHER ——YOUR

---

① 原信与初版在首末称谓语上存在大量的英文字母大小写的变动,例如原信"my dear teacher"在初版本中被改为"MY DEAR TEACHER","your H. m."被改为"YOUR H. M."等,这些变动只是拼写方面的准确化和规范化,此处不将其视为有统计意义的变动,不计入发生变动的通信数量中。

H. M."，多数情况都属此用法，但也颇有几封采用"迅师——your H. m."的首末称谓语组合，偶尔有用"迅师——你的 H. M."或"my dear teacher——你的 H. m."组合的特例。

本集原信与初版在首末称谓上发生变动的共6封，初版本第45封信起首称谓为"MY DEAR TEACHER"，信末称谓为"你的 H. M."，但原信信末称谓是"你的害马"，创作《两地书》时将汉字的"害马"转换成了英文字母的"H. M."；初版本第48封信起首称谓为"广平兄"，信末称谓为"L. S."及"迅"，但原信信末称谓是"H. M."及"迅"。这里，鲁迅在原信中以本来用于称呼许广平的"H. M."作为自己的署名，大有与许广平休戚与共、不分彼此的情意，私信中如此署名并无歧义，但写进公开出版的《两地书》则多会引发读者误解，而且恐会传递鲁许二人合同为一的言情印迹，所以"H. M."最终改为"L. S."（鲁迅曾用的笔名），以作区分。这种改法不是孤例，而是较为普遍的，在初版本第56封、第60封、第69封信中，起首称谓都是"广平兄"，信末称谓均为"L. S."，但原信信末称谓都是"H. M."，鲁迅对原信署名的改写相信也都是出于消除词语歧义、淡化言情印迹的考虑。另外，初版本第66封信起首称谓为"广平兄"，信末称谓为"迅"，看似平常，但原信起首称谓实际是"'林'兄"，有明显改动。1925年10月12日，许广平曾以"平林"的笔名，在鲁迅主编的《国民新报》副刊上发表了《同行者》，鲁迅在原信中以"'林'兄"作为起首称谓，当是取自许广平"平林"这一旧名。事实上，许广平在《同行者》中说自己不畏惧"人间的冷漠、压迫"，而"一心一意的向着爱的方向奔驰"，被认为是公开表达了对鲁迅的真爱。那么，"'林'兄"这一起首称谓恐怕大有传情的用意，但是初版本中改为"广平兄"，则清除了《同行者》这一隐含的关联，淡化了鲁许当时的深厚情感，可谓真心内隐而情味大减。

三、初版本第三集首末称谓语与原信的比较

《两地书》初版本第三集共23封信，由23封原信改写创作而成。这一集是首末称谓改动比率最高的一集，初版本所有起首称谓和信末称谓都与原信不同，发生变动的通信占本集总篇数的100%，且改动普遍比较明显。

本集首末称谓方面最显著的变动特征是以外文字母替代汉字或图画，初版本所有起首称谓都改为令人费解的字母缩写；除第117封外，初版本所有信末称谓也

都改作英文字母(第 117 封信末署名为"迅")。这一操作,使原信中表达亲密关系和特殊情意的昵称、戏称被挖空和遮掩,替换而成的各式字母令普通读者难以窥测和解读。

在鲁迅致许广平的原信中,起首称谓最常见的是"小刺猬",但在初版本中被改作"H.D"(应代表 H. M. DEAR)或"D. H"(应代表 DEAR H. M.)以及"D. H. M"(应代表 DEAR H. M.)等。此外,原信起首称谓也有"乖姑!小刺猬!"的情况,初版本中被改为"H. M. D",使言情的色彩大为淡化;有称为"小莲蓬而小刺猬"的,初版本中改作"D. L. ET D. H. M",使原信热烈的爱意变得隐晦难解;有称为"哥姑"的,初版本中改作"D. S",虽更简洁,但传情方面大为失色。鲁迅致许广平原信中信末称谓最常见的是"小白象"或"你的小白象",略带俏皮,更显亲昵,但在初版本中被改作"L."(应代表 LUXUN)或"ELEF."(德语"象"即"ELEFANT"的缩写),虽然平实,但显生硬。鲁信信末也有以大象图画(均作象鼻高昂状)作为署名的情况,但是在初版本第 116 封、第 125 封、第 126 封、第 129 封、第 132 封中被改为"EL"或"L."。此外,1929 年 5 月 17 日原信署名为"迅",初版本中并未做改动,实为特例。

另一方面,在许广平致鲁迅的原信中,起首称谓最常见的是"小白象",该称谓尽显亲昵,更可示爱,但在初版本中被改作"B. EL"(应代表 BABY ELEPHANT)或"EL. D"(应代表 ELEPHANT DEAR)或"D. EL"(应代表 DEAR ELEPHANT)以及"EL. DEAR"(应代表 ELEPHANT DEAR)等,言情的意味明显黯淡。许信起首也有称呼鲁迅为"小白象,小莲蓬"以及"小白象,姑哥"的情况,亲密而热切,但是初版本中被改为"D. EL. , D. L.""D. EL. , D. B."等,言情的意趣大为折损;1929 年 5 月 20 日原信起首称谓为"小白象",但同时在近旁绘了一幅白象图画(象鼻低垂),形象而有童趣,但初版本中改为"EL. D",恐怕令多数读者不知所云。许广平致鲁迅原信中信末称谓仅是"小刺猬"一种,但在初版本中基本被改作"H. M."(多数情况)或"YOUR H. M."(仅有一次),原信中炽烈的爱意变得平淡寡味。

第四节 "言情"的遮蔽:初版本与原信在正文中的称谓变动

下面从《两地书》对原信称谓的改写来探讨鲁迅的"去言情化"。就正文而论,

第二章 《两地书》针对原信的"去言情化"处理

鲁迅和许广平在原信中常使用"孩子""傻孩子""嫩弟弟""乖弟弟""小刺猬""小白象""乖姑"等情味浓重的"爱称"。这些称谓的亲密程度随时间的推进而明显递增，1926年10月4日鲁迅还只是在信中笑谈许广平"孩子之神经过敏，真令人无法可想"，到1929年5月15他就已经亲昵地说"我现在只望乖姑要乖，保养自己"，情感日渐加深，称谓也随之亲密。但是，除了"孩子"有两处罕见保留外，其他"爱称"在《两地书》初版本中都被删除，毫无痕迹。

一、"孩子"及"傻孩子"的称谓变动

1925年鲁迅和许广平在北京以师生身份同城通信，感情尚处于萌发阶段，所以并无明显的"爱称"可言。鲁迅第一次以"孩子"这种"爱称"称呼许广平，是在1926年10月4日由厦门寄至广州的原信中。在信的开篇，针对许广平因他寄信时使用"十分的邮票"而大发感慨一事，鲁迅嗔怪许广平"真是孩子气"，语气轻松，满含爱意。随后，针对许广平来信所说因看见他"食炒虾仁蛋饭送酒，没有买菜"而在上海购物时"心难过，不愿多买"一事，鲁迅在10月4日原信中感慨道："孩子之神经过敏，真令人无法可想。"①实际上，许广平在离沪赴穗前购置应用物件，却因心疼鲁迅而刻意省钱，鲁迅对此略做解释并嗔作"神经过敏"，对她以"孩子"相称。这种充满怜爱的亲密称谓印证了鲁许二人感情的升温和关系的飞跃，而且"孩子之神经过敏，真令人无法可想"这一流露真情的语句罕见地在初版本第50封信中得以保留，更说明鲁迅对这一阶段两人亲密关系的充分认可。

鲁迅为何称许广平为"孩子"？其中原因，由1925年4月6日许广平的原信中可见端倪。许曾在3月26日信中对鲁迅有做"马前卒"之请，但鲁迅在回信中自称无马而坐车，所以她在4月6日信中希望"做那十二三岁的小孩子"，能够有机会"跟在车后推着走"，以尽自己的微薄之力。做不成"马前卒"的许广平甘愿做个"小孩子"在鲁迅身后推车前行，这是她对鲁迅尊崇和敬爱的证明，也可视为鲁迅以"孩子"当作对许广平"爱称"的缘起。

"孩子"作为亲密的昵称在原信中最后一次出现，是在1926年12月12日。许

---

① 鲁迅,景宋.两地书·原信:鲁迅与许广平往来书信集[M].北京:中国青年出版社，2005:128.

广平在这天的信里向鲁迅讲述"应"与"急"随环境而异的道理,声称此道理"三尺童子"皆知,但是"三尺多的小孩子反误解",是应该"打手心十下"。许广平将鲁迅视为"三尺多的小孩子",这本带着恋人之间既有的亲切和随性,是一种特有的爱的示意,但在初版本第 94 封信中这关键一句被改成了"四尺的傻子反误解","三尺多"变成"四尺",又将"孩子"改成"傻子",进一步销蚀了亲密言情的内容。从 1926 年 10 月 4 日第一次使用到 1926 年 12 月 12 日最后一次使用,"孩子"作为鲁许二人之间的"爱称"在原信中存在了两个多月,而相应的言情原句在初版本中已经基本被删改殆尽。

"孩子"这一称谓在鲁许二人之间是可以互称的,这与"小刺猬""小白象"等明显不同。"小刺猬"专指许广平,"小白象"专指鲁迅,但"孩子"可以指鲁迅也可以指许广平。前述之例即是鲁称许为"孩子",而 1926 年 12 月 7 日许广平在给鲁迅的信中也称他为"孩子",而且是"傻孩子":"穿背心,冷了还是要加棉袍、棉袄……的,'这样就可以过冬'吗?傻孩子!"鲁迅所穿的"背心",即许广平为他亲手织的"毛绒小半臂",她在得知鲁迅打算单穿背心过冬后,欢喜之余,以"傻孩子"称之,可谓爱心不减,诚挚可鉴。可是这言情的一句在初版本第 91 封信中变成了:"穿上背心,冷了还是要加棉袄,棉袍……的。'这样就可以过冬'么?傻子!"①其中"傻孩子"被改成了"傻子",风月大减,情味索然。

相比较而言,"孩子"虽在原信中由鲁许二人互称,但鲁迅称对方"孩子"极少,而许广平称对方"孩子"却较多。在初版本中,鲁迅将他本人称她"孩子"的一句几乎原貌保留(见 1926 年 10 月 4 日原信及初版本第 50 封信),但却将许广平称他"孩子"的句子一一改写,使原信洋溢的情感淡化消隐,归于单调。例如在 1926 年 10 月 28 日原信中,鲁迅曾讲述他为了"要看它有怎样的拦阻力"而跳跃楼下花圃边的铁丝围栏,但被铁刺将"膝旁"刺伤的事。许广平得知后,"默然在脑海中浮现"出一幅"儿童天性好动"的图景,但此段在初版本中删改较大,现将许广平 1926 年 11 月 7 日原信与初版本第 72 封信相应内容进行简要对比:

［原信］"在有刺的铁丝栏跳过,我默然在脑海中浮现那一幅图画,

---

① 鲁迅,景宋.两地书[M].上海:青光书局,1933:188-189.

有一个小孩子跳来跳去,即便怕到跌伤,见着的也没有不欢喜其活泼泼地
的,如果这也'训斥',则教育原理根本谬误,儿童天性好动,引入正轨则
可,故意抑裁则不可,我是办教育的人,主张如此。"①

　　[初版] "对于跳铁丝栏,亦拟不加诰诫,因为我所学的是教育,而抑
制好动的天性,是和教育原理根本刺谬的。"②

　　鲁迅跳跃花圃的铁丝围栏,被许广平解读为"小孩子跳来跳去",活泼可爱惹人
欢喜,这已是将鲁迅视为可爱的"孩子",因其"天性好动",遂不能抑裁,而只应引
导。但这种亲密的称呼和灵动的笔触在初版本中被严重压缩、切削了,不见了"图
画",删去了"孩子",只以舒张天性的"教育原理"略做交代,致使情话消隐,形同于
一般往来信函。

二、"乖弟弟"及"嫩弟弟"的称谓变动

　　这种"弟弟"类的称谓专属鲁迅,是许广平对鲁迅使用的第一种"爱称",真诚烂
漫,情味浓厚。早在1925年7月13日致鲁迅原信中,许广平就以"嫩弟"作为起首
称谓;而后,7月15日和7月17日,许广平又以"嫩棣棣"作为起首称谓来称呼鲁
迅,不难发现,许广平对鲁迅的爱是真诚而热切的。但综观鲁许往来原信,在书信
的正文里,"弟弟"只由许广平使用过两次,与"孩子""小刺猬""乖姑"等"爱称"比
较,出现的频次最低。正文中称呼鲁迅为"弟弟",最早发生于1926年9月23日原
信中。鉴于鲁迅在厦门大学能够"知道处处小心,不多吸烟,喝酒……",许广平称
赞说"这是乖弟弟,做老兄的放心了"。称呼鲁迅为"乖弟弟",而自称"老兄",许广
平对鲁迅展现出了十足的情爱,但这一句也无例外地在初版本第47封信中被删。
正文中最后一次称呼鲁迅为"弟弟"是在1926年9月28日信中,许广平自责"写信
时匆忙极了,好多应当记下来的都忘了"以至于"使我的'嫩弟弟'挂心",但此处表
示爱意的"嫩弟弟"一词也在《两地书》创作过程中被改易。在初版本第49封信中,
这一句被改写成了"我写信时匆忙极了,许多应当写下来的事,也往往忘却,致使你

---

　　① 鲁迅,景宋.两地书·原信:鲁迅与许广平往来书信集[M].北京:中国青年出版社,
2005:177.

　　② 鲁迅,景宋.两地书[M].上海:青光书局,1933:154.

因此挂心","弟弟"被改"你","言情"意味被大大抹去。

由此可见,"弟弟"可能并非鲁迅乐于接受之"爱称",鲁迅曾在1926年10月4日原信中对许广平说"称人'嫩弟'之罪,亦一并记在账上"。视"嫩弟"之称为"罪",虽是笑谈,但也可说明鲁迅对此称呼并未心生欢喜,而且此后许广平也再没有对他以"弟弟"相称,无论是在"厦门—广州"通信期间还是"北平—上海"通信期间都如此。在初版本第50封信中,上述"称人'嫩弟'之罪"这句被删,而只是鼓励许广平勇于动笔、积极创作,强调"放胆下笔,无须退缩",这已是单纯的叙事说理,毫无谈情的意蕴。

许广平为何要称鲁迅为"弟弟"?男女"情动于中",实为隐秘,动机和心理已经无法查实,但"弟弟"之称很可能与鲁迅自1925年3月11日开始在信中称呼许广平"广平兄"有关。许广平在1925年3月15的原信中曾要求"原谅我太愚小",惊呼"我值得而且敢配当'兄'吗?"进而坚定地表示"无此斗胆当吾师先生的'兄'"。对此,鲁迅在1925年3月18日的原信中解释说,这是自己制定并沿用而来的老例,写信给"直接听讲的学生"时都称呼对方为"兄",并不真含有"老哥"的意思。既然许广平被称为"广平兄",那她自然相应地对鲁迅亲密地称作"嫩弟弟",这种"兄"和"弟"的对应关系自然促成了"弟弟"这类"爱称"的产生。

三、"小刺猬"的称谓变动

"小刺猬"是鲁迅对许广平的爱称,只在"北平—上海"通信期间出现和使用,但却比许广平此前所获"孩子""嫩弟弟"等亲密称呼在使用频次上高出很多。"小刺猬"这一称谓何来?早在1925年夏天,鲁迅就以"小刺猬"来指代许广平了。据许广平1938年10月16日在《青年人与鲁迅》一文中的回忆,在鲁迅先生北京寓所的园子里,曾出现两只小刺猬,鲁迅的母亲郑重爱护地养起来了。鲁迅和许广平则常将刺猬拿出来玩,刺猬虽然走路时细手细脚,一旦被碰触就会缩成一团,如同是大的毛栗子那样圆滚可爱,遗憾的是它们最终莫名地逃掉了,而且"无论怎样也找不着"。后来有一个雨天,许广平撑着伞来到寓所,不久之后她就收到了鲁迅的来信,信中附着一张有趣的画,画的是"一只小刺猬拿着伞走,真神气"。[①] 可惜这幅画后

---

① 许广平.许广平文集:第二卷[M].南京:江苏文艺出版社,1998:153-154.

第二章 《两地书》针对原信的"去言情化"处理

来散失了,但鲁迅却时常想起这张图,希望能够再找到它。可见,鲁迅最早将许广平喻为"小刺猬"还是在北京期间,并非是同居之后;"小刺猬"之"爱称"来源于北京寓所捉到的两只真实的刺猬,而非文学中的典故或朋友起的诨号;许广平获称"小刺猬",因为她在鲁迅眼里有着和小刺猬一样的"可爱相",而且格外"神气"。

在可查的原信正文中,"小刺猬"之称呼最早出现在许广平1929年5月14日致鲁迅的信函里,而这是她在"北平—上海"期间所发的第一封信。她觉得在回北平路上的鲁迅"必以为小刺猬在那块不晓得怎样过着",担心自己的身心状况,于是"不如由我实说",详叙分别后的情状。这里"小刺猬"是许广平以鲁迅口吻对自己的称呼,在二人同居生活中这个"爱称"专指许广平。在初版本第114封信中,这句话在《两地书》创作中被改成了"首先必以为我在怎么过活着,与其幻想,不如由我直说罢",中规中矩的"我"代替了饱含爱意的"小刺猬",言情的成分被删削殆尽。"小刺猬"之称呼最后一次出现是在1929年6月1日鲁迅的原信中,此信也是他们在"北平—上海"期间所发的最末一封。针对社会对他们二人情感历程的误解和窥测,鲁迅深情地对许广平倾诉说,"小刺猬,我们之相处,实有深因",那些市井之人只会以庸常的私心进行窥探和臆测,不会明晓其中的深意。① 但这句满含真情的话终被删去,没能出现在《两地书》初版本之中。"小刺猬"的使用几乎伴随"北平—上海"通信的始终;在与《两地书》对应的原信中,"小刺猬"是鲁迅对许广平最为常见的"爱称"。

"小刺猬"在《两地书》初版本并未出现,所有在原信中使用的"小刺猬"一词都被删或被改,以隐匿原来的言情面貌。一般而言,"小刺猬"要么随所在原句被整体删除,要么作为单词被改作"你",例如1929年5月21日原信中鲁迅叮嘱许广平安心保养,有"小刺猬,你千万好好保养"一句,这在初版本第118封信中被改成了"愿你好好保养",言辞简略且偏于自制。约一周后,在1929年5月27致许广平的原信中,鲁迅说自己所用笺纸也并非幅幅都含有深意,"小刺猬不要求之过深",防止沉迷其中而"神经过敏";在初版本第128封信中被改成了"你不要求之过深",告诉许广平不要因思虑过度而无端受苦。此处,"你"代替了"小刺猬",改后信文已没有

---

① 鲁迅,景宋.两地书·原信:鲁迅与许广平往来书信集[M].北京:中国青年出版社,2005:312.

热烈言情的成分可言。此外,在写于1929年5月25日的原信中,鲁迅深夜思念许广平,遥想"小刺猬或在南边也已醒来",但是"因为她乖,一定也即睡着",①此处的"小刺猬"在初版本第126封信中被改成了"你",而"她乖"则被改成了"她明白"。②原信中蕴含爱意的明丽话语被改造成了平实、沉稳的叙述词句,鲁迅在《两地书》手稿撰写过程中始终保持着"去言情化"的努力。

对"小刺猬"删改最为明显的是初版本第121封信。在1929年5月23日的原信中,鲁迅希望孕期中的许广平"继续摄生,万勿疏懈",情味较浓,多有"小刺猬"之"爱称",但初版本与之迥异,现略做片段之比较:

[原信]"小刺猬,这里的空气,真是沉静,和上海的动荡烦扰,大不相同,所以我是平安的;但只因为欠缺一件事,因而也静不下,惟看来信,知道小刺猬在上海也很乖,于是也就暂自宽慰了。小刺猬要这样继续摄生,万勿疏懈才好。"③

[初版]"这里的空气真是沉静,和上海的烦扰险恶,大不相同,所以我是平安的。然而也静不下,惟看来信,知道你在上海都好,也就暂自宽慰了。但愿能够这样的继续下去,不再疏懈才好。"④

原信有三处"小刺猬",分别用在"小刺猬,这里的空气,真是沉静""小刺猬在上海也很乖"以及"小刺猬要这样继续摄生"等语句中,但"小刺猬"在初版本中尽数被删改,尤其"小刺猬在上海也很乖"更是被改成"你在上海都好",内容由原来的浓情变为初版本的淡然,失去了鲁许二人短暂分离时必有的热切思恋和诚挚挂念,虽然符合鲁迅改笔的目的,但已稍显冷淡和生硬。

当然,《两地书》初版本中并无"小刺猬"字样,原信里"小刺猬"一词已被逐一删掉。除了上述各例,还涉及1929年5月21日原信中的"你总要想起小刺猬,想起

---

① 鲁迅,景宋.两地书·原信:鲁迅与许广平往来书信集[M].北京:中国青年出版社,2005:304.
② 鲁迅,景宋.两地书[M].上海:青光书局,1933:245.
③ 同①297.
④ 同②239.

你的乖姑不愿你吃苦",以及5月25日原信中的"小刺猬报告她的近状,知道非常之乖",还有5月30日原信中的"看来信,小刺猬是很乖的,鼻子不再冻冷"等,上述诸句在《两地书》中悉数被删,"小刺猬"随原句消隐,原信中的言情成分几乎成了鲁迅在《两地书》创作中始终未变的裁剪对象。

需要补充的是,"小刺猬"在原信中是个固定词组,以整体面貌出现和使用,一般不会拆分。但是原信中也有单独以"刺猬"称呼的情况,这都集中在1929年5月鲁迅致许广平的原信中,如5月15日信中所说"刺猬可能如此大睡,我怕她鼻子冻冷",5月17日信中所说"刺猬也应该留心保养,令我放心",5月25日信中所说"我的鼻子,虽然有时不免为刺猬所拉下……"等,"刺猬"不与"小"组合,虽单独使用,但仍指许广平,属鲁迅对伴侣的爱称。这些"刺猬"的语句或被改写或被删去,《两地书》初版本中并无"刺猬"之词,可谓对其清理净尽,最终挖去了原信中热烈言情的成分。

四、"乖姑"的称谓变动

"乖姑"是鲁迅对许广平的"爱称",在"北京"及"厦门—广州"期间的原信中均未出现,但是在1929年5月至6月的"北平—上海"原信及1932年11月因母病到北平探望期间所写书信中多次出现。也就是说,"乖姑"的使用并不止于《两地书》对应的原信(最后一封写于1929年6月1日),而是延伸至1932年11月间。

"乖姑"一词在鲁许往来原信中第一次出现是在1929年5月15日致许广平的原信中,鲁迅说自己在火车上曾经想到"这种震动法,于乖姑是不相宜",对孕期中的许广平甚为体贴;最后一次出现是在1932年11月19日致许广平的原信中,鲁迅说自己"相信乖姑的话",觉得"小乖姑大约总该好起来了",此处"乖姑"当然指许广平,而"小乖姑"指其子海婴。可见于鲁许二人所有通信的正文而言,"乖姑"的使用时间跨度是最大的,已经超过三年,比"孩子""嫩弟弟"以及"小刺猬"等称谓都要长得多。

值得注意的是,"乖姑"和"小刺猬"的关系并非严分泾渭,这两个称谓曾经在一封信中同时共用而相得益彰。在1929年5月15日致许广平的原信中,身处北平的鲁迅在静夜之中表达了对爱侣的思恋之情,关切地问"不知乖姑睡了没有",希望"乖姑要乖",表示自己会心平气和地"度过豫定的时光,不使小刺猬忧虑"。此例中,"乖姑"和"小刺猬"是同时并用的,鲁迅所说"不知乖姑睡了没有"是挂念许广平的起居情况,而"不使小刺猬忧虑"是鲁迅自己要"平心和气"而不让许广平担心,"乖姑"和"小刺猬"都指许广平一人。但原信中"乖姑"在初版本第116封信里被改成"她",亲昵的"爱称"被换成了普通的称谓;其后的"我现在只望乖姑要乖"一句在初版本中也被删去,逢"言情"则"删改",这其实成为鲁迅创作《两地书》过程中采取的惯常操作。不过在此例原信中,这种并用情况并非鲁迅致许广平信中所独具,许广平写给鲁迅的信中也曾出现:

[原信] "你近来可较新回去时安静些否,你总要想起小刺猬,想起你的乖姑不愿你吃苦,你体谅这点心,自己好好地。"①

[初版] "你近来比初到时安静些么?你千万要想起我所希望的意思,自己好好地。"②

在这封1929年5月21日写就的信中,许广平期待鲁迅"总要想起小刺猬"并且"想起你的乖姑",其实"乖姑"和"小刺猬"都是指代她自己,许广平是在提醒鲁迅"自己好好地",不要令她为此担心。但是"乖姑"和"小刺猬"的称谓在初版本第127封信中被删去,原信里言情写心的情话,都被改成沉静平淡的普通辞句。

整体而言,"乖姑"和"小刺猬"从共用到独用,体现了前者对后者的替代。如前所述,"小刺猬"在鲁许全部往来原信(包括1932年11月所写信函)中最后一次出现是1929年6月1日,所以该"爱称"的使用随1929年北平至上海通信的结束而结束。但"乖姑"一词则从1929年5月一直沿用到1932年11月,在与"小刺猬"并用一段时间后,逐渐替代"小刺猬"一词,而成为鲁迅对许广平最常用的"爱称"。

五、"小白象"的称谓变动

鲁迅似不大乐于接受"嫩弟弟"或"乖弟弟"的称谓,但是对"小白象"这个"爱称"他却颇为喜爱。"白象"最早是林语堂谈及鲁迅时的一个说法,他评价鲁迅是一

---

① 鲁迅,景宋.两地书·原信:鲁迅与许广平往来书信集[M].北京:中国青年出版社,2005:296.

② 鲁迅,景宋.两地书[M].上海:青光书局,1933:246.

第二章 《两地书》针对原信的"去言情化"处理

头"令人担忧的白象"。许广平解释说,大象一般都是灰色的,白色的象"难能可贵",非常少见,显得"特别"。① 据《柔石日记》记述,鲁迅先生曾说"人应该学一只象",首先是"皮要厚",即便"刺激一下了,也不要紧",其次是要"强韧地慢慢地走去",②有韧性斗争的勇气和能力。由此,鲁迅和许广平颇喜欢"白象"这个绰号,所以在私信里经常使用。

许广平在书信正文中对鲁迅以"小白象"相称,最早是在 1929 年 5 月 14 日。这天是鲁迅离沪北上的第一天,许广平在原信中说:"小白象,现时是十四日下午六时廿分……我只愿你快些到目的地,以免路中挂念。"③这句话中的"小白象"是许广平对鲁迅的"爱称",在《两地书》初版本中被改成了"EL.,"这样的英文字符,已近于隐晦不明。"小白象"在信文里最后一次出现是在 1929 年 5 月 30 日,在写给许广平的原信中,鲁迅向许广平保证选择"最稳当而舒服的走法"返回上海,原信与初版本第 132 封信在此处差别较大,现对比如下:

[原信]"总之,我当择最稳当而舒服的走法,决不冒险,使我的小莲蓬担心的。现在精神也很好,千万放心,我决不肯将小刺猬的小白象,独在北平而有一点损失,使小刺猬心疼。"④

[初版]"总之,我当选一最安全的走法决不冒险,千万放心。"⑤

为使许广平能够安心,鲁迅承诺"决不冒险",并且"决不肯将小刺猬的小白象"蒙受损失。这里的"小刺猬"指许广平,而许广平的"小白象"就是指鲁迅自己,此话的用意就是让她"千万放心"。但是,改后的信文抹去了上述亲密的称谓和示爱的语句,显得简略而平淡。

鲁迅对"小白象"这类爱人之间的亲密昵称,自然还是采用删改的方法进行加

---

① 余立新.鲁迅作品选读[M].南京:江苏教育出版社,2005:70.
② 郑择魁.柔石的生平思想和创作[J].新文学史料,1981(1):149-170.
③ 鲁迅,景宋.两地书·原信:鲁迅与许广平往来书信集[M].北京:中国青年出版社,2005:281.
④ 同③311.
⑤ 鲁迅,景宋.两地书[M].上海:青光书局,1933:149-170.

工。例如许广平在1929年5月20日的原信中说自己"甚乖""听话",能够"小心体谅小白象的心,自己好好保养"而"不叫身体过劳",定会"养得壮壮的,等小白象回来高兴",这些言情的语句在《两地书》创作过程中被鲁迅都删去,在初版本第124封信中毫无体现。第二天,在5月21日的原信里,许广平赞叹"枇杷之效力如此其大,我也是喜欢的人",所以"小白象首先选了那个花样的纸,算是等于送枇杷给我吃的心意",欣赏鲁迅所用的枇杷笺纸,深感"小白象"对她的"心意",情真词切,浓情流溢于纸面。但是这一句在初版本第127封信中被改写成"枇杷的力量却如此其大,我也是喜欢的人,你却首先选了那种花样的纸寄来了",没有了"小白象",也无"送枇杷给我吃的心意",初版内容就剩下对事实的简略陈述,笔触浅淡而平直,"情"深隐而不显,"爱"内敛而不宣,虽然更加平实紧凑,但确实没有原信那样情态可掬、形象可感。

　　需要说明的是,原信中出现的"小白象"有两个含义,一是指鲁迅,二是指许广平所怀之孩(写信时尚未出生)。"小白象"本是许广平对鲁迅的昵称,若指称孕育中的孩子则应使用"小小白象",但鲁迅未加区分而仍以"小白象"相称。例如在1929年5月26原信中,鲁迅向许广平讲述他在访未名社时已公布了"现在你之在上海",但是针对"那一小白象事,却尚秘而不宣",意指没有向未名社透露许广平怀孕一事,"小白象"当然不是指鲁迅自己;1929年5月27原信中,鲁迅说自己毫不理会"外间传言",坦言"是是非非,都由他们去,总之我们是有小白象了",此处"小白象"仍指所怀之孩。其实,原信将"小小白象"和"小白象"混为一谈,确易引发歧义。鲁迅应是深明此理,在1929年6月1日的原信中,他已对此做出调整。鲁迅挂念许广平外出选购布帛一事,觉得她"豫为小小白象经营,实是乖得可怜"①,感慨许广平的辛苦操持,称呼将出生的孩子为"小小白象",表达更加准确得当。但是,无论是"小白象"还是"小小白象",在《两地书》创作中都被隐去,或删或改,不留余迹。

---

①　鲁迅,景宋.两地书·原信:鲁迅与许广平往来书信集[M].北京:中国青年出版社,2005:312.

第三章 《两地书》针对原信的"去隐私化"处理

《两地书》创作过程中对鲁许往来原信里的隐私内容进行了"去隐私化"处理。在《现代中国的情书与私密：鲁迅与许广平的亲密生活》（*Love-Letters and Privacy in Modern China: the Intimate Lives of Lu Xun and Xu Guangping*）一书中，澳大利亚汉学家杜博妮（Bonnie S. McDougall）细述了鲁迅与许广平的私人生活，阐析了《两地书》相应原信与初版本之间的显著差异，认为鲁迅对原信的增删改写集中呈现了中国人独特的隐私观。① 显然，隐私的呈现与消隐是我们在原信与《两地书》初版本比较研究中需要深究的问题。

第一节 隐私的相对性和《两地书》的"去隐私化"内因

何为"隐私"？隐，即隐秘，具有不愿公开或不便公开的性质；私，即私人事务，只存在于私人生活空间。隐私是人类的一种生存特性，是指那些存在于私人生活空间的隐秘的事务、活动以及相关信息，与公共生活空间以及公共生活领域中的事务、活动及信息是相对存在的。对隐私的保护有助于维护个体的人格和尊严，是社会文明进步的一个重要标志，隐私权一般被视为对社会个体自由的基本保障。此外，隐私的价值往往不限于隐私本身，它对"享有思想、言论、宗教和良知的自由都同样重要"，如果不能享有隐私权，"其他这些重要的权利对我们来说也就失去了意

---

① 曾文华. 称谓情感的二度隐退：《两地书》的编辑与英译[J]. 北京社会科学, 2016(6): 55-62.

义"。①

  与公函不同,私人书信是私密话语的交流载体,呈现的是社会个体之间的对话,蕴含着大量的个人隐私。一般而言,私信只存在于个体交际的封闭领域,其初始的阅读权仅限于收信者,他人无法阅读。因此,通过邮驿寄递来传情达意的私信具有较高的真实性,写信者可以吐露真言、直抒胸臆,表达最隐秘的内心思想和深层情感,也能够较为真切、鲜活地反映社会生活与历史人物的原始面貌,其可信度往往比后人所做的传记更高。鲁迅和许广平的私人通信中必然含有隐私内容,这是正常而合理的。"灵台无计逃神矢",鲁迅和许广平随着思想的密切交流与日常的频繁接触,二人由师生关系转向恋人关系。按王得后先生的观点,鲁许之间的"悄悄话"随二人关系的转变而渐渐出现,而且"这些'悄悄话'是'私密性'的,是'隐私'",②这一判断无疑是正确的。

  从社会学的研究视角来审视,每个人都有隐私,区别只在于具体内容的不同和所涉范围的大小。隐私在针对不同对象时具有程度上的差异,主体对一个对象或群体可以敞开心扉,而对另一个对象或群体却可能缄口不言。也就是说,同一件事可以构成隐私,也可能并非隐私,关键在于传播的对象的选择,其实没有恒久不变的绝对隐私。与此同时,隐私也兼有藏匿和宣泄的属性,因为人除了隐私需求之外还有沟通的需求,只有在藏匿和宣泄之间保持适度的平衡,人与人之间的关系才是健康的、得当的。③

  因此,隐私是相对的,而非始终恒一,发布的对象不同、传播的载体不同、公开的时间不同,同样一件事就可能存在由非隐私至隐私的转换,这就是隐私的"相对性"。例如,魏猛克曾于1934年8月针对大众语的若干问题写信向鲁迅求教,鲁迅收信后也及时答复,他在1934年8月2日的日记里所记"上午得猛克信,下午复",应就指这封复信。在这封私人信函里,鲁迅与魏猛克进行的是私密交流,"因为不预备公开的,所以信笔乱写",④鲁迅对其坦诚相见,率真恳谈,并无遮掩。但是,曹

---

 ① 公民教育中心.隐私[M].刘小小,译.北京:金城出版社,2011:86.
 ② 引自王得后《〈两地书·原信版〉读后记》.参见:鲁迅,景宋.两地书·原信:鲁迅与许广平往来书信集[M].北京:中国青年出版社,2005:337-338.
 ③ 明卫红.隐私与偷窥的文化研究[M].南京:南京大学出版社,2014:3-5.
 ④ 引自鲁迅1934年8月13日致曹聚仁信.参见:鲁迅.鲁迅全集:第十三卷[M].北京:人民文学出版社,2005:197.

第三章 《两地书》针对原信的"去隐私化"处理

聚仁在看到鲁迅复魏猛克的这封信后,就向魏要求将此信作为给曹的回信公开发表。这意味着,鲁迅写给魏猛克的文字,其读者将由一人变为众人,其载体将由私人信函变为大众报刊,进而出现非隐私性内容至隐私性内容的转变。不久后,曹聚仁真的将这封复信登在《社会月报》上,取名为《答曹聚仁先生信》,同期还刊出了杨邨人的文章《赤区归来记》等,从而引起轩然大波。鲁迅对此颇有不满,他在《且介亭杂文》的"附记"中强调,未料到私人通信竟会在《社会月报》上刊登出来,而且这次登载"祸事非小",自己竟被当成"替杨邨人氏打开场锣鼓",被人误解和诘难。① 无论如何,"私人通信"的刊发,造成私密言论的公开化,引发文坛"祸事",给鲁迅造成莫名的困扰。不仅如此,鲁迅后来在《答〈戏〉周刊编者信》一文中也提及此事,强调自己无从预先知晓《社会月报》上还载有哪位作者的文章,而且针对同一期杂志上的其他作者都"没有表示调和与否的意思",但是"倘有同一营垒中人,化了装从背后给我一刀,则我的对于他的憎恶和鄙视,是在明显的敌人之上的"。② 可见,私信刊发一事给晚年的鲁迅造成颇大的伤害,而且他对刊发私信的曹聚仁"憎恶"和"鄙视",其愤恨程度恐怕已甚于对敌。

同理,鲁迅和许广平的通信是私密环境下往来收发的,彼此关系亲密,二人高度互信,彼此都是对方的唯一读者,许广平对鲁迅或者鲁迅对许广平都是开诚相告、愿意坦白的,这种条件下很多事情于他们彼此而言并非隐私,可以在私信中畅谈无忌、互述衷肠,但对于他们之外的其他人就构成隐私,需要遮蔽处理,这是《两地书》"去隐私化"的深层原因。随着原信被改写加工成《两地书》书稿,读者由特定的少数人变成不特定的多数人,一些信中所讲述的事情就发生了由"非隐私"到"隐私"的重大转变,这是《两地书》作者需要细致甄别和慎重处理的。例如,在 1926 年 12 月 23 日致鲁迅的原信中,许广平讲述了她间接听说的事,即她的"厅长哥哥"告诉"前校长",说许广平"是他妹妹,又新回来",对工作环境不甚熟悉,认为她"不如那个姓李的",不建议由她继任校长。时任广东省教育厅厅长的是许崇清,此人曾由廖仲恺介绍加入国民党,后又被孙中山委任为国民党"临时中央执行委员会"的执行委员,位高权重,是许广平的堂兄。许广平和厅长堂兄的亲缘关系,本属家族

---

① 鲁迅.鲁迅全集:第六卷[M].北京:人民文学出版社,2005:216.
② 同①152.

内情,不为世人周知,是她的个人私事,但她将此情形和盘告诉鲁迅,说明她不以此作为针对鲁迅的隐私内容。许崇清不推荐自己的堂妹许广平继任广东女师校长,而视陈公博夫人李励庄为理想人选,此事虽在鲁许二人之间不算私密,但若曝光给广大陌生读者则会转换为许广平的隐私,所以这段内容被鲁迅在改写过程中删去,在《两地书》初版本中未能出现。

也就是说,鲁许原信中所写的情况都是彼此主动开放和坦诚交流的信息,无所谓针对彼此的隐私内容,但如果将原信文字公开印行,则很多原本不是隐私的内容会性质骤变而成为隐私。需要注意的是,这里不仅有鲁许二人自己的不愿公开的私事,即自己的隐私;也有所涉的其他当事人的不愿公开的私事,即别人的隐私。鲁迅对原信进行改写加工、增删处理,不仅要删改鲁许二人的私密内容,使自己的隐私得以保护,不给自己的私人生活和人际关系造成困扰;同时也要删改原信中提及的其他人的私密内容,使同事亲友的隐私信息不被大量披露,尽量不给所涉人员的私人形象和社会交往造成负面影响。例如在1926年10月23日原信中,鲁迅向许广平介绍他在厦大的居住概况:每到夜晚,所居的洋楼上就仅住着三个人,"一张颐教授(上半年在北大①,似亦民党,人很好),一伏园,一即我"。②鲁迅与张颐在厦门期间过从甚密,经常研讨切磋,他在此对张颐的评价是"人很好",但是也披露了他的政治身份(张颐早在1907年就经杨沧白介绍,与永宁中学的同学杨伯谦、黄隼高、陶子琛等人加入同盟会并获称"永宁七君子")。政治身份在当时属张颐个人的隐私信息,不宜张扬于众,所以在《两地书》初版本中,关于"三个人"的内容被改成了"一张颐教授,一伏园,一即我",隐去了张颐敏感的身份信息,采取了"去隐私化"的处理。

鲁迅对原信中涉及他人私密内容的处理是严肃和同一的,对敬重的人如此,对不那么敬重的人也是如此。在1926年10月21日的信中,许广平向鲁迅抱怨学校里前任女舍监的世故和圆滑,原信与初版本第61封信相应内容差异很大,现对比如下:

---

① 编者注:"北大"指"北京大学"。
② 鲁迅,景宋.两地书·原信:鲁迅与许广平往来书信集[M].北京:中国青年出版社,2005:159.

第三章 《两地书》针对原信的"去隐私化"处理

[原信] "舍监十九辞职了,现在由我代她兼任,已经三天了。她是因学生不满意去的,她是高升到国民政府做书记官了,但名目是仍帮学校忙,待聘到人再走,其实是一时找不着住处,晚上回房住,学校事不管。现在我代三天……"①

[初版] "舍监十九辞职了,由我代她兼任,已经三天……"②

原信对舍监自私而精明的市侩做法进行了详细的介绍,不仅交代她如何能力低下而借势高升,还剖析了她如何假托"帮学校忙"却实际只图"晚上回房住"。这种对舍监的揭露和讽刺是基于客观现实的,并非凭空的杜撰或尖刻的挖苦,但鲁迅还是在《两地书》初版本中将其删掉,而只简单说"舍监十九辞职了",挖去具体事实,力图一笔带过。鲁迅这种文字操作意在滤除所涉人员的个人隐私,不在公开印行的《两地书》中将其曝光,所持的是平和而宽厚的态度。

综上,作为《两地书》创作素材的原信本质上是鲁许二人的私人通信,属于"人际传播"的范畴,只在二人之间隐秘地往来,每封信针对的都是熟识而亲密的收信者,含有大量只对彼此公开的私密信息;青光书局印行的《两地书》是公开出版物,是"大众传播"的媒介,面向的是广大陌生的接受者,所以不可能在初版本中大量透露个人隐私。隐私具有相对性,鲁迅在给萧军、萧红的信中就曾指出:"装假固然不好",但是"处处坦白,也不成",关键是"要看是什么时候"。③ 因此,将作为私人文书的原信改写成作为大众书籍的《两地书》,鲁迅必须考虑到受众范围的变化:从特定的少数人到不特定的多数人,从单一的亲密的伴侣到众多的陌生的读者,这种变化是巨大的,鲁迅必定要对原信的私密语句进行严格精细的过滤,以保证写进《两地书》的内容不干扰亲友生活、不损害彼此形象、不徒增人际纠葛。

---

① 鲁迅,景宋.两地书·原信:鲁迅与许广平往来书信集[M].北京:中国青年出版社,2005:152.
② 鲁迅,景宋.两地书[M].上海:青光书局,1933:132.
③ 鲁迅.鲁迅全集:第十三卷[M].北京:人民文学出版社,2005:408.

第二节　书信的著述化和《两地书》的"去隐私化"必然

　　书信的私密程度和通信人之间的亲密程度密切相关,至亲间的通信要比一般朋友间的更为坦诚无间,普通男女的通信在私密程度上自然逊色于热恋的情侣。所以,恋人之间的私信与普通的书信不同,其特点是面向爱侣或知己进行倾诉,构成一种纯粹而隐秘的私人叙述形态,这种往来私信是二人情感生活的私密疆域,其本意不仅无心传世,而且担心他人窥探。情侣的私信中,只有排他的倾诉者和聆听者,并不预想在语境中还有他人在场,因此能够畅言无忌,坦率地叙写事情的真相或表达自身隐秘的情感。

　　随着鲁迅与许广平之间关系越来越亲密,其原信所涉及的私密内容也就越来越丰富,这在1929年鲁许往来原信中表现得尤为突出。"私密性"是鲁许二人所写原信的首要特点,若非有意将信函写成"公开信",那么私人间的往来通信就完全是隐秘的私事,自然不能针对第三方开放。因此,作为私密信函的发信人和收信人,鲁许二人可以在信中敞开心扉、无所顾忌,真正做到无话不谈。按王得后先生在《〈两地书·原信版〉读后记》文中的观点,"私密性"还与通信双方的亲密程度存在正向关系,"愈是亲密的愈私密,话也就愈坦诚",①因此可以推知,鲁许二人热恋和同居期间关系非常亲密,来往信件的私密性自然也非常高,其中包含的隐私性内容也就非常丰富。但是,《两地书》最终要由书局公开刊行,所以鲁迅必然要在该书创作过程中将原信里不宜公开或不愿意公开的语句进行处理,对隐私性内容加以删改加工,这是原信作者的基本权利,也是书籍出版前的必要程序。

　　那么,鲁迅是否有意主动出版自己与许广平的通信呢? 其实,鲁迅对于刊印书信的态度在《两地书》出版前后出现很大的转变。在写于1927年的《怎么写》一文中,鲁迅声明自己不喜欢刊行于世的家书,认为其有"装腔"之嫌,他坦言"《板桥家书》我也不喜欢看,不如读他的《道情》",鲁迅所不喜欢的是《板桥家书》"题了家书两个字"。既然是"家书",那么必是私下里写给亲族密谈的,"为什么刻了出来给许

---

① 王得后.《两地书》原信读后记[J].博览群书,2005(1):79-84.

多人看的呢？不免有些装腔"①。写"家书"而"装腔"，其实近乎文学创作，超出了亲友密谈的私信语境，预设了收信者之外的万千读者，抱定了写给天下人阅览的心思。显然，以"装腔"态度写成的所谓书信，已经不是真正意义上作为人际交流工具的私信，而是空具书信外在样式的文学作品，正如鲁迅所言，读者大抵不能在"假中见真"，而只是在"真中见假"，反而容易引起更深的"幻灭之感"。

应该看到，鲁迅认为易有"幻灭之感"是书信体文章，而非纯粹的私信，他在《怎么写》文中强调的是"书简体，写起来也许便当得多罢"，但是"书简体"也极容易引起"幻灭之感"，这说明他反感的是"做作的写信"，而非书信本身。对于与许广平往来的毫无"做作"的原信（《怎么写》发表于1927年10月，此前鲁许已有过北京城内、厦门广州间这两个阶段的私信往来），鲁迅应该无意公开刊印，因为其中必多隐私；对于以"装腔"态度创作的供世人阅读的所谓书信，鲁迅当时还未实现观念的转变，因此也不会主动结集发表。事实上，就写信的态度而言，有"做作"和"率真"的差别；鲁迅此处所抵触的，大抵是以"做作"态度写成而意在刊印发表的那类书信，并非涵盖全部。

具体而言，所谓"做作"，是说写信者在书信撰写之时，动笔伊始就抱有流传后世的打算，颇具"装腔"之嫌；所谓"率真"，是说写信者从未设想收信者之外的其他阅读者，写信时秉持坦率真诚的态度和私密倾诉的性质。书信可以是写信者率真写成而在世时主动刊印，如庐隐与李唯建在1931年2月出版《云鸥情书集》，庐隐自称此书所载68封书信没有一篇、没有一句甚至没有一字是造作而来的，属主动刊印的率真之作；可以是率真写成而离世后被动刊印，如中国青年出版社于2005年出版《两地书·原信：鲁迅与许广平往来书信集》时，作为原信作者的鲁迅和许广平都已离世；也可以是"做作"写成而主动刊印，写信者主动抱有公之于众的打算；或者是"做作"写成而离世后"被动"刊印，所著书信被后人整理并结集出版，这两种情况无论古今都不乏其例。要知道，古人本有"尺牍不入本集"的传统，例如刘禹锡编《柳河东集》就没有收录尺牍。但是"自欧苏黄吕，以及方秋崖、卢柳南、赵清旷，始有专本"，②说明古代文人"自欧苏黄吕"开始就可将尺牍编入文集或刊行专本。

---

① 鲁迅.鲁迅全集：第四卷[M].北京：人民文学出版社，2005：24.
② 语出《颜氏家藏尺牍》，转引自：北京鲁迅博物馆.苦雨斋文丛：周作人卷[M].沈阳：辽宁人民出版社，2009：140.

因此，无论是预想生前刊印还是遗给后人结集，此类文人在写信之时往往流于做作，不肯直抒胸臆，存有印给时人传阅或后世研读的想法。

　　上述因写信者意在刊印而使书信写得刻意、完整、漂亮的趋向，被称为书信的"著述化"。显而易见，私人往来的书信按常理而言只是写给收信人阅读，没有公开刊行的必要，但是历代传世的文人书信"并非都是后人整理友人遗稿时偶然发现的"，反而有很多"干脆就是为刊行而作"。① 存世书信很少能写得洒脱随便、畅所欲言，所写内容更接近于特殊的"著述"，而非真实的私信；即便是偶有别出心裁或古怪利落的几篇，可也基本摆脱不了"装腔"的痕迹，往往只是文人故意写得不像"著述"而已。鲁迅不喜欢做作的"著述化"书信，认为这类东西容易由"破绽"走向"破灭"，因为"做作的写信和日记，恐怕也还不免有破绽"，②失去真实感和可读性，甚至"破灭到不可收拾"的境地。

　　所以应辩证地看待"著述化"书信中隐私的分量。虽然率真而作的书信可能只记述日常碎屑而鲜有私密，"做作"写成的书信也可能蓄意透露隐私而博取卖点，但是整体而论，不以刊印为目的的率真书信能够较多地蕴藏隐私，留存写信者本真的隐秘心迹；而"著述"特征明显的书信则在写作时被大幅地滤除了隐私。因为"为刊行而作"的书信面向的是社会公众，所以写信者通常在执笔之时就故意隐去那些不想为世人所知的隐秘内容，"去隐私化"是其写作过程中的必然选择。

　　《两地书》并非鲁许往来的真实原信，而是以原信为素材经过删改加工创作而成，因此这部作品并非纯粹意义上率真而作的书信。鲁迅和许广平创作、出版《两地书》是有预定计划且主动实施的，所写内容已非洒脱随便、畅所欲言，实际近于"为刊行而作"，而且"著述化"色彩较为鲜明。所以鲜有隐私可言的《两地书》是鲁许在世时主动刊印的准"著述化"作品，虽然我们不能称其为"做作"或"装腔"，但它确实经过了精细加工和刻意雕琢，远非鲁许当年通信时的本真面貌。当然，鲁许二人有对往来原信中的隐私内容进行隐瞒的权利，可以使其不为世人所知。因此，我们不能因为鲁迅没有将原信"一字不易"地挪入《两地书》，而指责他不够正直诚实，"去隐私化"的文字处理是当事者的应有权利，也是《两地书》创作中的一种必然。

---

　　① 陈平原.中国小说叙事模式的转变[M].上海：上海人民出版社，1988：210.
　　② 鲁迅.鲁迅全集：第四卷[M].北京：人民文学出版社，2005：25.

第三章 《两地书》针对原信的"去隐私化"处理

其实,针对要刊印的书信进行"去隐私"处理是普遍的做法,在国外也常见。例如,英国著名诗人 A. E. 豪斯曼以《什罗普郡少年》等诗作广为人知,但其书信集中有一些值得深思的特殊处理。这部公开出版的豪斯曼书信集并非最全版本,所录信函并不齐备,而且还存在一些删略处理。究其原因,豪斯曼的某些带有桃色内容的遗信,早已被收信者的遗孀付之一炬。被烧毁的这部分豪斯曼书信涉及他在牛津求学时期的同性恋往事,而这一隐私在豪斯曼后半生里一直给他带来困扰,使其羞愧不已。① 对此,英国诗人 W. H. 奥登深感欣慰,他甚至希望豪斯曼那些未曾收录到书信集的其他带有桃色意味的遗信也永远不要被公开。

进而论之,写信者针对信中的隐私不仅拥有消极隐瞒的权利,还拥有利用和支配的权利,他们可以对自己的隐私进行积极利用,按照自己的意愿进行合理支配,以满足自身的精神和物质等方面的需要,比如可以公开一部分隐私,并且决定隐私公开的内容和方式以及传播的途径和范围等。② 这并非是自身权利的滥用,而应视为对隐瞒权利的合理处置,《昨夜》即是这方面的典例。比《两地书》晚四个月出版的《昨夜》是白薇与杨骚的情书集,由上海南强书局在 1933 年 8 月出第一版。这本书信集可视为二人情感隐私的主动公开,但白薇是抱着"出卖情书"的心态来刊印旧信的,她在序诗中慨叹道:"剧病后的我,只剩一架残骸、轰炸声中被烧又挨饿,决心把情书出卖。"情书中蕴含着恋人之间的情感私密,出于生计而刊印情书,白薇自然感觉"出卖情书,极端无聊心酸",但这也在另一面证明写信者可以就自身隐私进行利用和支配。与之不同的是,《两地书》在创作中并未选择向读者大量展示隐私,而是坚持其隐瞒隐私的权利,有意识地对原信私密语句进行大量删改。

鲁迅反感那种蓄意"装腔"而如同"著述"的所谓书信,认为这类作品让人有"幻灭之感",但是后来创作出版的《两地书》看起来偏与此类作品趋同,原因何在?鲁迅在《怎么写》中曾质疑郑板桥为何将书信"刻了出来给许多人看",这问题恐怕也可以抛给鲁迅本人。当然,鲁许二人并没有"装腔",对原信隐私内容的滤除是必要的,而且《两地书》对鲁许情感历程的叙写确实有助于鲁许爱情的正名和许广平形象的重塑。封面标注为"鲁迅与景宋的通信"的《两地书》终在 1933 年春公开刊印,

---

① 鲲西.作家的隐私[M].上海:上海书店出版社,2008:51.
② 王利明.民法学[M].2 版.上海:复旦大学出版社,2015:208.

这距《怎么写》在1927年10月的《莽原》上发表已经间隔五年半,其间鲁迅的出版观念自然有所发展。究其深因,鲁迅自己对此已有解答。在写于1935年11月25日夜的《孔另境编〈当代文人尺牍钞〉序》一文中,鲁迅针对尺牍作品出版的态度已转向积极,对其必要性谈了三点:一是可以用来"钩稽文坛的故实"或者"探索作者的生平",有益于学者的文学研究;二是满足普通读者"偏爱知道别人不肯给人知道的一部分"的心理,使其能够知悉"社会的一分子的真实";三是此类尺牍资料相对可靠,"比起峨冠博带的时候来,这一回可究竟较近于真实",①因此有出版的必要。可以说,即便"著述化"的尺牍作品有"做作"的成分,也不失为文学研究的有用资料,便于考证作家生平事迹、研究文学创作背景,其功用不是仅以"做作"或"装腔"就可全部掩盖,《两地书》的出版价值当然也不在其外。

但是,鲁迅始终没有对此类尺牍作品持有完全正面的看法,他坚持认为刊印的尺牍恐怕未免"做作",即便是在《孔另境编〈当代文人尺牍钞〉序》中,鲁迅也强调尺牍作品"也不能十分当真",因为作者是"做作惯了的,仍不免带些惯性"。"做作"一说早在1927年的《怎么写》中已有所述及,可见鲁迅前后态度基本一致。在写于1935年的这篇"序"中,鲁迅形象地打比方:印行于世的尺牍集往往给人"这回是赤条条的上场"的印象,但实际上"还是穿着肉色紧身小衫裤,甚至于用了平常决不应用的奶罩",②可谓直击问题的要害。的确如此,此类尺牍作品还不能做到彻底坦白。《两地书》自然也不可能"赤条条的上场",用于蔽体的"小衫裤"之类恐怕也必不可少,对原信隐私内容的遮蔽处理是《两地书》出版前的必要工作。

第三节　对原信所涉隐私的三种处置路径

一、对原信隐私内容的删改操作——以林语堂隐私为例

在《两地书》创作过程中,鲁迅对原信中大量的隐私内容进行了适当处理,但处理路径并非"删改"一途,而是丰富多元,共有"删改""留存"和"扩增"三种。通观全

---

① 鲁迅.鲁迅全集:第六卷[M].北京:人民文学出版社,2005:428-429.
② 同①.

第三章 《两地书》针对原信的"去隐私化"处理

书,三种路径中以"删改"最为突出,频次多,篇幅大,而这方面较引人瞩目的则是鲁迅对原信所涉林语堂隐私语句的删改处理。

众所周知,林语堂于1926年举家返归福建出任厦门大学文科主任,履任之初便向校方极力推荐鲁迅,使其迅速摆脱危难处境,足见二人的真挚情谊。林语堂天性较为纯厚,他后来回顾说"鲁迅顾我,我喜其相知"而"鲁迅弃我,我亦无悔",自称"始终敬鲁迅",可见其胸襟坦白、以礼相待;对于鲁迅执教厦大后的窘迫处境,林语堂其实颇为体谅,他深知鲁迅"遭同事摆布追逐"的遭遇,也目睹他用火酒炉"以火腿煮水度日"的艰苦生活,并为此曾自责"失地主之谊",同时感慨"鲁迅之知我"。①可以说,自鲁迅受聘于厦大开始,两人就保持着较为友好的私人关系。

但这种亲密的关系因1929年8月出现的"南云楼对骂事件"而逆转。查鲁迅8月28日的日记,鲁迅就此记述"赴南云楼晚餐",宴席上有杨骚、林语堂及夫人、章衣萍及吴曙天等人,奇怪的是"席将终,林语堂语含讥刺"。据郁达夫《回忆鲁迅》一文记述,当时鲁迅已有酒意,"脸色发青,从座位上站了起来",大喊"我要声明!我要声明!"林语堂也起身申辩,"两人针锋相对,形势弄得非常的险恶"。②这件因误解而起的正面冲突对两人关系造成持续的困扰,但鲁迅在20世纪30年代创作《两地书》书稿时并未因此而对林语堂进行刻意的曝光或格外的挖苦,反而是将原信中与其有关的隐私内容都严格筛查并慎重删改。例如,在1926年10月10日致许广平的原信中,鲁迅因为看见"玉堂的兄弟(他有二兄一弟都在厦大)及太太,都很为我们的生活操心",并且"学生对我尤好",所以决心"只要没有什么大下不去的事"就要"至少在此讲一年"。这里鲁迅向许广平介绍了林语堂"二兄一弟都在厦大"的家族实情,属私信中的背景交代,情况属实,本无不妥,但是鲁迅还是注意保护林语堂的隐私信息,删去了括号内的附注内容,在初版本第53封信中将此句改成了"见玉堂的兄弟及太太,都很为我们的生活操心",内含善意,尤为可感。大约一个月后,在1926年11月8日的原信中,鲁迅分析了林语堂囿于厦大而不愿他就的原因,认为"他之不能活动"似乎是"与太太很有关系"。具体而言,林语堂不仅有"太太之父在鼓浪屿",还有"其兄在此为校医",总之是有"二兄一弟,亦俱在校",这

---

① 林语堂.林语堂文集·人生不过如此[M].北京:北京联合出版公司,2012:143.
② 郁达夫.郁达夫散文集[M].沈阳:万卷出版公司,2014:44.

些亲眷在此"大有生根之概",所以林语堂自然难于离开。这些内容涉及了林语堂亲族在厦大具体的任职情况,应是林语堂不愿公之于众的私密信息,在初版本第69封信中被删除,加以"去隐私化"处理。

这种情形并非孤例,以"删改"的方式推进"去隐私化"是《两地书》创作中颇为常见的文笔操作。1926年11月18日的原信中,鲁迅讲述了他被"玉堂的哥哥硬拉"去参加恳亲会的事情,他自己"向来不赴这宗会的",深以为苦,但是"不得已,去了"。在原信中提到"玉堂的哥哥"时,鲁迅特意用括号加注了一段说明,即林语堂"有二兄一弟在校内",而他的"第二个哥哥"在厦大担任教授之职,每逢开会之时就"必有极讨人厌的演说"等。① 评论林语堂的"第二个哥哥"为"极讨人厌",这可以视为鲁迅向自己爱侣进行的私密抱怨,范围极小,读者单一,并无有损害林语堂及其兄长名誉之处。但是如果将此句写进《两地书》中,那就意味着鲁许二人的私密交流被大范围公开,所涉林语堂"第二个哥哥"林玉霖的私密内容会被曝于天下,所以鲁迅在撰写《两地书》书稿过程中对此进行改写,不仅删去了括号内林语堂"二兄一弟在校内"的隐情及对林玉霖"极讨人厌"的评价,甚至连"玉堂的哥哥"也直接改成了"一个同事",②简洁而含糊,避免了林氏弟兄私人情状的过度曝光。

11月18日这封原信随后还记录了"第二个哥哥"对校长的赞誉之辞,即教员吃得多么好、住得多么舒服、薪水又多么丰厚,"应该大发良心,拼命做事"。鲁迅因此"真就要跳起来",但斟酌再三而并未"翻脸"。原信与初版本第75封信相应内容差异颇大,现将二者对比如下:

[原信] "我真就要跳起来,但立刻想到他是玉堂的哥哥,我一翻脸,玉堂必大为敌人所笑,我真是'哑子吃苦瓜',说不出的苦,火焰烧得我满脸发热。照这里的人看起来,出来反抗的该是我了,但我竟不动,而别一个教员起来驳斥他,闹得不欢而散。"③

----

① 鲁迅,景宋.两地书·原信:鲁迅与许广平往来书信集[M].北京:中国青年出版社,2005:205.
② 鲁迅,景宋.两地书[M].上海:青光书局,1933:160.
③ 鲁迅,景宋.两地书·原信:鲁迅与许广平往来书信集[M].北京:中国青年出版社,2005:205-206.

[初版]"我真要立刻跳起来,但已有别一个教员上前驳斥他了,闹得不欢而散。"①

鲁迅在初版本中并未明确指出对校长进行肉麻般赞美的是"玉堂的哥哥",而只是含糊地交代"会中竟有人演说";初版本中也删除了鲁迅与"玉堂的哥哥"在会场上暗含的矛盾,隐匿了鲁迅因为顾忌"他是玉堂的哥哥"而不敢去"翻脸"、怕"为敌人所笑"的心理活动。这种文字删改的实质是对林语堂家族隐私的滤除,鲁迅没有刻意照搬原信中敏感内容而令林氏兄弟在读者面前尴尬出丑,从中也可见鲁迅在人际处理上的某种宽厚和豁达。

二、对原信隐私内容的留存操作——以鲁迅隐私为例

鲁迅对原信中他人隐私内容的删改颇为认真严谨,不仅对涉及恋人、亲友的私密信息进行遮蔽处理,即便是对偶有关联的普通人物,也同样注意隐私的保护。例如,许广平曾在1926年9月23日的原信中受托向鲁迅推荐一个名叫谢德南的人,即"介绍先生与谢先生见",并请鲁迅为其觅职。在原信中,许广平介绍了谢德南的履历,此人出身教育世家,母寡弟幼,人较开通,曾任地方视学、县知事及师长顾问等职,养母教弟,颇有魄力,现时失业居家。只是在当时的厦大,鲁迅连许寿裳也无法荐成,对其他人更是难于荐举。而在《两地书》第47封信中,这个谢德南的姓名履历等私密信息均被鲁迅一一隐去,只余"他极希望回到家乡去做点事"一句,可谓精简至极。

但是,在对他人隐私内容严格删改、细致遮隐的同时,鲁迅却将原信中自己的私密内容在初版本中大量保留,给人一种不畏众目、主动曝光的印象。其中,最具代表性的是鲁迅对原信中自己如厕方式相关内容的文字处理。鲁迅在厦门的住处离便所较远,共计160步,每天为去小解就需走上三四回,但是"天一黑,我就不到那里去了,就在楼下的草地上了事"。鲁迅还因此而感慨"此地的生活法,就是如此散漫,真是闻所未闻"(见1926年9月30日致许广平原信)。在草地上便溺,这在普通人而言自然是不值得张扬的丑事,一定会全力遮掩,以维护形象的洁白体面。

---

① 鲁迅,景宋.两地书[M].上海:青光书局,1933:160.

但鲁迅却不以为意,袒露本我,在《两地书》初版本第48封信中,对上述内容未加遮掩,几乎原貌保留(仅为简洁删一"我"字,但原意未变)。

这当然不是唯一的一次。约一个月后,在1926年10月28日的原信中,鲁迅更是向许广平披露了自己窗口泼尿的事情。当时鲁迅住处楼下"颇多小蛇",虽然"大概是没有什么毒的",但为谨慎起见,鲁迅"连晚上小解也不下楼去了,就用磁的唾壶装着,看没有人时,即从窗口泼下去"。① 这就颇显奇特,因为以寻常眼光看待,窗口泼尿显然与鲁迅大学教授的身份严重不符。可以推断,如果这类私密事件如是亲友所为,鲁迅肯定将原信内容大做删改,不会将其写进《两地书》初版本中;但是对自己,鲁迅却没有做任何的删改处理。初版本第62封信中,读者能看到与上述引文基本一致的表述,"用磁的唾壶装着"和"从窗口泼下去"等与原信完全一致,只不过原信"看没有人时"被改作"看夜半无人时",仅属文字润饰,原意并无更改。鲁迅对原信隐私内容的删改处理,对自己很宽,对他人很严;对自己以"真"为主,无惧于曝光,对亲友则以"美"为准,尽力去遮蔽。鲁迅这种看似"反常"的做法,其实源于他为人的赤诚和心灵的强大:因为赤诚,他才极力在《两地书》中展现真实的自己,不过分矫饰,也不蓄意欺瞒;因为强大,他才在《两地书》中对读者坦诚相见,不美化形象,更不畏惧责难。于前者,显现出的是他君子的风范,于后者,流露出的是他斗士的态度。

三、对原信隐私内容的扩增操作——以韦素园隐私为例

鲁迅对原信中的隐私内容多为删改(多针对亲友)或保留(多针对自己),罕有增扩的情况。但对比原信与初版本,增扩的做法也确有特例。1929年5月30日,鲁迅与李霁野等五人往西山看望病中的韦素园,并在当晚给许广平的信中描述了韦素园的康复情况。原信内容简明扼要,只有寥寥几笔,但初版本第132封信中相应的内容却较丰富,鲁迅明显进行了扩增处理。现将二者对比如下:

---

① 鲁迅,景宋.两地书·原信:鲁迅与许广平往来书信集[M].北京:中国青年出版社,2005:165.

第三章 《两地书》针对原信的"去隐私化"处理

[原信]"素园还不准起坐,也很瘦,但精神却好,他很喜欢,谈了许多闲天。"①

[初版]"漱园还不准起坐,因日光浴,晒得很黑,也很瘦,但精神却好,他很喜欢,谈了许多闲天。病室壁上挂着一幅陀思妥夫斯基的画像,我有时瞥见这用笔墨使读者受精神上的苦刑的名人的苦脸,便仿佛记得有人说道,漱园原有一个爱人,因为他没有全愈的希望,已与别人结婚,接着又感到他将终于死去——这是中国的一个损失——便觉得心脏一缩,暂时说不出话,然而也只得立刻装出欢笑,除了这几刹那之外,我们这回的聚谈是很愉快的。"②

除了补充韦素园因接受日光浴治疗而"晒得很黑",鲁迅还增写了一个韦素园的重要隐私:他"原有一个爱人",但当时已经"与别人结婚"。这似乎很令人费解:鲁迅写于1929年的原信并未涉及韦素园情史的内容,自然也就无从在1933年书稿创作时删改原信中的隐私字句,那最好的处理方法似乎是保持原信原貌;而且,所有针对原信增扩的内容都是特意写给《两地书》的大众读者看的,那鲁迅为何在安排初版本第132封信内容时将韦素园的隐私增写出来公之于世呢?应该看到,鲁迅在此处反常的扩增并非恶意,而主要出于对韦素园讴歌和纪念的考虑。

在《忆韦素园君》一文中,鲁迅记述了韦素园去世的具体时间,即"一九三二年八月一日晨五时半",韦素园"病殁在北平同仁医院里"。鲁迅直至1932年8月17日才有《两地书》的出版意图(在致许寿裳的信中鲁迅提及"为啖饭计"而有意去"整理弟与景宋通信"),显然,增写"漱园原有一个爱人"这段文字的时候,韦素园已经病故。诚然,逝者带走了他在世上的所有的尊卑荣辱与利害得失,鲁迅暴露的情史与死去的韦素园已经无大妨害,但这并非鲁迅此处增写主要原因。

前述《忆韦素园君》写于1934年7月,比《两地书》1933年4月的问世时间要晚一年多,但在这篇文章里我们却能读到与《两地书》第132封信非常相近的字句,例如"他为了日光浴,皮肤被晒得很黑了",以及"他的爱人,已由他同意之后,和别人

---

① 鲁迅,景宋.两地书·原信:鲁迅与许广平往来书信集[M].北京:中国青年出版社,2005:311.

② 鲁迅,景宋.两地书[M].上海:青光书局,1933:252.

订了婚"，还有"壁上还有一幅陀思妥也夫斯基的大画像"等，很多地方意思相近、文字趋同。这说明，鲁迅在1929年致许广平的原信中没有涉及韦素园爱人的语句，但在《两地书》第132封信中增写了"原有一个爱人"的内容，而1934年又在《两地书》初版本基础上继续扩增，最终体现于《忆韦素园君》里。要知道，《忆韦素园君》是鲁迅为悼念小他二十岁的韦素园而写的，此文情真意切，充满了对韦素园的赞赏怜惜以及对黑暗社会的不满。在鲁迅眼里，韦素园"并非天才，也非豪杰"，但是他就像是"楼下的一块石材"或者是"园中的一撮泥土"，平凡而可贵。所以，我们也可以将初版本第132封信中增写的内容当作鲁迅纪念文章的一点草稿或一种雏形来看，推测增写的部分就是鲁迅在韦素园1932年8月病逝后悼念心境的真切映现，认为它部分地呈现了鲁迅1934年在写《忆韦素园君》时所怀有的复杂情感。所以，鲁迅在第132封信增写"爱人"的目的不是博取卖点、曝人隐私，而是借此突出韦素园灵魂的高洁与情感的孤苦，是力图反映他满怀希冀而终未如愿的人生旅途，是想烘托他身上的平凡、认真与辛劳，最终的意图是对他进行诚恳纪念和深度解读。

第四节　对原信所涉许广平隐私的删改处理

整体而论，鲁迅对许广平信中涉及的隐私内容删改得最为细致，在部分地方甚至升华了原信的本意，尽力使许广平的言行不被误解、形象得以提升。许广平是鲁许通信的重要一方，她自然在信函中记录身边的新人新事、倾诉自己的所思所想，因此她的工作细节、生活景象、思想动态等也会在《两地书》中被大量展现，这显然无可避免。但原信中夹杂着不少关乎她个人隐私的词句，鲁迅对此审慎处理，不仅在文字上摒除了她与亲戚本家的亲族矛盾，删去了她职场之中诸多隐秘，还将其生活里的私密信息进行模糊处理。鲁迅力图通过对隐私部分的文字加工来优化许广平的职业形象，对其言行状态和思想面貌进行维护或重塑。

一、对许广平亲族隐私的删改

涉及许广平亲族方面隐私，鲁迅一般不予保留，尽量删削，偶有改写。1926年10月7日的信中，许广平抱怨在广东女师薪少事多，即"校中琐事太困身"，而且实得的薪金"似小学教员"但工作的强度又"较小学教员为甚"……许广平还由此谈到了因薪金迟发而引起的家庭矛盾和手足隔阂,即"妹侄多人,以为我事情甚好",许广平本已应允为其提供读书费,但因薪金未到而没能拨给,妹侄们就"旦夕在耳旁喋喋"而令其非常难堪。许广平不禁就此感慨"现时我帮他们似乎天经地义",简直是"责无旁贷"一样,但是以前又"有谁天经地义责无旁贷的看我的一个自家人"?①这是她个人性情的写真,也是对家族烦恼的倾诉,作为一种情绪化的率真表达,此句带有内部私密的性质,因此这些内容在初版本第52封信中被删,做了"去隐私化"的遮蔽处理。

这种家族隐痛的发作不止一次,两周后的10月21日,许广平在致鲁迅的信中再次记述了广州家中的种种矛盾,描述了令她"苦恼透了"的"远亲近戚"的所作所为,不仅包括"不能不顾"的"寡嫂""幼妹"以及"未通信之兄",还包括令她"颜面不堪"的"破旧不堪的女人"之类。她向鲁迅倾诉自己的寡嫂和妹妹这对"姑媳之间"的"冷言闲语",以及久未联系的兄长因"谋事未就"而向她索要盘川路费的窘迫情形,还有"以为我发大财"的同族亲戚"跑到学校,硬要借贷"的尴尬一幕……鲁迅对这些家族私事采取坚决遮隐的态度,以删为主,以改为辅,极力减低许广平家庭隐私的曝光度。在初版本第61封信中,鲁迅删去10月21日原信中事关隐私的种种细节,而只是笼统地说"家里有几个妇孺,帮忙是谊不容辞的",概述"没有什么关系的"族内女人"硬要借钱,缠绕不已"的劣迹,言辞简略,一笔带过,没有细致展开。此外,鲁迅对自己就此给许广平的复信也大为删改,而且几乎改变了原信的本意。在1926年10月28日答复许广平的原信中,鲁迅说早已想到她的"亲戚本家"会纷纷要求帮忙,但是"帮忙之后,还要大不满足,而且怨愤",而且"即使竭力地帮了,也等于不帮",甚至将来若是偶需他们帮助时,他们"便都退开",甚至"还要下石"。鲁迅这番尖锐的评论本是针对许广平的"亲戚本家"的,意在批判他们的麻木和贪婪,但在《两地书》初版本第62封信中,评述的对象被鲁迅改成了"莫名其妙的人们",而不再专门针对许广平的族内亲属,不再关涉到她的家族私密。这种有违原意的字句改换意味着鲁迅对许广平隐私的保护是深思熟虑的,也证明他对许广平的关爱是真切而深厚的。

---

① 鲁迅,景宋.两地书·原信:鲁迅与许广平往来书信集[M].北京:中国青年出版社,2005:134.

这类针对许广平原信中隐私内容的删改甚为普遍。例如在1926年11月7日的原信中，许广平又一次向鲁迅讲起自己在处理亲族事务时出现的"难于决断的""心情冲突"。信中除了讲述"寡嫂幼侄"的可怜，还特殊地透露了"仇人"的圈套以及"哥哥的死"，事关隐私，在《两地书》初版本中被大幅删改，原信与初版本第72封信存在很大不同，现对比如下：

[原信]"对于亲戚本家，我早已感觉其情，如你所说，所以一提到回粤，我在京即向你说回粤做事不好对付，但我现时不怕他们，我量力而来，硬来我当决然不理，不过有时并不硬，可怜之状，凄惨之情，令人心痛，而我的哥哥的死实在可怜，听说似乎有人固作圈套令他劳死的，见着寡嫂幼侄，心中难过了，所以我有时想不理她们，有时又想努力助她们为哥哥出一口气给仇人看，两种心情冲突，这是叫我难于决断的，在现时内。"①

[初版]"不相干的人物，无帮助之必要，诚如来信所言，惟寡嫂幼侄，情实可怜，见之凄然，令人不能不想努力加以资助，这在现在，是只能看作例外的。"②

许广平在原信提到的"心情冲突"主要源于对"亲戚本家"帮助或不帮助的选择性矛盾。处处倾力帮忙，则自己力所不及；凡事不闻不问，则面对"凄惨之情"又于心不忍。对许广平而言，"量力而来"是个合乎事理但是又难于执行的行为准则，当触及"哥哥的死"这类家族内的重大事件时，她已无法真的"不理她们"，反而是"想努力助她们为哥哥出一口气给仇人看"。在原信中，许广平简要勾勒了她"哥哥的死"：有仇人与之作对，固作圈套，设计暗害，使其过劳而死。许广平对这位哥哥十分敬爱和怀念，早在1925年5月27日致鲁迅的原信中，她曾介绍说"哥哥死去的时候"是三十岁，属英年早逝，那时的她"凡在街中见了同等年龄的人们"就会去诅咒"为什么不死去，偏偏死了我的哥哥"，咒语虽显刻薄，但或因思兄心切，也可见兄妹感情甚笃。鲁迅对11月7日原信中隐私内容严格删减，只是在初版本中略略提

---

① 鲁迅，景宋.两地书·原信:鲁迅与许广平往来书信集[M].北京:中国青年出版社，2005:176.

② 鲁迅，景宋.两地书[M].上海:青光书局，1933:154.

及"寡嫂幼侄"的凄然和"努力加以资助"的决断,其余"仇人""圈套""劳死"之类,一概隐去。

对于家族旧戚,许广平爱怨交织、舍离难决,态度一度矛盾,心思几经飘摆。直至1926年12月30日,辞职后躲在广州老宅的许广平,在原信中还在抱怨自己"在此居住诸多不便",打算有机会就"搬到外头去住",否则难以用功读书;而且,她对家族的群体生活颇感失望,对大家庭里"邻居即敌人,亦即偷窃"的恶习气深表反感,甚至对此感慨地说"幸灾乐祸者,如何能够日夕相对"。"日夕相对"的亲戚竟是"敌人",是"幸灾乐祸者",这揭开的家庭内幕的一角,令人窥见所藏的些许隐私。初版本第107封信中,上述语句被明显删改,"用功"之后的话一概去掉,许广平对"大家庭的恶习气"的批判,以及对本家族成员"幸灾乐祸者"的态度都被鲁迅隐去,以营造许广平与其家族成员间相对和睦的外在关系。

二、对许广平职场隐私的删改

鲁迅特别注意滤除原信中许广平所涉及的职场人际方面的私密事宜。大学毕业后首次入职的许广平,在广东女师见识了宿舍里的纷乱、同事间的暗算以及校长与职员间关系的紧张,其间受过一些倾轧和嘲讽,都体现在了她写给鲁迅的原信中。就住宿方面的私密情况而论,在1926年9月28日的信中,许广平向鲁迅介绍了她从就职伊始所住"碰壁"房间搬入"间成田字"且又"住四位先生"的新宿舍的情况,评价宿舍里原住的三位小学教员"胸襟狭窄"。按许广平所说,她们三位在许广平"第一晚搬来"的时候就"三人成众",旁敲侧击地"说我占了她们房间",并且暗讽"高一级也是好的,重阳快去登高",不满于师范学校比小学部高出一级。① 许广平在教员宿舍所受的这些"旁敲侧击"的讽刺,是同住教员对她人格的无端污损,更显现出当时某些小学教员的自私态度和阴暗心理,许广平只能"忍下去了",而且"还陪笑脸招呼",实属无奈,事关隐私,不宜公开。这一细节在初版本中被鲁迅简要地改成了"给我听了不少讽刺话",滤掉了具体的讽刺内容,力图不陷于无谓的人际纠葛。

---

① 鲁迅,景宋.两地书·原信:鲁迅与许广平往来书信集[M].北京:中国青年出版社,2005:119.

就同事方面的私密情况而论，在1926年12月27日的原信里，许广平抱怨学校里同事相互猜疑，彼此算计，说"校长也辞职，捉我做傻子"，同事们"蒙蔽我一人不知情"等。当时许广平很想辞职离校，不想留校接任广东女师校长一职，但是该校的三位主任中竟有"一称辞"及"一辞而当面称非辞"，局面难以维持。考虑到"还有一人未辞"，若是自己辞职则会"令那人难做"，作为训育主任的许广平为同事着想而暂请病假，但没料到同事竟会"因我未辞而介绍继任"，所幸那人最后并未成功。原信中的这些话展现了许广平在职场中面临的尴尬困境，也揭示了她与同事间复杂的人际关系，事关当年隐情，属于私密内容，显然是她不愿公开也不宜公开的。在初版本第106封信中，上述这些同事纠葛的细节被鲁迅简单地改成了"只剩我不经世故，以为须有交代才应放手"一句，隐掉了所有私密信息，进行了"去隐私化"文字处理。

就觅职方面的私密情况而论，在1926年12月7日写给鲁迅的信中，许广平曾讲起赴苏联访学的想法，说在广东省"去俄很容易设法得政府一笔款"，因为随意"挟着什么名目"轻松"领着公费就可去"，但是自然需要"改变教书生涯，才易活动"。这句话涉及赴苏活动的意愿，较为敏感，如果在1933年随《两地书》的出版而公之于世，则恐怕引发无谓的政治麻烦，因此在《两地书》初版本中鲁迅对其大为删减，只是保留了原文中"对于一般人，需用一般法"以及"孤行己见，便受攻击"的大致意思，行文谨慎，表意模糊，几近泛泛。

三、对许广平生活隐私的删改

除了亲族隐私和职场隐私的删改处理，鲁迅也特别注意滤除许广平所涉及的个人生活方面的私密事宜，其中最关键的是许广平婚育之事。许广平与鲁迅同居、怀孕，本属两心相印、两相怜爱的结果，是无可非议的，但在当时社会的世俗眼光来看，却有未婚而孕之嫌。许广平该如何向自己的亲友公布告知此事呢？这其实是她难以回避但又难于启齿的问题，主要借助于在黑龙江的好友常玉书和与自己亲近的一位"冯家姑母"。这一布告过程是在许广平的好友至亲的小范围内进行的，与社会大众无关，记载和这一布告过程的文字仅存于许广平致常玉书和致鲁迅的私密信函，范围极其有限。如前所述，隐私是不愿告人或不愿公开的个人私事，同一事项是否构成隐私关键在于行为主体对传播对象的具体选择。当原信经过改写

第三章 《两地书》针对原信的"去隐私化"处理

进入书稿并将最终刊行于世的时候,传播的对象已经从亲友变成大众,那么上述婚育状况的布告内容就成了《两地书》不宜发表的隐私,需要进行"去隐私化"的删改操作。

首先看许广平是怎样通过好友常玉书通告自己婚育隐情的。在1929年鲁迅赴北平探母病的第一天,许广平给在黑龙江省任职的常玉书写了一封信,向她布告了自己与鲁迅相知相恋的过往以及"身孕五月"的近况。在这封剖心坼肝的私信中,许广平回顾了自己在女师大风潮中被"亲戚舍弃,视为匪类,几不齿于人类"的窘境,以及鲁迅"激于义愤""慷慨挽救"的义举,还有后来鲁迅"病甚沉重"而许广平"时往规劝候病"时二人的惺惺相惜。关于广州和上海的生活历程,许广平简要介绍说"在粤他来做教师,我桑土之故,义不容辞",于是"在其手下做事,互相帮忙",直至"到沪以来,他著书,我校对"。至于最关键的"结婚"和"怀孕"两项,许广平对常玉书倾诉了肺腑之言:

> "周先生对家庭早已十多年徒具形式,而实同离异,为过度时代计,不肯取登广告等等手续,我亦飘零余生,向视生命如草芥,所以对兹事亦非要世俗名义,两心相印,两相怜爱,即是薄命之我屡遭挫折之后的私幸生活。今日他到北平省母,约一月始回,以前我本打算同去,再由平往黑看看你们,无奈身孕五月,诚恐路途奔波,不堪其苦,为他再三劝止,于是我们会面最快总须一二年后矣。"①

从信中不难看出,鲁迅"不肯取登广告等等手续",说明二人并未正式登记结婚;许广平"对兹事亦非要世俗名义",说明她以鲁迅为重,不畏世俗、不图虚名;而鲁许二人"两心相印,两相怜爱",并且许广平已经"身孕五月",更说明他们之间感情之深厚、爱情之纯洁。事实上,这是徐广平第一次向外界公布自己私密的婚育情况,她告诉常玉书,"我之此事,并未正式宣布,家庭此时亦不知",但她"谅责由人,我行我素",可见对这位好友以诚相待、推心置腹。

---

① 鲁迅,景宋.两地书·原信:鲁迅与许广平往来书信集[M].北京:中国青年出版社,2005:282-283.

鲁迅是在许广平写于1929年5月14日的私信中看到上面这些私密性内容的。在致鲁迅的原信中，许广平说自己给常玉书写的信含有"关于我们经过的一段"，考虑到鲁迅或许"愿意知道我是怎样布告出去"，所以就将信"抄出附上给你看看"。这就是说，许广平在将她5月14日给常玉书信抄了一份"副本"并作为信件的"附件"寄给了鲁迅。在整理原信并创作《两地书》的过程中，鲁迅隐去了5月14日这封信中的隐私性内容，删掉了许广平布告婚育隐情的所有表述。在初版本第114封信中，相关的只有"写了一封给玉书的信"一句，之后就是"到街上去散步"和"买些水果回来"之类无关的琐事，并无原信中许广平对"关于我们经过的一段"进行"布告"的任何说法，末尾也并没有附给常玉书信的"副本"。

下面再看许广平是怎样通过"冯家姑母"布告自己婚育隐情的。向姑母诉说自己怀孕的内情，许广平最早有此想法的时间是1929年5月21日。在这天写给鲁迅的原信中，她说"姑母不久要回沪"，自己因此"难免应酬几天"，而且"事情也许要向她说"，因为"不说也看见的"。这些话事关隐私，在初版本第127封信中被删去了。一周后，在1929年5月27日的原信中，许广平向鲁迅描述赴宴途中乘坐电车时姑母"小心之状可掬"，说她被安顿好后"总回过来照应我"，许广平因此感叹说"尚未布告，大约窥破八九"，这说明姑母已经窥破谜底，但等她主动言明；而其后"下午她来我处谈，我打算和盘托出"一句，说明许广平也打算向其倾诉心事，表白内情。这位"姑母"是怎样的人呢？许广平说她"老年奔波，可怜之至"，而且是"在儿子处，有食没得用"，回粤劳苦，料想必定拮据，但是"问她要钱用否，她说不要"。上述内容反映了许广平羞谈私事的隐秘心理和她姑母老年奔波的困顿生活，过于私密，不宜发表，在初版本第133封信中被删去了，相应的意思以"昨天她又来看我"这样泛泛的句子高度概括。

许广平真正向"冯家姑母"布告婚育隐情，是在1929年5月28日。这一天，在代姑母写数封信后，她坦言自己"已有孕数月"，并请她向"各方面大略告知"。原信情真词切，细腻生动，但初版本第134封信经过删改，则略显干瘪。差异颇大，现做如下比较：

［原信］"今（廿八）早起床后，十时多姑母又来，代她写了几封信，然后我把我们的事大略说说'大意'，以前师生经过，由京至粤至沪的大略，

然后因在沪同事而为方便起见,于去年往杭……现在已有孕数月,各方面大略告知一下。她说,以前知我做事,甚高兴,但想起一人孤独,甚觉凄凉挂心,可是不敢开口劝,现知此事,如释重负,心中畅快矣云。她对我是出心的好,她一两天往九江了,我之告诉她,实不忍蒙蔽她,而且我的亲人方面,如由她说出,则省我一番布告手续,而说出后,我过数月之行动,可以不似惊弓之鸟,也是一法,但她是否肯费唇舌,也不敢知,总是由她做去就是了。"①

[初版] "今天上午代姑母写了几封信,并略谈数年经历,她甚快慰,谓先前常常以我之孤子独立为念,今乃如释重负矣,云云。她待我是出心的好,但日内就要往九江去了。"②

在原信里,许广平描述了她向姑母所倾诉的话题,包括她与鲁迅"由京至粤至沪的大略",以及自己"有孕数月"的近况等。这些关涉许广平隐私的语句在初版本第134封信中都被删掉,并以"略谈数年经历"这一短句来替代。原信中,许广平说明了自己向姑母倾诉私密的一个用意,即亲人方面"如由她说出,则省我一番布告手续",而自己"过数月之行动,可以不似惊弓之鸟",这其实就是通过姑母之口将其婚育的内情告知整个家族。这些句子自然含有私密信息,在初版本中被删,以使许广平的个人隐私被排除在《两地书》之外,这不仅符合原信作者的真实意愿,也能使《两地书》的行文更加精简。

许广平所涉个人生活方面的私密事宜中,较引人注意的是她在原信中透露过的自杀经历。许广平是反对自杀的,她热爱生命、勇于抗争,在1925年6月1日致鲁迅的原信中,她还强调"不必过于欢迎'阎王'吧",因为若是"闭了眼睛什么好的把戏也看不见了",希冀乐观生活,反对闭目求死。在此信中,她甚至还因"枕下藏刀"的传闻而规劝鲁迅不要自杀,说褥子下面那"明晃晃的钢刀"若是用来"杀敌是

---

① 鲁迅,景宋.两地书·原信:鲁迅与许广平往来书信集[M].北京:中国青年出版社,2005:309.
② 鲁迅,景宋.两地书[M].上海:青光书局,1933:255.

妙的",但若是"用以……似乎……小鬼不乐闻",①可见,她的心态是昂扬向上的。但在少年无知的情况下,她也确实干过两件相关的"傻事"。在1925年5月27日书信中,许广平略述了她在直隶女师怒吞藤黄的事情,即"凭一时的血气和一个同学怄气",竟然冲动地"吞了些藤黄",好在后来被救,并无危险,但"终于成笑话"。藤黄酸涩、有毒,据《本经逢原》载,"藤黄性毒,而能攻毒"而且"毒能损骨,伤肾可知",可见藤黄性毒,损骨伤肾,许广平吞服藤黄,意在自杀。这封信随后还介绍了"入女师大的第一年"时曾经"因得猩红热而九死回生"的事,许广平随后将这些事视为"自身的教训",使她意识到了"死的空虚"。但是这段文字在初版本第23封信中被删减成了"进女师大的第一年,我也曾因猩红热几乎死去",删掉了原信中许广平怒吞藤黄这一隐秘事宜。

  这种针对原信中生活隐私的遮蔽操作较为普遍,对许广平自杀经历的删改也不止一例。在1926年11月16日原信中,许广平还向鲁迅讲述了自己"跑去服毒"的经过:在天津读书时,一个小学同学到校看她,但是发现"常君同我不错",便不由分说"痛责我一通",因为觉得自己"惭愧对不起人",她竟然"跑去服毒",所幸并未出事。这样私密的自杀经历,许广平自称为"一类傻事",并不以为光荣,如果不是和作为恋人的鲁迅互述衷肠,她是未必肯说的。在《两地书》初版本第78封信中,这一隐私被大幅删减,隐去了原信中自杀的缘由,只用"很碰了钉子"五字来概述,巧妙地进行了"去隐私化"。

  许广平所涉生活隐私还包括通信方式、饮食爱好和卫生习惯等。在1925年6月1日的原信中,许广平自称经常饮酒,即"可是小鬼也常常纵酒……"女生"纵酒",毕竟不是值得宣传的优点,这句话事关许广平生活隐私,在初版本第25封信中被删掉了。另外,在《两地书》第100封信中,许广平向鲁迅说明她辞职回家后的寄信地址,即"暂寄'广州高第街中约'便妥",但是查1926年12月15日许广平致鲁迅的原信,这一地址本是"暂寄(广州高第街中约许廿三少奶转便妥)",可见许广平的详细地址已经被略微改写,"许廿三少奶转"这一敏感信息已被删去。不仅如此,在1926年10月14日原信中,针对"国立女子学院师范大学部"第一期周刊所介绍的师范部职员安排情况,许广平不禁气愤地说道:"管他妈的,横竖武昌攻下

---

① 鲁迅,景宋.两地书·原信:鲁迅与许广平往来书信集[M].北京:中国青年出版社,2005:63.

了,早晚打到北京,赏他们屁滚屎流。"①这固然是出于对反动势力的愤恨和对昔日女师大的惋惜,但此粗话毕竟出于女士之口,而且确实是在骂人泄愤,如果以原貌写进《两地书》公开传播,恐怕有损许广平形象。所以在初版本第57封信中,这句说给鲁迅听的私密话语被删去。此外,许广平1926年12月30日原信中说"现时是下午六时,要晚餐,又在洗身完"等,在初版本第108封信中,原信的"又在洗身完"被鲁迅删去,而只剩"晚餐""外出"等事宜,②这也正是为遮蔽与许广平有关的私密事项而进行"去隐私化"文字处理。

---

① 鲁迅,景宋.两地书·原信:鲁迅与许广平往来书信集[M].北京:中国青年出版社,2005:142.
② 鲁迅,景宋.两地书[M].上海:青光书局,1933:216.

第四章 《两地书》针对原信的"礼貌化"处理

第一节 "尖刻""刻毒"和鲁迅的"礼貌化"自觉

鲁迅文章给人的印象往往是见解透辟、措辞尖刻、不留情面,"尖刻"抑或"刻毒"已经成为鲁迅精神符号。鲁迅逝后,送葬队伍途中所唱的《鲁迅先生挽歌》,歌词就说"你的笔尖是枪尖,刺透了旧中国的脸",以及"你的声音是晨钟,唤醒了奴隶的迷梦"等,以"枪尖"喻"笔尖",印证着鲁迅文笔的"尖刻"。但是在创作《两地书》的过程中,鲁迅并未一贯地突出其"尖刻"或"刻毒"的笔锋,而是体现出"礼貌化"操作的高度自觉。

一、"尖刻""刻毒"与鲁迅的精神脸谱

在《我还不能"带住"》一文中,鲁迅自称"在中国,我的笔要算较为尖刻的",以至于"说话有时也不留情面",对自己文笔的尖利锋芒有清楚的认知。求真,是鲁迅文笔"尖刻"的一个原因。鲁迅反对"瞒和骗",不肯因为人性的"怯懦"或"巧滑"而戴着假面曲意逢迎,不肯以模棱两可或明哲保身的态度让自己的文章"陷入瞒和骗的大泽中"(语出《论睁了眼看》)。他能够正视现实,务实求真,反对"温良敦厚的假脸",也反对"吞吐曲折的文字",不文过饰非,不曲笔矫饰,用看似"尖刻"的文笔挖掘真相、讲述实情。鲁迅"论时事不留情面"而"砭痼弊常取类型",尊重事实,反对作伪,闪耀着超越时代的光辉。学者贾振勇认为,现今许多人不喜欢鲁迅的缘

由,大抵在于鲁迅"老是喋喋不休地说实话、说真话",他经常为此"一竿子打翻满船人",①这就使献谀者生怨,令虚伪者痛恨。学者房向东也有与此近似的看法,他认为,中国是一个"多有死要面子人的国度",在"正人君子"的眼里,鲁迅作为一个"撕人脸面的家伙"当然惹人憎恶,所以才有那些"关于鲁迅的尖刻、刻毒、不宽容、刀笔吏、绍兴师爷、睚眦必报的小人之类的议论",②不仅伴随于鲁迅的有生之年,也纠缠于他的亡故之后。鲁迅撕下虚伪人的假面,但同时也被还以"睚眦必报"及"刻毒"的恶评。

那么,鲁迅的文笔"刻毒"吗?"刻毒"的意思是刻薄狠毒,在鲁迅的反对者的话语里,这个词显然满含贬义,但其性质还要辩证看待。在某些文人和政客看来,鲁迅不留情面,刻薄尖酸,是一个不怕得罪人的怪人。但是,鲁迅用被称为"刻毒"的笔,揭露黑暗,鞭挞丑恶,报的是"公仇",而绝非"私怨"。他的文章富有战斗性,如果一味地柔媚绵软,就丧失了讽刺的力量,丢弃了攻击的能力。因此,用来打击邪恶、杀伤对手的"刻毒"何尝不是一种优点?我们承认鲁迅人格中的这种"刻毒",也欣赏鲁迅文章中的这种"刻毒"。这种"刻毒"的一种代表性的态度,就是鲁迅在《且介亭杂文末编·死》里所说的"一个都不宽恕"。当虑及临终时是否要宽恕别人时,鲁迅严肃地表态:"让他们怨恨去,我也一个都不宽恕。"这种至死不宽恕的"刻毒",恰恰说明鲁迅不愿陷于虚伪的逢迎,对一切黑暗做最彻底的抗争。

"刻毒"是鲁迅精神脸谱的一种图案,但不是唯一的图案,他的精神脸谱有着丰富的构图,还包括"宽厚""友善"等。要看到,鲁迅所谓的"刻毒"并非对谁都这般,也不是处处都如此。他能够因时因事,自觉分析,明辨利害,差别对待。对朋友,对爱侣,对宿敌,都不一样;在私信里,在会场上,在著作中,不尽相同。正如房向东先生所说,鲁迅虽然"疾恶如仇",但是他"决不因小忿而误大端",在与朋友和同志相处时,鲁迅是"春光煦煦,和风习习",表现出"诚恳相待,富于情谊"。③ 鲁迅绝不是一言不合就奋袂而起的人,他不会无故使人难堪。鲁迅在致曹聚仁信中曾解释过,自己历来"没有因为一点小事情"就和人"成友或成仇",其实自己还有"不少几十年

---

① 贾振勇.鲁迅拥有的,正是我们匮乏的[N].齐鲁晚报,2016-08-18(12).
② 房向东."骂"人与被"骂"——鲁迅生前身后事[M].青岛:青岛出版社,2007:70.
③ 同②83.

的老朋友",交往的要点就在于"彼此略小节而取其大"。① 事实的确如此,鲁迅并非动辄对人"睚眦必报",而是能够自觉地"略小节而取其大",着眼大局,包容小异,对亲友善待,对同仁宽厚,并不"刻毒"。

鲁迅的"刻毒"与"不刻毒"都体现于《两地书》创作过程中对原信的删改加工。对于顾颉刚、黄坚等人,他的"刻毒"并未遮掩,未加删减,评论的篇幅和批判的力度都在扩增;对于沈兼士、马幼渔等朋友,他则抛开了"刻毒"的笔锋,极力对原信中的激烈措辞加以调整,使语气缓和,批评减弱,呈现友善与宽容的态度。对原信进行自觉的"礼貌化"处理,是《两地书》书稿撰写过程中的一个显著特征。鲁迅对原信中大量品评人物的内容进行了删节和更改,"略小节而取其大",将原信针对同仁和朋友的犀利、严厉的语句改写得礼貌、得体,以使矛盾消解,关系和谐。

二、礼貌原则与《两地书》创作的"礼貌化"自觉

《两地书》可视为鲁迅与各界人物进行语言沟通的书面载体,一般而论,中国人的语言沟通行为都会自觉遵循汉语的礼貌原则。以汉语文化为基础,顾曰国曾提出汉语的礼貌原则,它包括五个准则,一是"贬己尊人准则",印证的是汉语文化中的"夫礼者,自卑而尊人",指的是指谓与自己有关的事物时要做到"谦"和"贬",但在指谓与听者有关的事物时则要尽量"尊"和"抬";二是"称呼准则",印证的是汉语文化中的"上下有义,贵贱有分,长幼有等",指的是用适切的称谓语与对方打招呼;三是"文雅准则",印证的是汉语文化中的"彬彬有礼"及"礼者养也",指的是选用雅言而禁用秽语,以及多用委婉而少用直言,要避免引人难堪;四是"求同准则",印证的是汉语文化中的"尚同"思想和"面子"心理,指的是说者和听者力求和谐一致,尽量满足对方的愿望,批评别人时则"先褒后贬",给对方"面子"之后再说出不同点;五是"德言行准则",印证的是汉语文化中的"有德者必有言"和"耻有其辞而无其德;耻有其德而无其行",指的是在言辞上尽力夸大别人带给自己的益处,而尽量说小自己所付的代价。② 可是,被认为文笔"尖刻"且"不留情面"的鲁迅会在《两地书》中体现出他对同仁、朋友的"礼貌"吗?

鲁迅给人的印象往往是冷峻严肃和尖刻严厉,正如学者霍无非所说,他貌似

---

① 鲁迅.鲁迅全集:第十四卷[M].北京:人民文学出版社,2005:35.
② 顾曰国.礼貌、语用与文化[J].外语教学与研究,1992(4):10-17.

第四章 《两地书》针对原信的"礼貌化"处理

"不大理会人情世故"而只是"一门心思著文章",但是真正的鲁迅"不是书呆子,他识得礼尚往来",因而"人缘很广"且"赢得较多的尊重"。① 可见,鲁迅懂得"人情世故"和"礼尚往来",在撰写《两地书》书稿过程中,不会以"刻毒"的心态对原信中所有负面评论都保留或强化,而是考虑到《两地书》出版后读者的阅读体验和自己的人际关系,自觉对原信涉及同仁和朋友的批评性内容进行"礼貌化"的文字加工,克己尊人,客气委婉,宽厚和善,使措辞更谨慎、语气更友好、评价更中肯。

鲁许二人的原信是私密性的,唯一的读者就是收信方,但是《两地书》是公开性的,读者不仅数量众多,而且成分复杂,既包括普通的学生、市民以及其他文学爱好者,也包括书中涉及的大学教授、青年作家、政府官员等。这就是说,虽然《两地书》中的起首称谓语写的是"鲁迅师""广平兄"等,但是它的读者并不局限于鲁迅和许广平,而是包括社会大众。原信中对林语堂、孙伏园、唐群英、石评梅等人的私密评价,将变成可能为被评价者看得到的公开评价,这需要在创作过程中进行"礼貌化"的文字处理。

在鲁许往来原信中,有不少鲁迅对他人的负面评价,往往不留情面,较为坦率直白。但在书稿撰写过程中,鲁迅对这些语句自觉地进行了较大改动,加以完善和修正,使之"礼貌化",符合公开出版环境下的用语规范。下面以涉及沈兼士、马幼渔、沈士远、沈尹默等人的评价性语句为例,略做对比和阐述。

鲁迅曾不止一次地以"胡涂"一词来评价沈兼士。在1926年9月30日的原信中,对于厦大文学院聘用顾颉刚等教授,鲁迅深感不解,认为"玉堂与兼士,真可谓胡涂之至",将沈兼士归入"胡涂"范围,而且是最糊涂的一类。可见,在鲁迅眼里,此时的沈兼士不明事理、不辨是非,可谓愚笨至极。初版本第48封信中,这一评价被隐去,原句被删除,批判的火力集中于顾颉刚等人,不再对作为挚友的沈兼士加以贬斥。半个月后,在1926年10月16日原信中,又是因为沈兼士"请了一个顾颉刚",而且接收了顾颉刚举荐的陈乃乾、潘家洵、陈万里三人,鲁迅再次认定沈兼士"至于如此胡涂"。初版本第56封信中,"胡涂"被鲁迅改为"模胡"。具体而论,"胡涂"就是"糊涂",鲁迅在原信中指责沈兼士"胡涂",认定他有理智的缺失和判断的错误;"模胡"就是"模糊",鲁迅在初版信中说沈兼士"模胡",只是认为他态度不果

---

① 霍无非.鲁迅的礼尚往来[J].陕西档案,2013(6):55.

决、思路不清楚,指责的意味比原信要弱得多,这无疑是出于对沈兼士的尊重。其实,鲁迅对沈兼士是非常信任的。1929年11月鲁迅由上海北返探母,在11月20日的原信中他还特意告诉许广平,"紫佩,静农,霁野,建功,兼士,幼渔"等人在北平都"待我甚好",而且"这种老朋友的态度"在上海是看不见的,视沈兼士为可靠的老友,两人关系密切,互信深厚。因此,鲁迅在创作《两地书》时修改原信中对沈兼士指责的词句,使之平缓谦和,也是情理之中的事。

除此之外,在1929年5月21日致许广平的原信中,在京探亲的鲁迅还说起马幼渔邀其任教的事,即"马幼渔来看我",他提出"要我往北大教书,当即谢绝"。在初版本第118封信中,"当即谢绝"被改作"当即婉谢",一字之差,语气上的区别颇大。"谢绝"是指果断地拒绝他人的邀请,态度坚决,较为强硬,"婉谢"是指婉言推辞别人的邀约,虽然意见依旧未变,但语气更为委婉,更显礼貌和周到。鲁迅一字的修改,既还原了当时"婉拒"的真实境况,又突出了自己的礼貌、谦和,同时体现出对马幼渔的友善与敬重。同一封信中,鲁迅还说起李秉中的婚礼,即"他们明天在来今雨轩结婚","女的是女大的学生,音乐系"。这里的"女的"是一种口语词,指李秉中的未婚妻,表达上稍显随意,不够雅致。在《两地书》初版本中,"女的"一词改为"新人",更显正式,也更礼貌。

在5月22日的原信中,鲁迅也提到了沈士远。他对许广平说,"沈士远也在那里做教授,全家住在那里,但我并不去访他。"此处的"那里",指燕京大学。在初版本第121封信中,原信中后半句被改成了"听说全家住在那里面,但我没有工夫去看他",变化颇明显。原信中"我并不去访他"有主观上不想去访沈士远之意,说明鲁迅没有看望他的意图,二人关系疏远,似乎还没到那个交情;而《两地书》中"我没有工夫去看他",则有主观想去访问而客观条件不允许之意,意在表明没有访沈士远是因为时间紧迫、无法分身。鲁迅这一改动,抹去了原信中对沈士远轻慢的意思,体现出了对他的礼貌与尊重。

除了沈士远,鲁迅在原信里也谈及沈尹默。在1929年5月29日致许广平的原信中,鲁迅聊起了当天的日程安排,即"午后要到未名社去"活动,而晚上"七点起是在北大讲演",此外在演讲结束后"似乎还有沈尹默之流邀袭",估计是要"拉去吃饭"。沈尹默其实是鲁迅的故友,他曾坚定支持青年学生的正义斗争,还在"女师大风潮"事件里与鲁迅、钱玄同等人发表联合宣言。原信中,"沈尹默"名后有"之流"

二字,这显出鲁迅对他的些许不敬。因为"之流"指同一类的某人或某物,带有明显的贬义。初版本第129封信中,沈尹默邀请赴宴那句被改成了"恐怕还有尹默他们要来拉去吃夜饭","尹默之流"变成" 尹默他们",消除了原信中暗含的轻视和不屑,显现出鲁迅对他的尊重,更为得体。

另一方面,在鲁许往来原信中,也有不少许广平对其他人的负面评价。她曾品评过当时的政治人物和女性作家,也曾对广东女师的学生表达过内心的不满,有时看法较为特殊,措辞较为激烈。在撰写《两地书》书稿时,鲁迅对许广平的这类言论进行了删改加工,遮蔽了某些真实姓名,掩藏了部分真切看法,使评价更正面,态度更礼貌,语气更和缓。这种"礼貌化"文字处理一方面出于对《两地书》出版后社会影响的考量,一方面也是对许广平当时一些不成熟表述的修正,以使牵涉的敏感人物更少,激起的不良反响更小。例如1925年4月6日的原信里,许广平谈论起当世的女性政治人物,评价她们"真是叫人倒咽一口冷气",觉得"差强人意的,只有一位秋瑾",而至于"什么唐群英、沈佩贞、石淑卿、万璞"之类,都是"应当用蚊烟熏出去的"。这种表述暗含贬低,明显不妥。以信中所涉的唐群英为例,她是中国同盟会第一个女会员,民主革命家、教育家,是民国的女权运动领袖,为民国缔造与妇女解放做出过卓越贡献,被誉为"创立民国的巾帼英雄",孙中山曾授予她"二等嘉禾章"。① 许广平要"用蚊烟熏出"唐群英等政治精英,颇显思虑不周、遣词不当。初版本第9封信中这些人的姓名都被施以"礼貌化"的改动,变成了"唐□□,沈□□,石□□,万□□",隐去了真名实姓,避免了对政治人物的直接批评,减低了原信语句的攻伐意味,也使《两地书》的读者对许广平免于"狂傲"之类的误解。

除了女性政治人物,许广平还褒贬过当时著名的女性作家。1925年4月10日的原信中,许广平认为描绘风景是"骚人雅士的特长",而大谈"秋花明月"则是"儿女子的病态",她归纳当时女文学家的特征,就是善于"言在此意在彼",写整篇字眼好看而命意缺失的"抒情文"。她为此所举的"最显的例子",是"评梅的文诗"以及"晶清的诗",而且"冰心,庐隐,廷玫"等人则"俱带此种色彩"。初版本第11封信中,原信大意基本保留,依旧认为悲花月是"儿女子的病态",坚持"好看字样"是"女文学家的特征",只不过所举的"最显的例子"尽数删去,原信所列石评梅、陆晶清、

---

① 刘静,唐存正.女权运动先驱唐群英[M].北京:中国文史出版社,2014:323.

冰心、庐隐等作家名字未见踪影。这一删改操作，将许广平的文学批评限定在"女文学家"群体，而消除了对冰心等女作家个体的贬斥，既避免了《两地书》中评论语句的偏执和极端，也显示出对这些作家的友善和礼貌的态度。

除了评价政界和文艺界的著名女性，许广平还对自己在广东女师的学生多有议论。1926年10月10日的原信中，许广平对本校四年级师范生的学业水平忧心忡忡，她们临近毕业却还"初做几何"，而且"手工、豆工折纸俱极粗劣"，以"粗劣"来评价学生的手工技能。何以至此呢？她认为此地师范生"轻视手工"或许是"受革命影响，人心浮动"的缘故。初版本第55封信中，"豆工折纸俱极粗劣"被换成了"豆工折纸俱极草率"，以和缓的"草率"替代严厉的"粗劣"，使许广平在《两地书》中对学生的评价既能符合事实又可适应语境，不至于斥责过重，更显周全得当。针对广东女师反动学生最占势力的情况，许广平在1926年11月7日的原信中评价女性群体"总是比较和黑暗接近，判断力薄弱"，所以女师学校里出现"反动者占势力"的情况。此处，许广平对当时女师学生的性格特征和心理倾向进行了解析，虽有一定道理，但未免失于偏执。在初版本第72封信中，鲁迅删去了原信中的"判断力薄弱"，而强调女学生的问题在于"守旧"，弱化了原信中对女生的性别偏见，也使《两地书》涉及女性的评价显得见解更公允，表达更客观。

第二节　鲁迅原信中的厦大景象及其"礼貌化"

一、对厦大的批判及初版本中的"礼貌化"转换

鲁迅是怎样看待厦门大学的呢？在致许广平的原信中，鲁迅多次谈及厦大、厦大校长和厦大的教职员，形成了一整套的"厦大景象"。整体而论，鲁迅对厦大并没有深切的热爱之情，他甚至对这所大学缺乏基本的认同感。其实，鲁迅并非因为仰慕厦大才来此任教的，在初版本第102封信中，他自称来厦门是"为了暂避军阀官僚'正人君子'们的迫害"和"休息几时"，到厦大任职并不是他主动选择的结果。因此，在厦大期间他经受了外在环境与内在性格的矛盾及冲突，在致许广平信中也从未停止对厦大进行批判。

在鲁迅眼中，当时的厦大并非什么"象牙塔"，而堪比一座"梁山泊"。1926年

10月23日原信中,鲁迅向许广平讲述了他对厦大的整体印象:此校"就如一座梁山泊",真是"你枪我剑,好看煞人"。视厦大为"梁山泊",这是对此校办学水准和学术氛围的否定。他还拿北京学界和厦门学界进行比较,认为北京学界是"在都市中挤轧",而厦门学界则是"在小岛上挤轧",结论是"地点虽异,挤轧则同"。这种看法稍显片面,略带悲观。在《两地书》初版本第60封信中,上述句子大致未变,但是将"一座梁山泊"换成了"一部《三国志演义》",以文学作品而非草莽山寨来比喻厦门大学,淡化了对此校的负面评价。两个月后,在1926年12月23日的信中,鲁迅对厦大已经颇有怨言:电灯已坏,洋烛又短,无法购买,只能睡觉,可见"这学校真可恨极了"。说厦大"可恨",一方面源于厦大生活设施的粗陋,另一方面也因为鲁迅瞬时激动的情绪。在初版本第99封信中,原信情绪化的语句被加工修正,"这学校真可恨极了"被换成"这学校真是不便极了",从而能够具体指明厦大生活设施的不足,也避免了对此校整体办学水平的否定。

一周后,在1926年12月29日的原信里,鲁迅干脆直言"厦大是废物,不足道了",但是"中大如有可为,我也想为之出一点力"。如果说前述"可恨"还只是种主观的心理写照,那此处的"废物"则几乎将鲁迅对厦大的轻视坐实。显然,用"废物"一词来指代当年的厦大是不准确的,鲁迅在信中下笔颇重。在初版本第102封信中,这句话被改作"厦大我只得抛开了"以及"中大如有可为,我还想为之尽一点力",去掉了原信中"废物"一说,使《两地书》对厦大的评价不显过火,不至极端,态度中规中矩,措辞也趋于"礼貌化"。

二、对校长的批判及初版本中的"礼貌化"转换

鲁迅在信中也屡次评价厦门大学当时的校长林文庆。在鲁迅看来,林文庆"不像中国人,像英国人"。其实,鲁迅这里指的是林文庆的文化人格,而非其国籍,因为林文庆本就是英国籍,鲁迅对此是很清楚的。在《海上通信》(后编入《华盖集续编补编》)一文中,鲁迅明确说校长"林文庆博士是英国籍的中国人",还说他将在商务印书馆刊印一本英文写成的自传。实际上,林文庆青年时期曾就读于新加坡莱佛士学院,后因成绩优异而获得英女皇奖学金,毕业后赴爱丁堡大学攻读医学,获

得内科学士和外科硕士学位,并受聘于剑桥大学研究病理学。① 因此,在英国接受高等教育、受英国文化长期熏染的林文庆,被鲁迅评价为"像英国人",也就不令人意外了。具体而言,在1927年1月2日的信中,鲁迅自称在不到半年的时间里"算又将厦门大学捣乱了一通",虽然自己的辞职"给学生的影响颇不小",但是恐怕"校长是决不会改悔的"。林文庆对鲁迅很尊敬,但是鲁迅坦言"我讨厌他"。鲁迅认定林文庆有明显过错,否则谈不到"改悔";也认为他有可恶之处,否则谈不到"讨厌"。原信这些话太显锋芒,在初版本第104封信中都被悉数删去,不留原迹。

作为厦门大学的第二任校长,林文庆主持校务十六年零七个月,在荒凉的古战场上建立起规模宏伟的高等学府,对厦大的建设与发展有着奠基之功,②但作为厦大教授的鲁迅却与之似有无可调和的尖锐矛盾。在1927年1月2日这封信中,鲁迅谈及自己"辞去一切职务"的举动时,认为厦大"为虚名计,想留我",但另一方面为"省得捣乱计,愿放走我",但因自己"不满意的是校长"且到了"无可调和"的地步,所以终究要辞职而去。此处,鲁迅直言自己"无可调和"地"不满意"林文庆,语气明确,态度坚决。初版本第104封信中,原信"我所不满意的是校长"被改成了"但我和厦大根本冲突",将矛盾的对象从校长个人转移到厦大整体,在文字层面上避开了对林文庆个人的攻击。而后,1927年1月17日,在赴穗的"苏州"船上,鲁迅见一学生"嬉皮笑脸,谬托知己,并不远离",非常反感。在写给许广平的原信中,他警惕地说有个"侦探性的学生"在跟踪自己,而且此人估计是受"厦大校长所派"来进一步"侦探消息的",因为厦大校长"怕我帮助学生在广州活动"。林文庆派人跟踪鲁迅来收集情报?从没有后续资料能够证实此事。同船未必真有"侦探性的"学生,鲁迅很可能只是虚惊一场。初版本第113封信中,"厦大校长所派"被换作"厦大当局所派",避免直接针对林文庆本人,也使公开印行的《两地书》不至动辄树敌。

三、对同事的批判及初版本中的"礼貌化"转换

除了校长,鲁迅在信中也常常品评厦大的教员。对于厦大的教员群体,鲁迅将其形容为显微镜下的一滴水,虽然渺小,却也是个光怪陆离的大世界。1926年10

---

① 周旻.闽台历史名人画传[M].厦门:厦门大学出版社,2015:151.
② 房向东.谁踢的一脚:鲁迅与右翼文人[M].青岛:青岛出版社,2014:271.

月23日,鲁迅在致许广平的信中不无尖刻地评价了自己同事:厦大某些教授"惟校长之喜怒是伺",这些人长于"妾妇之道"而惯于"妒别科之出风头",已经到了"中伤挑眼,无所不至"的地步。① 这些评语措辞锋利,鲁迅对某些厦大教员的厌恶程度可见一斑。这封信里,鲁迅还用"将一排洋房"生硬地"摆在荒岛的海边上"来形容厦门大学,认为即便这样偏僻的地方却也各色人物俱有。都有何种人物呢?除了上述一班"妾妇",还有为了求爱而"以九元一盒的糖果送人"的外籍老教授,有"和著名的美人结婚"却又"三月复离"的青年学者,有"以异性为玩艺儿"却引而终弃的"密斯先生",以及到处"打听糖果所在"然后"群往吃之"的某些"好事之徒"等,形形色色,不一而足。这些勾勒教员群像的句子,生动犀利,在写进《两地书》初版本第60封信时删改不大,除了将原信里"以九元一盒的糖果送人"中的"送人"细化为"恭送女教员"之外,别无改动。

但是,在涉及厦大教员的评论性词句上,鲁迅在更多情况下仍是进行了"礼貌化"处理。在入职一个月后,鲁迅就深感与同事志趣不合,难于相融。在1926年10月15的原信中,他向许广平说起了"我在这里不大高兴的原因",最重要的是身边的同事大抵"不足与语",他们是些"语言无味的人",令人时时"觉得无聊"。这些同事想必思想空洞、学识浅薄,否则何以令鲁迅觉得"不足与语"?不值得一谈的人,自然关系疏离,没有共同的志趣,做不了同路人。为缓解原信的斥责语气,初版本第54封信中,"不足与语"被删去。

在学期接近尾声、辞职态度明确的时候,鲁迅开始怀疑久居厦大的教工只剩"坏种"。在1926年12月16日的原信里,鲁迅向许广平讲述了自己的新发现:必定是"不死不活的人"才适宜在厦大久居,但是人们"都以为我还不至于此"。何出此言呢?原来是一个学生跑来见鲁迅,说鲁迅来厦大曾令他非常惊讶,觉得应是鲁迅不知此地内情的缘故。鲁迅由此判定在厦大长久工作的教员必定"不死不活",都没有生气。这些话在私信中当然不至于引起麻烦,但若原样呈现在《两地书》初版本中,则必然使读到此书的"久在厦大者"心生反感,甚至引起轩然大波。因此,初版本第95封信中,上述内容被完整删除,全无痕迹。

---

① 鲁迅,景宋.两地书·原信:鲁迅与许广平往来书信集[M].北京:中国青年出版社,2005:159.

类似的意见在12月20日的原信中再次出现,鲁迅感慨于厦大掌权者视教员为"一把椅子或一个箱子",动辄"搬来搬去",于是认定"凡是能忍受而留下的"教员要么是"别有所图"的"坏种",要么是"奄奄无生气之辈"。此言显然措辞过重,且有绝对化之嫌。当然,鲁迅说这番话时预设的读者只是许广平,即便表意有不缜密之处,读信的人也能凭借与写信者的默契关系而对词句恰当理解。问题在于,将这些辞句呈现于《两地书》,难免会让称为"坏种"的厦大教员或其他读者心生不满。在初版本第96封信中,鲁迅将原信"凡有……之辈"一句删去,换成"幸而我就要搬出",要不然"怕要成为旅行式的教授",①隐去了自己一时的激愤之谈,换成平淡的陈述之辞,不谴责他人而只描述自己,避免与厦大旧同事形成新的矛盾关系,也使《两地书》较原信在议事时更有度,论人时更宽厚。

第三节 《两地书》创作中"礼貌化"的三个维度

一、地域维度:地域歧见的"礼貌化"处理

在鲁迅致许广平的原信中,有一些评论涉及特定的省市,包括广东、无锡、厦门、山西、江苏等地。鲁迅在信中对某些地域偶有因事而发的褒贬,例如他对广东颇为欣赏,在1926年12月3日的原信中,他说《幻洲》上篇文章"很称赞广东人",所以他很"愿意去看看"。这篇令鲁迅对广州心驰神往的文章叫作《把广州比上海》,文章对广州人赞美有加,说他们"好似一块石头",而且都是"硬性的"和"一凿一块的",广州人从来没有"临时装成的笑脸",同时也不可能有"难堪的讥嘲""无理的敲诈"或者"可耻的欺骗"。②鲁迅深以为然,"愿意去看看",说明他对该文是认同的,对广东是欣赏的。实际上,鲁迅并无歧视哪个特定地域的思想。地域歧视是一种缘于地域差别而出现的"区别对待"现象,一般由地域经济发展不平衡、文化风俗差异以及社会刻板印象等因素诱发,鲁迅不至于受此影响,他只是对某些地域抱有临时的歧见。

---

① 鲁迅,景宋.两地书[M].上海:青光书局,1933:202.
② 庄钟庆,庄明萱.两地书·集注(厦门—广州)[M].厦门:厦门大学出版社,2008:156.

第四章 《两地书》针对原信的"礼貌化"处理

鲁迅致许广平原信中一些涉及地域褒贬的言论,往往是为了行文简便而进行的碎片化表达,本无地域的偏见,作为收信人的许广平读后也能够恰当地理解。但是如果将这类词句原样录入《两地书》而公开发表,则一些地区的读者会有被歧视的不良印象,鲁迅也会背负地域歧视的嫌疑。在《两地书》出版前,鲁迅将原信中相关文字进行删改处理,以还原他写信时的真实意图,使他的本意呈现得更全面、更准确。例如在1926年9月30日的原信中,鲁迅谈起周建人迁居的问题,说他"与一个无锡人同住,我想这是不好的",但是"他也不笨,想不至于上当"。这里,"一个无锡人"当然指周建人的某个同事,但"上当"之辞容易让人误读为无锡人善于行骗。在初版本第48封信中,"与一个无锡人同住"一句改作"与一个同事姓孙的同住",隐去了特定的地域,只说是个别同事,避免对整个城市形成歧视。

而后,在1926年10月4日的原信里,鲁迅向许广平谈起了厦大开展览会的细节:除了展出"学校自买之泥人"之外,还计划"将我的石刻拓片挂出",其实在鲁迅看来,"这些古董,此地人那里会懂",最后无非是"胡里胡涂,忙碌一番"罢了。① 这里的"此地人那里会懂",字面的含义是厦门当地人文化层次不高、学术视野狭窄,看不懂鲁迅展出的石刻拓片。这本是私下里向许广平说的,但若原文写进《两地书》而公之于众,则显得不妥。在初版本第50封信中,这一句被改成了"此地人那里会要看",意思是说,厦门人不缺乏看懂文物的能力,但是未必有观赏"古董"的意愿(如没有兴趣或没有时间)。这就有效消除了原信给人造成的厦门人看不懂拓片的偏颇印象,显示了对厦门人民的尊重,避免了地域歧视之嫌。此外,在1926年12月11日的原信中,谈起厦门学生的表现,鲁迅抱怨道:"至于厦门学生,无药可医",因为他们竟会整日捧读《古文观止》。② 这"厦门学生"四字比较扎眼,一则强调了是厦门一地,二是囊括了所有学生。这在鲁许二人的私人通信中并无大碍,作为唯一读者的许广平不至于误解鲁迅的本意,但是如果原样写入《两地书》中,就显得措辞失当和判断过偏,可能会在厦门青年中产生负面的社会反响。所以,在初版本第89封信中,这句话被作者改成了"至于有一部分,那简直无药可医",因为他们竟整

---

① 鲁迅,景宋.两地书·原信:鲁迅与许广平往来书信集[M].北京:中国青年出版社,2005:129.

② 同①238.

天读《古文观止》，①其中"厦门学生"变成"有一部分"，既隐去了特定的地域，又缩小了指称的范围，表意更准确；"无药可医"前增加了"简直"这一模糊限制语，将原信绝对化的措辞变得灵活宽泛，语气更和缓。

除了厦门，鲁迅在原信中还谈及山西。董大中在《鲁迅与山西》中认为，鲁迅对山西颇为熟悉，而且潜意识里有根深蒂固的东西。例如，鲁迅在上海跟日本人内山完造闲谈，不止一次地说山西人会经商，很爱财，还有其他某些特点。鲁迅口中的"山西人"之称别有寓意，显得特殊，"使用时似带有虽说程度很轻但完全能够感觉出来的贬义"。② 因此，在致恋人的私信中，鲁迅难免对山西及山西人流露出不大恭敬的态度。在1926年11月15日的原信中，鲁迅气愤地谈起了高长虹等人对自己的污蔑和围攻，坦言未料到他们"有如此恶毒"，虽然打算"看看他伎俩发挥到如何"，对流言和攻击置之不理，但还是愤懑地说："山西人究竟是山西人，还是吸血的。"③山西人"吸血"，这种论断未免以偏概全，有失公允。此类情绪化的表达显然是欠理智的，需要在《两地书》出版前及时删改。在初版本第73封信中，上述涉及"山西人"的一句被删去，换成了"他戴着见了我'不下百回'的假面具，现在是除下来了，我还要仔细的看看"。④ 这样一改，原信对山西一地的评价被隐去，初版本呈现的仅是对高长虹一人的指摘，这就大大降低了批评的力度和攻击的范围，思维更显理性，表达更趋公正。

山西之外，鲁迅在原信中还谈及江苏。1926年12月24日原信中，说起厦大国学院，鲁迅觉得国学院虽然不会倒闭，但也仅是勉强维持，不死不活。他由此愤愤地说"一班江苏人正与此校相宜"，其中"黄坚与校长尤洽"，这些人"就会弄下去"，令厦大毫无生气。一班"江苏人"和厦大匹配相合，这是对"江苏人"的夸赞还是挖苦？四天前（1926年12月20日）鲁迅致许广平的原信，为我们正确理解此句提供了依据。在原信中，鲁迅认为"凡有能忍受而留下的便只有坏种"，即是说，在厦大工作的教员若不是"别有所图"，就是些"奄奄无生气之辈"。照此逻辑，与厦大相宜

---

① 鲁迅,景宋.两地书[M].上海:青光书局,1933:186.
② 董大中. 鲁迅与山西[M]. 太原:三晋出版社,2010:2.
③ 鲁迅,景宋.两地书·原信:鲁迅与许广平往来书信集[M].北京:中国青年出版社,2005:195-196.
④ 同①156.

的一班"江苏人"自然也在"坏种"之列。这显然是过激之谈,也容易令人误以为这是对"江苏人"群体的不敬。好在上述语句都藏于原信之中,只作为鲁许二人的私密话语而已。在初版本第101封信中,12月24日原信那句被删改,去掉了"一班江苏人正与此校相宜",删除了与地域有关的语句,避免引起《两地书》读者在地域歧视方面对鲁迅的误会。

此外,还有一个关于标点符号的细节,可以让我们窥见鲁迅在滤除和改写原信中有地域歧视之嫌的字句时,是多么的慎重和细致。1926年10月30日原信中,许广平讲起在广东女师校园会见孙伏园和毛子震,但是"忘记了他们是外江佬",竟然莫名等说了一通广东话",直到孙伏园声称听不懂时"才大悟起来"。"外江佬"是粤闽等地对外省人的称呼,口语中偶有不敬的意味(但许广平在此用以说笑,应为诙谐,并无恶意)。鲁迅对此词的处理颇为谨慎,在初版本第67封信中将其改为"'外江佬'",即较原信增加了双引号,表示此词为当地的特定称谓,并无特殊的嘲讽之意,以免读者对许广平地域观念方面的误解。

二、阶层维度:校工称谓的"礼貌化"处理

鲁迅同情下层民众,绝不以"上等人"自居。在《两地书》创作过程中,他虽然进行了"礼貌化"的操作,但并没有对教授、作家这些上等阶层的人格外美化,初版本《两地书》中顾颉刚所受的谴责不减反增,就连孙伏园也没能免受奚落;但是鲁迅也没有因为下层民众不是《两地书》的读者而对其随意贬损或大加诘责,原信提及的下层劳动者在初版本中普遍得到了"礼貌化"的待遇。

将《两地书》与原信对比,能够发现信中校内工役的称谓发生了"仆人"到"工人"的明显改变。"仆人"体现出的是主仆的高下之别,而"工人"印证的是社会的分工不同,这种称谓的修改体现了对工役人员社会地位的认可和劳动价值的尊重。不难发现,原信中的"仆人""女仆""仆役"等旧称谓在《两地书》中被分别改成了"校役""女工""工役"等。实事求是地说,鲁许二人对工役从无歧视,原信中"仆人"之类的称谓系从旧时代承袭而来,是当时社会习以为常的惯用说法,鲁许二人只是在私信中使用了这些旧词语,不能因此认定他们乐于在工役面前以"主子"自居。

许广平在原信中习惯以"仆"称呼工役人员。1926年9月12日,许广平向鲁迅写信汇报她初回广州的境况:"仆人招呼尚好",市面物价也"不算太贵",只是可能

"较北方略昂"而已。此处"仆人"带有旧时代的气息,略显陈腐,在初版本第39封信中被换成"校役"一词,显得更为妥帖。约一周后,在1926年9月18日的原信中,许广平再次以"仆"称呼身边的工役,她说自己除向鲁迅寄信外还曾致函"上海之叔"和"天津之嫂"等,那么唯独寄鲁迅之信未至,"岂学校女仆(服侍我的)作弊?"此处"女仆"和"服侍"二词均体现出了封建家庭的主仆关系,在私人通信中并无大碍,但若依此写进《两地书》则容易给读者一种"女仆""服侍"许广平的异样错觉。在初版本第45封信中,鲁迅将这两个词都换掉了,末一句被改成了"岂学校女工(给我做事的)作弊",其中"女仆"变成"女工","服侍"改作"做事",充分体现了对校工群体的认同和尊重。许广平并非自视为"主",她对工役人员的称呼主要源于大家族中的旧习惯,在1926年12月7日原信中向鲁迅抱怨"用人不听命且难说话",例如"服侍我的那个"看起来就甚为"村气",再次习惯性地用到了"服侍"一词。此词若在《两地书》中沿用则显然不合时宜,也不够礼貌。所以初版本第92封信中"服侍"一词被删,原信"服侍我的那个"变为"我用的那个",表意更加妥帖,用语也更显文明。

以"仆"称呼工役人员的,不限于许广平,鲁迅在原信中也偶尔如此。在1926年12月16日的原信中,鲁迅说"这里的仆役"大概都"和当权者有些关系",难以更换,所以无论如何都"只能教员吃苦"。"仆役"一词有仆人之意,收信人许广平自然不会以为异常,但是直接呈现给《两地书》的读者,则不免引起不良之观感。所以在初版本第95封信中,"这里的仆役"被换成了"这里的工役",祛除了"仆役"一词所体现出的封建主仆色彩,使《两地书》的行文更显礼貌、更为周全。

在鲁许往来原信中,用以称呼工役人员的,除了"仆",还有"老妈"等词。1926年12月7日的原信中,许广平说起托女工寄信而往往被拖延的问题:将写好的信"叫服侍我的女仆拿去"寄出,可是很久以后出校办事时却看见"另一个老妈拿一只碗似乎出街买物",而且她"手中拿我的信",想必是顺便"代那我的老妈便中发信"。① 这里,"服侍"和"女仆"各出现一次,"老妈"出现两次。"老妈",指岁数较大的女仆,这一称谓显然过于陈旧。在初版本第92封信中,"服侍我的女仆"自然被

---

① 鲁迅,景宋.两地书·原信:鲁迅与许广平往来书信集[M].北京:中国青年出版社,2005:235.

改成了"给我做事的女工";而"老妈"也改称"女工",即以"别一女工手拿一碗"替换原信中"另一个老妈拿一只碗",体现出《两地书》创作过程中"礼貌化"的写作策略。

三、年龄维度:青年议题的"礼貌化"处理

在1926年12月16日的信中,鲁迅清楚地回顾了他此前对"同辈"和"青年"在行事态度上的区别:此前的种种不客气基本只是"施之于同辈及地位相同者",对于年龄相仿的"同辈"尖刻而严厉;而对于年纪悬殊的文学青年,则"照例退让,或者自甘牺牲一点",采取的是包容和保护的态度。但是,这种善意和关爱却被滥用、曲解,青年"竟以为可欺,或纠缠,或责骂",对鲁迅大加攻讦。这种反噬的结果是,鲁迅宣称"现在是方针要改变了",在对待"挂新招牌的利己主义者"时采取了较为超然的态度:干脆"将门关上",对其"置之不理",且看这些青年"向何处寻这类的牺牲"。不仅如此,我们在鲁许往来原信中,经常能看到鲁迅这些青年有颇为尖刻的批判,而且动辄称呼这些青年为"少爷"。

何谓"少爷"?"少爷"本指官宦富贵人家的少主人,是仆人对主人的儿子的常用称谓,也可指出身于富贵之家的年轻男子。对于"少爷"一词,鲁迅起初也是视为一种敬称,在书信中用以称呼"较为生疏,较需客气的"人物,而且将"少爷"与"先生""小姐""大人"等敬称并列对举。在1925年3月18日原信中,鲁迅自称上述称谓"是我自己制定,沿用下来的例子",这说明在当时鲁迅眼中,"少爷"是可以和"先生"一样用以恭敬地称呼男性的,并无讽刺、挖苦的意思。但这种对"少爷"用法的解释,只是鲁迅在尺牍写作方面略显客套的说辞。在鲁许二人通信中,"少爷"绝大多数情况下指的是精于"吸血"的文学青年,而且多有谴责、嘲讽之意。

但也有一个例外。早在1925年,鲁迅就以"少爷"一词称呼许广平,但并非出于讽刺,用意更近乎戏谑。在1925年4月28日的原信中,针对许广平信中所提及的"学生'掠夺'先生"的疑虑,鲁迅说"请少爷不必多心",自己赴女师大任教每月必领十三元五角的薪金,因此"又何'掠夺'之有也欤哉"。信中称许广平为"少爷",实为鲁迅略示亲密的一种玩笑,并非意在嘲笑或挖苦。同一封信中,还有鲁迅自责"过于大意"的片段,他本以为"广平少爷未必如此'细心'",以至于"题目出得太容易"。鲁迅在信中直接以"广平少爷"称呼对方,堪称戏谑味道十足的一笔。但是许广平对此却颇为谨慎,她明显抵触鲁迅所加"少爷"这个称谓,在1925年4月30日

原信中,她自称对那些"满脸油粉气的时装'少爷'"一直采取"避之则吉"的态度,恳请鲁迅不要"强人所难"。许广平反感"少爷"之称,视"少爷"为"红鞋绿袜,满脸油粉气"的羸弱之辈,觉得他们缺少时代青年的新锐气度,绝不希望被"归入这些族类里"。

这只是一个特例。在一般情况下,鲁许往来原信中的"少爷"都指令鲁迅颇感不满的一些青年作家。这些青年对鲁迅"可利用则尽情利用",往往以私心自利,世故而精明。鲁迅在原信中对这些人以"少爷"相称,且暗含贬义,常常指摘,屡屡批评。但在写作《两地书》书稿时,鲁迅又基本上将"少爷"之称删去,隐去讽刺和贬斥的色彩,换成"文学青年"这样中性的名词,使二者间矛盾对立的意味大为降低。1926年10月23日的原信中,说起《莽原》不登向培良剧本而引发的种种纠葛,鲁迅感叹自己的生命"实在为少爷们耗去了好几年",即便是"躲在岛上",这些人也还不肯放过。① "少爷们"指谁?指的是正闹纷争的高长虹一类的青年。此句在初版本第50封信中被深度改写,变成"这几年来,生命耗去不少,也陪得够了",删去"少爷"一词,减低了讽刺的力度,增加了平和的语气。

"少爷"一词所指甚广,不仅指向"狂飙",其实还包括"莽原"。在10月28日的原信中,鲁迅自称"少爷们来催我做文章"的时候基本"置之不理",在做事上肯定"没有上半年那么急进了"。这是退步吗?鲁迅认为从另一角度看"倒是进步也难说"。这里,"少爷们"指莽原社的一部分作家(同一封信有"小小的《莽原》,我一走也就闹架"之说)。在《两地书》初版本第62封信中,"少爷们来催我做文章时"被改成了"遇有来催我做文章的",隐去"少爷们"的说法;原信对这些作家略带厌恶之情,但是改后则变为单纯的客观陈述。对于《莽原》内部的纷争,许广平的态度是对"少爷们"置之不理。在1926年10月30日的原信中,她觉得"少爷们的吵嘴,不理也好",因为总会"顾此失彼",最后恐怕"牵入圈套而不讨好"。至此,"少爷"在鲁许通信中成为二人共用的具有特定含义的名词。但在初版本第67封信中,这句话被改写为"关于《莽原》投稿的争吵,不管也好",因为"相距太远,真相难明",所以"很容易出力不讨好的","少爷"一词再次被删,而且原句的语序也被调整和梳理,使表

---

① 鲁迅,景宋.两地书·原信:鲁迅与许广平往来书信集[M].北京:中国青年出版社,2005:157.

第四章 《两地书》针对原信的"礼貌化"处理

述更为平实晓畅。

一个有趣的现象是,许广平对"少爷们"的评论往往切中要害,剖析人性的本真,道出纠葛的内质。这些虽不周全但颇具深度的评论,大都集中在1926年11月份,但是在《两地书》初版本中基本被删,普遍未能呈现于读者面前。例如在1926年11月7日的原信中,许广平评论起鲁迅此前"在北京为文学青年打杂"的往事,认为他那时"实在太傻",整天"劳精耗神于为少爷们做当差"却不懂得"个人娱乐",但若是"现时知道觉悟"也还是有好处。在许广平看来,整天"劳精耗神"为"少爷们"当差"实在太傻",而"少爷们"指鲁迅在北京期间爱护和扶助的文学青年。许广平对鲁迅以诚相待,所言自然出于肺腑,所写应属真话,但鲁迅在初版本第72封信中将其删去,从而在《两地书》中塑造出许广平对此沉默不语的"旁观者"面相。其实,许广平没少批评过"少爷"们的"吸血"。在1926年11月22日原信中,她坦率地说,因察觉"少爷们不少吸血",所以她在北京时"常常为此着急,进言",但鲁迅坚持"宁人负我,毋我负人"的信条,终于吃亏。从信文上看,许广平对"少爷"群体"吸血"一事,是早有察觉而心有洞悉的。初版本第82封信中,这些出于至诚的真话都不见踪影,被彻底删掉。

此外,许广平对《莽原》停办的纠葛也有透辟的分析,当然在《两地书》初版本中都被悉数删去。她在1926年11月15日的原信里对鲁迅说,"少爷们听你说停办《莽原》,回信就有稿了",①奥秘何在呢?关键在于那几位编辑"实太有点包办",他们总想"利用人家资本,发表自己著作",在"排斥别人"的同时又偏"不甘放弃",结果自然是"招怨且迁怒于你",独捉鲁迅做"傻子"。② 应该说,许广平对《莽原》作家群的剖析是独到而通透的,甚至是我们深入解读鲁迅与《莽原》关系的一把钥匙。在初版本第77封信中,上述这些话都被删去,许广平所揭开的隐秘一角被悄然掩平,她说给鲁迅的真话没有能够及时公之于众。大约两周后,在1926年11月27日的原信中,许广平体贴地告诫鲁迅在离开厦大之前一定"不要自己因学校或少爷

---

① 鲁迅在1926年11月8日致许广平的信中曾说:"前回因莽原社来信说无人投稿,我写信叫停刊,现在回信说不停,因为投稿又有了好几篇。"参见:鲁迅,景宋.两地书・原信:鲁迅与许广平往来书信集[M].北京:中国青年出版社,2005:180.
② 鲁迅,景宋.两地书・原信:鲁迅与许广平往来书信集[M].北京:中国青年出版社,2005:199.

们事愤激",若是"难禁愤激"就请其"默念",借此"渐渐即不生气"。鲁迅因"少爷们事"而"难禁愤激",以许广平对鲁迅的了解,这一判断应该不会有错。在初版本第84封信中,这些话也都被删掉。可以说,在《两地书》的文学世界里,被重塑的许广平对此中的奥秘默不作声。

  与许广平对"少爷"切中要害的评论相呼应,鲁迅在致许广平的原信中多次深入谈论"少爷"问题。"少爷"是少主人,是地位高而特权重的人,文学青年成为"少爷",是身份的异化;而自愿为青年改稿和校对的鲁迅反而成了对应的"仆从",成了"打杂"的,这也是身份的异化。鲁迅与文学青年本是平等关系,但作为甘心助人的长者,他反倒被"尽情利用"而异化为"仆",受助的青年反倒"或纠缠,或责骂"而异化为"主",这是怎么造成的?鲁迅先生"自甘牺牲"而默默助人,部分青年"得步进步"而一再求索,原因之一在于鲁迅相信青年必胜于老年,进而对青年"无条件的敬畏",总是以无私态度对待"少爷们"的利己私心,以至于他甘于奉献的一片赤诚刚好被私心过重的某些青年利用。这一点鲁迅是有察觉的,在致许广平的信中他曾反复说起。在1926年11月8日的信中,鲁迅自称本可以在1926年年底将厦大决然舍去,但之所以颇为迟疑,是因为"怕广州比这里还烦劳",因为在广州"认识我的少爷们也多",所以可能没过几天"就忙得如在北京一样"。初版本第69封信中,原信"认识我的少爷们"被改成了"认识我的人们","少爷"这个词再次被删,换作毫无嘲讽之意的"人们",原信里对文学青年的强烈不满再次被遮掩和淡化。

  一周之后,在1926年11月15日致许广平的原信中,鲁迅坦言自己"先前为北京的少爷们当差",实在是"耗去生命不少",对文学青年、对自己的利用已有深入的觉察。初版本第73封信中,"为北京的少爷们当差"被改成了"在北京为文学青年打杂",以"文学青年"替代"少爷",这也是《两地书》创作中较为常见的改法。几天后,在1926年11月18日的原信中,鲁迅说想写一篇"记事",把几年来"少爷们利用我,给我吃苦的事"讲一个大略,但是究竟写否"现在还未决定",尚处犹豫之中。而在初版本第75封信中,"少爷们利用我,给我吃苦的事"被改作"我和种种文学团体的关涉",不仅去掉了"少爷"这一称谓,还隐去了被"利用"而"吃苦"的经历,在《两地书》中淡化了对青年作家群体的揭露与批评。

  离厦赴穗之前的这段时间,鲁迅在原信中对"少爷"的批评更严厉,措辞更激烈,但所用"少爷"之类的词语在初版本《两地书》中大都被删改,以消除攻击的意图,减缓矛盾的程度。1926年12月12日的原信里,谈及"当时著作的动机"时,①鲁迅坦言"感得少爷们于我"真可谓"可利用则尽情利用",若是感觉"不能利用则便想一棒打杀",所以他已经"很有些哀怨之言"。此处所说"少爷们"对自己"一棒打杀",是鲁迅对青年作家最严厉的揭露和指责。但在初版本第93封信中,"感得少爷们于我"被改成了"感到了有些青年之于我","少爷"被删,代以"青年",淡化人身攻击的倾向,提升客观评价的分量。同一封原信中,鲁迅还说"看少爷们著作"竟然"没有一个如我",在初版本中"看少爷们著作"被改成"看他们的著作",以"他们"替代"少爷",使批评更显适度。不久之后,在1926年12月16日的原信中,鲁迅说"对少爷们,则照例退让",在初版本第95封信中,这句被改成"对于青年,则必退让",以"青年"替代"少爷",使评价的态度更趋于理性和冷静。

  另一方面,并非原信中所有的"少爷"字样都要删除、改换。《两地书》中鲁许二人使用"少爷"一词共12次,其中解释"广平兄"中"兄"字含义时使用一次,鲁迅以"少爷"称许广平并遭其抵触一事使用八次,许广平拒绝鲁迅汇款资助(即"不要用对少爷们的方法对付我"等)时使用两次,鲁迅称文学青年为"少爷"时使用一次。可见,"少爷"作为文学青年的代称,在《两地书》中是临时性、偶发性的,不像原信中那样含义确切、稳定使用。具体而言,在1926年12月12日的原信中,鲁迅评价中国人的脾气,是看见"可利用则尽量利用"而且遇到"可骂则尽量地骂",不管彼此"一向怎样常常往来"也会"即刻翻脸不识"。这一看法稍显极端,可能是出于对文学青年一时的激愤,因为鲁迅说"看和我往还的少爷们的举动,便可推知",说明这是受"少爷们"的影响而做出的情绪化表达。果然,在初版本第93封信中,"以中国人的脾气而论"改作"以中国人一般的脾气而论",插入"一般",使评价的范围缩小,论述的语气和缓;而且,"和我往还的少爷们"被改成了"和我往来最久的少爷们",原信中指代青年作家的"少爷们"在初版本中依旧存在,这是《两地书》中绝无仅有的一处。

---

① 指写《写在〈坟〉后面》一文的动机,参见:庄钟庆,庄明萱.两地书.集注(厦门—广州)[M].厦门:厦门大学出版社,2008:174.

第四节 "礼貌"与"尖刻"：
原信负面评价的处理姿态

一、对林语堂负面评价的处理："礼貌化"

对于原信中指责和抱怨林语堂的一些语句，鲁迅在撰写《两地书》书稿时一般采用"礼貌化"的方式进行处理，使初版本中涉及林语堂的语句不至于非常尖利，而是尽量达到遣词有度、态度和善、评价中肯，给读者一种鲁迅对林语堂不敌视、有交情、重道义的印象。例如1926年10月10日的原信中，鲁迅向许广平讲述黄坚的劣迹，颇为愤然，转而觉得"玉堂信用此人，可谓昏极"，认为林语堂昏庸至极才会重用黄坚这个"襄理"，这是个颇重的评价。在初版本第53封信中，这句话已经改成了"玉堂信用此人，可谓胡涂"，以"胡涂"替代"昏极"，弱化对林语堂的负面评价，使原信中激烈的评判变得相对柔缓。约一周后，在1926年10月16日的原信中，鲁迅向许广平抱怨处在厦大的"不自由"，即学生个个认识，记者亦有来访，而且"玉堂之流又要我在《国学季刊》上做些'之乎者也'"，令鲁迅分身乏术，鲜有余暇。初版本第56封信中，原信"玉堂之流"被改作"玉堂他们"，因为"之流"一词含有贬义，显现出鲁迅对林语堂的轻慢与不敬；而改后的"他们"，则没有任何褒贬色彩，语气显得冷静平实，并不含有对林语堂的贬低。

在1926年11月的原信中，鲁迅对林语堂日趋不满，颇有意见；但是在初版相应的通信中，鲁迅的态度却相对委婉，甚至较为体谅。在11月1日的原信中，谈及赴中大任教的打算，鲁迅觉得"此处别的都不成问题"，而关键"只在对不对得住玉堂"，但是"玉堂也太胡涂——不知道还是老实——无药可救"，认为林语堂"胡涂""无药可救"，遣词不留情面，态度日渐凌厉。初版本第66封信中，"胡涂"之论依旧留存，但是在第二个破折号后、"无药可救"前增加了"至今还迷信着他的'襄理'，这是一定要糟的"一句，堪称妙笔。原信中对林语堂"无药可救"的评价主要源于他自身的"胡涂"，而在初版本中这一原因则发生了巧妙的迁移，从林语堂转为黄坚，强调林的糊涂主要在于迷信着他的"襄理"，是因受其蛊惑、为其蒙蔽，这样就将破坏的责任和谴责的对象移到黄坚身上，在一定程度上消解了对林语堂的不良看法。

不仅如此，大约半个月后，在 11 月 18 日写给许广平的信中，鲁迅自称要再次劝林语堂离开厦大而到武昌或广州做事，但是"看来大大半是无效的"，因为"他近来看事情似乎颇胡涂，又牵连的人物太多"，所以"非大失败，大概是决不走的"，认为林语堂"颇胡涂"，不明智。初版本第 75 封信中，鲁迅将原信中"他近来看事情似乎颇胡涂"删去，消除了对林语堂"胡涂"的看法；对"牵连的人物太多"进行大幅度扩写，改成了"这里是他的故乡，他不肯轻易决绝，同来的鬼祟又遮住了他的眼睛"。① 这样就将规劝无效的原因归为与林语堂有牵连的其他人，包括家乡的亲眷，以及"同来的鬼祟"（指顾颉刚等人），而不是林语堂自身。此种"礼貌化"的文字操作，在《两地书》读者中净化了林语堂的形象，并在文学世界里缓和了鲁林二人的紧张关系。

二、对孙伏园负面评价的处理："礼貌"和"尖刻"

在鲁许二人的原信中，有一些针对孙伏园的负面评价。在《两地书》书稿的撰写过程中，鲁迅对这些负面内容采取了两种截然不同的文字处理方法：一种是对其保留或扩增，使批评更尖锐；另一种是对其进行删减和遮掩，使语言更平和。这两种处理方法同时存在，动因不同，下面略做阐述。

《两地书》初版本较少保留原信里批评孙伏园的语句。一般情况下，鲁迅会对原信中进行人身贬斥的内容进行"礼貌化"文字处理，对亲友的删改尤其显著。但在孙伏园这里，情况稍显例外。在 1926 年 9 月 20 日原信中，鲁迅谈起顾颉刚之辈"大同小异"的自私与浅薄，转而却说到厦门后"孙伏园便要算可以谈谈的"，这似乎是对孙伏园的学识与修养的褒扬，但是近于明褒暗贬，因为这种"可以谈谈"的前提是将孙伏园置于"浅薄"的顾颉刚辈之间。在初版本第 48 封信中，这句话原样保留，一字未易，鲁迅并未掩饰对孙伏园的轻视。

较为多见的是初版本对原信内容的扩增和强化，即在原信已经对孙伏园批评的基础上，进一步添加语句，调整措辞，使批评更尖锐，斥责更明显。在 1926 年 9 月 14 日的原信中，谈及鲁许二人私密关系，鲁迅讲"据说伏园已经宣传过了"（感慨于孙伏园"这样地善于推测，连我也以为奇"），所以在上海时很多熟人"见我的一行

---

① 鲁迅,景宋.两地书[M].上海:青光书局,1933:161.

组织"便已经"深信伏园之说"。在初版本第41封信中,这一内容被改写为"才知道关于我的事情"孙伏园"已经大大的宣传过了",而且"还做些演义",其中"善于推测"和"做些演义"意思大致相同,但是"宣传过了"变成了"大大的宣传过了",凸显了孙伏园极力制造流言、背后污损鲁迅形象的行迹。一周后,1926年9月20日的原信中,鲁迅再次向许广平讲起了孙伏园对他们私密关系所造的流言,即鲁迅家里"不但常有男学生,也常有女学生",但是"他是爱才的,而她最有才气,所以他爱她",宣传鲁迅在北京时就爱慕许广平。鲁迅觉得这些传言庸俗不堪,"听了这些话并不为奇"。初版本第48封信中,末句"听了这些话并不为奇"改为"平凡得很,正如伏园之人,不足多论也",直指孙伏园的平庸与从众,提升了谴责的语气,增加了批评的力度。

  鲁迅对孙伏园最为激烈的贬斥体现在《两地书》初版本第60封信中。在1926年10月23日的原信里,针对许广平此前所提孙伏园"如要翻译,我可以毛遂作向导",鲁迅直言"我以为你殊不必为他出力",因为孙伏园总是"善于给别人一点长远的小麻烦"。这一评价不可谓不尖锐,但初版本第60封信中,这句话被改为更锋利的几句,即"我以为他是用不着翻译的",因为孙伏园"似认真非认真"而且"似油滑非油滑",他惯于"模模胡胡的走来走去",所以永远"不会遇到所谓'为难'",但此人"行旌所过"却往往要"留一点长远的小麻烦来给别人打扫",①增加了不少笔墨,进行了漫画式的形象勾勒。事实上,鲁迅"总是把逻辑思维和形象思维两种认识和表现客观世界的方式,有机地交融在一起",②在创作过程中以逻辑思维为主,以形象思维为辅,进行艺术化的思考。在此处,鲁迅以形象化的笔触,描绘了孙伏园"行旌所过"的"漫画",讽刺意味大为强化,而且语气略显"尖刻",已经看不出给孙伏园留"面子"的意图。

  为什么会在孙伏园这里出现这种初版比原信笔墨更多、批评更强的情况呢?一方面在于孙伏园拉拢《现代》、制造谣言的做法的确引起了鲁迅的警惕和不满,鲁迅对他或多或少地失去了信任,并且逐渐形成了难解的心结。早在1925年6月13日的原信中,鲁迅就坦言"伏园的态度我日益怀疑",因为他"似乎已与西滢大有联

---

① 鲁迅,景宋.两地书[M].上海:青光书局,1933:130.
② 刘中树.论《伪自由书》[J].吉林大学社会科学学报,1981(4):39.

第四章 《两地书》针对原信的"礼貌化"处理

络",何以见得?原来是在当天的《京报副刊》上,孙伏园竟然"指《猛进》、《现代》、《语丝》为'兄弟周刊'",鲁迅觉得这几乎"有卖《语丝》以与《现代》拉拢之观"。虽然初版本第 29 封信中,"伏园的态度我日益怀疑"被改成了"□□的态度我近来颇怀疑",以"□□"代指"伏园",但显而易见,鲁迅对孙伏园心存芥蒂的事实是涂抹不掉的,而且这种心理的隔阂在《两地书》出版前仍未消除,这自然影响了鲁迅对原信的改写操作。

另一方面,初版比原信批评更强烈,也与 20 世纪 30 年代初鲁迅与孙伏园时空两隔、交集甚少有密切关联。根据"孙伏园年表",孙伏园于 1929 年 3 月赴法勤工俭学,1931 年 5 月回国。① 鲁迅与孙伏园最后一次见面是在 1929 年 3 月 20 日,鲁迅日记对此的记载是:"夜杨维铨来。雪峰来。伏园、春台来。"② 这次会面,地点是在鲁迅寓中,应是孙伏园在赴法前特地向鲁迅道别。鲁迅与孙伏园最后一次联系是在 1929 年 4 月 13 日,这一天上午,他"得孙伏园等明信片"。③ 此时的孙伏园已远在法国,明信片应由他从法国寄来,特向鲁迅致以问候。孙伏园于 1931 年 5 月回国,应晏阳初等人的邀请,担任河北省定县"中华平民教育促进会"文学部主任之职,大力推动平民文学教育,与瞿菊农共同编辑《民间》杂志,并负责主编《农民报》,直到 1937 年"七七事变"前后,才被迫撤到长沙。④ 由此可知,孙伏园在法国期间无法与鲁迅相见,而由法归国后的几年间因在定县办报也未能与鲁迅谋面,二人自 1929 年 3 月后不在一地,通信绝少,关系疏远。可以说,在 1932 年鲁迅整理旧信、创作《两地书》的时候,孙伏园早已从京沪等都市匿迹多年,已经淡出鲁迅的视野,这也促使鲁迅在《两地书》中对其没有过于顾忌,想倾吐的心曲尽量直言,未曾一概地进行遮掩。

前文所述是鲁迅对致许广平原信所涉孙伏园负面评价的第一类文字处理方式(保留和扩增),下面谈第二类。初版比原信笔墨更多、批评更强的情况虽引人瞩

---

① 高艳红.孙伏园的副刊编辑思想研究[D].苏州:苏州大学,2008:40.(此文附录一,即《孙伏园年表》)

② 引自"日记十八[一九二九年]三月",参见:鲁迅.鲁迅全集:第十六卷[M].北京:人民文学出版社,2005:127.

③ 同②130.

④ 胡博.孙伏园定县事迹钩沉[J].鲁迅研究月刊,2014(10):49-56.

目,但更多的情况仍是对原信中贬斥孙伏园的语句进行删减和遮蔽,减轻对孙伏园批评的程度,尽力呈现出对待友人宽厚、坦诚的态度。1926年10月23日的原信中,提起给许寿裳谋职的事,鲁迅不无遗憾地说,"除嘱那该死的伏园面达外",自己又"和兼士合写了一封信"发给了顾孟余等,自叹"可做的事已做"。初版本第60封信中,原信"嘱那该死的伏园面达"被改成了"嘱那该打的伏园面达",①"该死"被换成了"该打",从略带愤恨转为常态表达,语气缓和,在《两地书》读者面前弱化了鲁迅与孙伏园的矛盾。半月后,在1926年11月8日的原信中,鲁迅向许广平说起了赴广州任职的顾虑,即"功课多",而且"作文章一定也万不能免",特别提到"伏园所办的副刊,我一定也就是被用的器具之一",怕自己又要"吃药做文章"。这里,鲁迅觉得孙伏园将自己视为可利用的"器具",那么在鲁迅心中二人之间的师生关系、朋友关系就沦为利用和被利用的世俗关系,这个判断可谓不留情面。在初版本第69封信中,鲁迅对上述内容进行了关键性的改写,"我一定也就是被用的器具之一"被改成"就非投稿不可",隐去了"器具"一说,展现给广大读者的只是编辑约稿和作者"投稿"的合作关系,而销掉了原信中利用和被利用的世俗印记,此举也体现出鲁迅通过《两地书》而在大众面前弥合二人之间裂痕的努力。

孙伏园曾经是鲁迅的学生,许广平对孙伏园也被中大聘为教授略有不满。在1926年11月15日的原信中,她直接向鲁迅挑明:中山大学"如聘你为教授"而"伏老也是一样",那就"似乎不大上算"。可能在她看来,鲁迅若和孙伏园同样被聘为中大教授,而且地位和待遇一致,是件比较吃亏的事。初版本第77封信中,这句意味深长的话被删去,一字未留,以消除原信所显露出的讨价还价的做派。不久以后,在1926年11月26日原信中,鲁迅向许广平介绍了自己相应的态度。孙伏园的离厦赴穗,"十二月十五左右,一定可到广州",鲁迅对此不无嘲讽地说,伏园"是大学教授兼编辑",位置颇高,但因"大家正要用他",所以"也无怪其然"。②末尾这句话充满了弦外之音:可能在鲁迅看来,孙伏园并非因为自身的学识和才智而得到中大的尊重,而是因为中大要对他驱使和利用,所以才出格地将其高高捧起。初版本第81封信中,这句嘲讽的话被删去了,在《两地书》读者面前隐匿了自己略微可

---

① 鲁迅,景宋.两地书[M].上海:青光书局,1933:130.
② 鲁迅,景宋.两地书·原信:鲁迅与许广平往来书信集[M].北京:中国青年出版社,2005:215.

见的尖刻,而或多或少地维护二者之间关系的和谐。一周后的1926年12月3日,鲁迅在原信中告诉许广平,他自己"无论如何,仍于学期末离开厦门而往中大"。究其原因,他"并不一定要跟随政府",恰恰相反,"熟人如伏园辈不在一处,或者反而可以清闲些",不仅把孙伏园当作"熟人",还视其为动辄拖累他人的反面角色。初版本第86封信中,原信"熟人如伏园辈不在一处"被改成了"熟人较少",孙伏园的名字被隐去,鲁迅终究对原信里贬斥孙伏园的话进行了"礼貌化"处理。

三、对顾颉刚负面评价的处理:"尖刻"

鲁迅在撰写《两地书》书稿时并非一概采用遮蔽或美化的方法进行文字加工,而是大致区分敌友,差别对待。对于顾颉刚、黄坚之类的人,有时维持原信批评的语句不变,有时则在原信相关语句基础上增加笔墨、扩充篇幅,意在扩大批判的范围、提升攻击的强度。

维持原信批评的语句不变的情况不多,例如在1926年10月16日的原信中,鲁迅向许广平介绍"校情形实在太不见佳",因为"顾颉刚之流已在国学院大占势力",恐怕此后"《现代评论》色彩"将会"弥漫厦大",此处"顾颉刚之流"的说法显然含有对顾颉刚等人的鄙夷和轻慢。在初版本第56封信中,"顾颉刚之流"改写为"朱山根之流"。一方面,隐掉了顾颉刚的真实姓名(全书如此,《两地书》中并无"顾颉刚"之名),使《两地书》的普通读者不知所指,这其实是出于《两地书》正常刊行的考虑。鲁迅自称《两地书》有很多"开罪于个人(名字自然是改成谜语了)之处","顾颉刚"自然是需要"改成谜语"的名字之一,否则"开罪"的人越公开,出版的阻力越大。另一方面,"之流"一词指同类的人或物,带有较强的贬义,"之流"并未删除,鲁迅保留了对顾颉刚贬抑和轻慢的态度。几年后,鲁迅对顾颉刚的反感依旧未减。在1929年5月26日的原信中,鲁迅讲述自己在北平"往孔德学校,去看旧书"而偶遇顾颉刚的情形,此时顾颉刚的身份是燕京大学国学研究所研究员,并任燕大历史系教授,负责主编《燕京学报》。鲁迅在原信中说顾氏"叩门而入",但见到鲁迅后"踌躇不前,目光如鼠",而且"终即退出,状极可笑"。这句在《两地书》初版本第126封信中并未大作删改,除"踌躇"变为"踟蹰"外,别处并无变动。事实上,鲁迅善于"运用风趣的形式来表现一种严肃的内容",从而形成"文章风格的幽默与讽刺",①能够以风趣的笔触由表及里地勾勒人物的内在神态。此处,鲁迅将顾颉刚"踌躇不前"而"目光如鼠"的滑稽面貌展示给《两地书》的众多读者,辛辣而风趣,且能入木三分,可谓一种蓄意为之的贬抑和奚落。

  维持原信批评语句的情况较少,而增加笔墨对顾颉刚及黄坚大加嘲讽的情形却比较多。在1926年9月30日原信中,入职不久的鲁迅向许广平介绍厦大文学院所请的教授,除了"我和兼士之外,还有顾颉刚",而且经过调查,发现"他所荐引之人,在此竟有七人之多"。在初版本第48封信中,"顾颉刚"被改为"朱山根",调查结果改为"他所安排的羽翼,竟有七人之多"。显而易见,具体的评价语句已被改动,原信"所荐引之人"所描述的还是正常的人事引荐,但是所改成的"所安排的羽翼"则指向了顾颉刚等人的拉帮结派、蓄意营私,其性质发生了由"公"到"私"的质变。鲁迅并不想在厦大"挣子孙帝王万世之业",但是不代表顾颉刚、黄坚等人没有"山河永固"之愿。在1926年12月16日的原信中,鲁迅说"顾颉刚是日日夜夜布置安插私人",而"黄坚从北京到了",带了不少家眷和大量行李,可谓"大有'山河永固'之意",满含嘲讽的语气。初版本第95封信中,"黄坚"变为"白果"(全书如此,《两地书》中并无"黄坚"之名),上述词句并未有其他删改,反而增加了不少笔墨,包括"我忽而记起了'燕巢危幕'的故事"以及"看到这一大堆人物,不禁为之凄然"等。"燕巢危幕"这一成语出于《左传·襄公二十九年》,源自"夫子之在此也,犹燕之巢于幕上"一句,以燕子把窝做在帷幕上来比喻处境之危险,此处用以嘲讽顾颉刚、黄坚之辈的愚钝和短视。

  四天后,在1926年12月20日的原信中,鲁迅向许广平讲述"顾颉刚的学问似乎已经讲完,听说渐渐讲不出",意在勾勒顾颉刚黔驴技穷的面相。初版本第96封信中,这一句被充分扩写,增添了一些细节,包括"朱山根已经知道我必走"因此要比"先前安静得多",以及"他的'学问'好像也已讲完"所以只好"在讲堂上愈加装口吃"等。② 这一改动,在《两地书》的读者面前突出了顾颉刚因学问罄尽而"装口吃"的囧态,对其极尽挖苦。此处,鲁迅行文风趣,多有讽刺,而且鲁迅的"幽默与讽刺

---

① 刘中树,张福贵,王学谦.现代文学基础[M].北京:北京大学出版社,2009:75.
② 鲁迅,景宋.两地书[M].上海:青光书局,1933:202.

不单是写作风格的语言特点,而更是作家对历史文化和现实社会中存在的种种丑恶与病态进行嬉笑怒骂的批判",①可谓遣词精当,表意深远。鲁迅的讽刺和批评并未就此完结。几天后,在1926年12月24日的原信中,鲁迅揭露"黄坚与校长尤洽",说他们"就会弄下去",嘲讽黄坚之流才与"此校相宜"。在初版本第101封信中,上述内容出现较大变更,除依旧揭露黄坚"已在联络校长了,他们就会弄下去"外,还特意增添了一些揭发对方媚骨并加以贬斥的语句,即"然而我们走后,不久他们也要滚出的",因为该校所需的是"学者皮而奴才骨"的人物,但是"他们却连皮也太奴才了,这又使校长看不起",②所以"非走不可",这样的扩写,鲜明地强化贬斥的力度,加大批判的火力。

---

① 刘中树,张福贵,王学谦. 现代文学基础[M]. 北京:北京大学出版社,2009:76.
② 鲁迅,景宋. 两地书[M]. 上海:青光书局,1933:207.

结　　论

　　鲁迅和许广平在1925年至1927年间的往来原信共147封,这些信是《两地书》的创作素材,除去整体删去的8封(其中1925年6封,1926年2封),最终共有139封原信经过处理被写入《两地书》,从而形成初版本中鲁迅与许广平的135封通信。鲁许往来原信的性质是应用文,不具有作为合作作品的固化形态,可以拆分使用。相反,《两地书》不等同于原信,它是一部完整的书信体文学作品,只能整体呈现,不可分散出版。二者不具有一体化的关联性,不能将《两地书》的著作属性自然扩散到原信;相反亦然,否则会造成其边界模糊,概念混淆。王得后先生认为《两地书》虽经篇目选择和增删修改,但仍然是"两个真正的情人的真实通信",[①]将《两地书》视为"真实通信",这是值得商榷的。鲁许往来原信是真实通信,不等于由其创作而成的《两地书》仍是真实通信。

　　事实上,真实通信只能是历史上确曾寄递往来的原信,若是原信经过删改扩增,抑或局部虚构,也就不再存有"真实"的原貌。鲁许通信是确曾发生的客观事件,通信的时间、对象、内容、途径都是凝固的史实,《两地书》初版本里所有与原信不符的字句都是后期创作的结果,增写添加的语句更属借用原信名义的虚拟表达。因此,"真正的情人的真实通信"不可能既是历史往来原信又是《两地书》初版本,二者必须剔除其一。《两地书》不是鲁许真实通信,虽亦有文献意义,但更需强调的是它的文学属性。

　　一般而论,不宜以虚构与否作为判定一部作品是否具有文学性的标准,因此即便书中缺乏虚构和想象,依然可以判定《两地书》为书信体文学作品。如果照雷·韦勒克所说,将"虚构性"(fictionality)和"想象性"(imagination)作为文学的突出特

---

① 王得后.《两地书》研究[M].天津:天津人民出版社,1982:258.

结　论

征,"文学"一词限指想象性的文学,那么蒙田(M. de Montaigne)或爱默生(R. W. Emerson)等人的作品就被置于文学范围之外,这恐怕难以成立。就文艺理论的角度而论,文学是以语言文字为工具形象化地反映客观现实、表现作家心灵世界的艺术,是文化的重要载体,能够以不同体裁表现内心情感、再现社会生活。[①] 因此,将《两地书》置于文学园地,并非不可接受。正如罗·埃斯卡皮曾在其《文学社会学》中指出的那样,只要"能让人们得到消遣,引起幻想",抑或相反地"引起沉思,使人们得以陶冶情操",那么任何"写出来的东西都可以变成文学作品",[②]此标准未必严苛,但犹能阐明将《两地书》视为文学作品的合理性。

靳丛林先生认为,《两地书》在编辑出版的过程中"经过了鲁迅逐篇地认真修订,从字句到内容,都和原信不尽相同",确实如此,鲁迅为妥善完成《两地书》书稿,对鲁许原信进行了高频次、大幅度的删改操作,整部《两地书》与原信相比"一字未易"的仅是第21封,实为独有。如此大的改易和新创,促成了鲁许通信从应用文书到文学作品的质的飞跃。《两地书》是参照原信创作而成的书信体散文作品,这在出版领域已有大量印证。例如,长江文艺出版社于2009年出版的《鲁迅散文全集》,除收录《朝花夕拾》和《野草》,也将《两地书》作为书信体散文编入其中,这是非常可取的。按照此书的编辑理念,《两地书》"是一册特殊的文本",它记录了鲁迅和许广平"从相敬到相知的心灵历程",因此"从情感和诗性的意义上"来说,鲁迅的散文作品"还应该算上《两地书》",[③]这是较为正确的判断。

但是从另一角度来品评,作为文学作品的《两地书》并未展现出显著的文学美质,很难说这部作品在语言艺术上达到了炉火纯青的程度。梁实秋认为如果"当做文学来看"或者"当做'书翰的艺术'来看",《两地书》几乎"没有什么价值可说"。究其原因,这部书"文字并不雅隽",不仅语言上"啰里啰嗦的,杂乱无章",在内容上也"只是一些日常琐事、老生常谈",并无精彩的描写和精深的议论。所以在梁实秋看来,鲁迅众多的作品之中,"《两地书》不能算是重要的一部",它的价值"在他的短篇小说和杂感之下"。[④] 梁实秋对鲁迅素怀成见,其论调尖酸,此文观点自有偏颇之

[①] 何懿.文学理论与批评实践[M].合肥:安徽大学出版社,2012:4.
[②] 鲁枢元,刘锋杰,姚鹤鸣.文学理论[M].上海:华东师范大学出版社,2006:13.
[③] 鲁迅.鲁迅散文全集[M].武汉:长江文艺出版社,2009:1.
[④] 梁实秋.梁实秋散文集:第三卷[M].北京:时代文艺出版社,2015:343.

处,但绝非全无道理。在《两地书》的"序言"中,鲁迅自己也说书中通信"只是信笔写来",恐怕因"大背文律"而"进'文章病院'的居多",视《两地书》为"平凡的东西",这虽属自谦,但也足见此书在"书翰的艺术"上未臻于至境。

那么,《两地书》因何创作,其刊行于世有何独特价值? 1933年8月《民报》刊载的署名何觉夫的文章评论道:"在未翻开书本之先,在我的意像中,总起了这一种预感:这一位文坛权威者,人已经这么的年深,还要闹什么恋爱,出什么情书,这里确要有一些神秘的记载吧?"①可见,此书的创作和出版必定有些特殊的缘由。学者甘智钢认为,《两地书》是通过文化市场策划而"诞生的一部奇书",它的出版与鲁迅当时窘迫的经济境况有致密关联。鲁迅在1932年4月致李小峰信中说,版税若"照上两月所收数目"就已"无法维持生活",希望在"月内再见付若干",②这说明在经济上鲁迅已至"无法维持"的境地;半年后,在10月初再致李小峰的信中,鲁迅又说"每月所收上海及北平版税"虽不算少但也"仅足开支",想要在"本月多取若干,以备急用"等,证明即便在《两地书》创作之时鲁迅的经济状况亦很拮据。《两地书》自1933年春问世后,总印数达到6 500册,鲁迅因此获得1 625元的版税收入,确似有助化解"无法维持"的窘迫生活。但经济收入的问题只可视为一个诱发因素,不能当成主要原因。在《两地书》初版问世前夕,鲁迅还说"我们是好的,经济亦不窘"(1933年2月9日致曹靖华信),这似能证明鲁迅当时经济状况并不很差,还不至于靠卖此书度日。

此外,在《两地书》的"序言"里,鲁迅也曾谈及此书的创作初衷。因韦素园病殁后,李霁野等友人想搜集他的遗文,便向鲁迅征求其所藏的韦素园信札,但鲁迅"翻箱倒箧的寻了一通"后,发现"朋友的信一封也没有",可是"我们自己的信倒寻出来了"。鲁迅觉得这些压于箱底的旧信似乎"有些特别,有些可爱",于是就"略照年月,将他编了起来",③最终刊印此书。鲁迅此处所叙应该大致真实,但若将出版《两地书》仅归因于韦素园遗信散佚的刺激,则稍显单薄和勉强,应另有深因。

积极创作和出版《两地书》,展现出鲁迅当时在自身婚恋方面与旧时代和旧社

---

① 中国社会科学院文学研究所鲁迅研究室.1913—1983鲁迅研究学术论著资料汇编:第1卷(1913—1983)[M].北京:中国文联出版公司,1985:832.
② 鲁迅.鲁迅全集:第十二卷[M].北京:人民文学出版社,2005:302.
③ 鲁迅,景宋.两地书[M].上海:青光书局,1933:2.

会进行彻底抗争的姿态。

鲁迅在自身婚恋方面经历了由屈从妥协到彻底抗争的转变,而《两地书》的出版正是其彻底抗争的一种实现标志。阿英在20世纪30年代撰文认为,鲁迅"对中国文坛、中国青年最大的贡献",主要反映在鲁迅作品里"不断发展的一种苦斗的毫不妥协的精神"。此处"毫不妥协"颇可商榷,鲁迅真的丝毫未曾妥协过?恐怕不然,他与朱安的婚姻应是违心妥协的结果。王得后先生认为,鲁迅性格中有"妥协面",其首次婚姻的失败,就在于"一切听人安排",面对社会和人生时没能独立自决,这固然有"那时预计是生活不久"而放弃长远规划的因素,但也有旧道德中盲目遵从母命的成分,①这岂非某种妥协?要而论之,鲁迅与朱安的失败婚姻正是他向家族至亲妥协的产物,他并未就首次婚姻向守旧势力发起彻底抗争。鲁迅并未讳言对母命的迁就,他坦言有时候"很想冒险,破坏,几乎忍不住",但因自己"有一个母亲"且她"有些爱我,愿我平安",所以就只好"感激她的爱"而"不照自己所愿意做的做"(1925年4月11日致赵其文信),说明鲁迅因感激母爱而无奈妥协,无法坚守"自己所愿意做的"。

此种妥协重在"利他",鲁迅甘于"克己",为亲族付出巨大牺牲,以致影响自己的婚姻。后来他向许广平倾诉自己"一生的失计",就在于从来"并不为自己生活打算",又因"一切听人安排"而至"弊病百出,十分无聊"(1926年11月28日致许广平原信),可见鲁迅因顺从母亲安排而接受旧式婚姻,可怎能说这迭出的"弊病"不是他先前妥协的后果?当封建因子活跃在血缘关系之中时,鲁迅对责任的坚守和对伦常的迁就使他无力主张自己的革新理念,也难于在现实中完整映现自己的斗争哲学。

与许广平相恋是鲁迅对自己消极妥协的婚恋心态的强力反拨。如果说此前听任"母亲娶媳妇"是鲁迅因肩负道德重压而进行的迁就和退让,那和许广平的爱情则是油然而生、沛然而长,而且此间不断积蓄着向旧时代和旧社会发起反攻的力量。在离厦前写给许广平的信中,他感叹此前"横竖种种谨慎,还是被人逼得不能做人",所以索性"就来自画招供,自说消息",依从本心,勇于抗争,重新掌控自己爱的权利。此时的鲁迅不甘做"流言的囚人",意在打破阻碍他们相爱的重重藩篱,他

---

① 王得后.《两地书》研究[M].天津:天津人民出版社,1982:279-281.

宣布"我可以爱",为了爱能够"名誉,地位,什么都不要";他自叹"从前的生活,都已牺牲"而"受者还不够,必要我奉献全部的生命",由此要"反抗他们"(1927年1月11日致许广平的原信),决心对阻碍他们相爱的势力给予坚决回击。

新问题随后出现,当鲁许二人自1927年10月起搬入景云里共同生活,他们却迫于社会舆论,一直对外保持缄默,再次采取隐忍的态度。即便是在写给韦素园的信里,鲁迅也只是说许广平"住在上海",实际工作是"帮我做点校对之类的事"(1929年3月22日致韦素园信),没有承认二人早已同居。直到1929年5月中旬,许广平才在信中向挚友常玉书通报了自己与鲁迅相爱的经历及"身孕五月"的实情,而通过"冯家姑母"首次向远亲近戚布告婚育隐情则是在1929年5月末的事。即便是1929年9月周海婴出生后,鲁迅也只是在亲友圈内小范围地对此事略做声明,例如他曾向李秉中慨叹:"生丁此时此地,真如处荆棘中……"(1931年2月18日致李秉中信)。鲁许因爱而结合,无可指责,可为何要将二人的婚育状况对社会秘而不宣呢?许广平在《因校对〈三十年集〉而引起的话旧》文中对此解释说,中国社会"有不惜施行人身攻击,来移转战斗目标"的旧把戏,为了"不落圈套",她和鲁迅"在某些期间可能隐藏我们的经过",目的是"不给旧社会当作武器"。但即便如此违心隐忍、损己让人,以使"那些护法守旧者们暂时称心",还是引起"不相干的无赖"的诬蔑和骚扰,他们声称倘若将掌握的秘密发布,鲁迅就会立刻身败名裂,①可见鲁许已因与许广平相爱而备受责难,屡受围攻。

进而论之,《两地书》的出版是鲁迅在婚恋方面终结隐忍、彻底反抗的有力举措。在《两地书》的"序言"中,鲁迅故作惊奇,感叹"竟又会有一个书店愿意来印这一本书",而且"要印,印去就是",似乎此书写得平平常常,刊印也就随随便便。真的如此么?针对"环绕我们的风波",鲁迅曾说有"相助的""下石的"甚至"笑骂诬蔑的",他们自结合后一直"咬紧了牙关",二人"挣扎着生活"。所以《两地书》的出版应是经过缜密策划的,它是真相的展板,更是真爱的宣言。鲁迅出版《两地书》绝非偶然的现象或孤立的举措,此中另有缘由。在《两地书》问世以前,鲁许的结合在很大程度上是私密的联袂,鲁迅纠正自身在爱情上的犹疑和妥协,抗击守旧的势力,

---

① 中国社会科学院文学研究所鲁迅研究室编. 1913—1983鲁迅研究学术论著资料汇编:第3卷(1913—1983)[M]. 北京:中国文联出版公司,1987:711.

超越自设的藩篱;在《两地书》问世之后,鲁许的结合就进入公众视野,鲁迅珍视婚姻,宣传真相,主动进击,对抗的是庸众的责难和敌手的诬蔑,竭力为他们婚姻的生存来拓展社会空间。鲁迅是真正的斗士,是思想和行动都能破旧立新的人,通过《两地书》的创作和刊行,鲁迅一改妥协隐忍的姿态,彻底抗击社会上形形色色的曲解和袭扰,坚定捍卫相爱的权益和婚姻的自由。

积极创作和出版《两地书》,体现出鲁迅在婚姻生活中强烈的责任担当,他对许广平进行身份重构和形象重塑,并为他们的爱情进行诠释和辩护。

鲁迅对作为真正妻子的许广平有强烈的责任担当。鲁迅人格上有一种克己宽人的模式,在与亲友关系中片面强化己方责任,甘于自我牺牲,使对方尽量受益而自身负载更多,从而在亲友间构成了一种不对称的人际关系模式。在与母亲的关系中,他本可忠于自我,拒绝包办婚姻,但实际却甘于听命,对其母凡事敬重,一度不予反抗;在师生关系中,他本可止于学堂,囿于所授课业,但实际却甘为人梯,对青年无私付出,竟至于吃药校稿和替人补靴;在婚姻关系中,他本可办理正常手续,与朱安依法离婚,实际却违心维持表面情状,不使对方困于生计或孤苦无依,"陪着做一世牺牲",足见其良苦用心;在朋友关系中,他本可对等交往,量力相助,但事实上却为挚友竭力奔走,觅职筹款,临危解难,可谓不遗余力,不计得失……在此类不对称的人际关系中,鲁迅一贯放大自身义务,唯恐对方受损;在爱情方面,他说"偶一想到爱"就会马上"自己惭愧,怕不配",就在于他自视已有家室且多有负累,忧心无法尽丈夫之责而对爱人造成伤害。直至与许广平结为伴侣,且随后喜获爱子海婴,鲁迅恐仍处在无法尽到全责的焦虑中。显而易见,缺乏普通妻子身份和广泛社会认同的许广平不可能永久生活在鲁迅的护佑下,晚年的鲁迅多有病患,屡陷艰危,他必定焦灼地考虑其身后的诸种隐患和莫测图景。事实上,《两地书》的创作对原信材料进行裁剪、整编和重现,针对鲁许的生活经历和情感波折进行变通式呈现和选择性公开,为二人的实质婚姻进行诠释和辩护。

许广平是一位伟大的女性。在《鲁迅年谱》定稿过程中,许广平把许寿裳原来拟写的"与许广平女士以爱情相结合,成为伴侣"一句,直接改作"十六年十月与许广平女士同居"。可见"同居"的说法已为许广平确认,也说明其坦诚、正直的品质以及坚毅、刚强的性格。其实鲁迅和许广平的结合,早在《两地书》出版前就曾饱受指责和非议,有指斥许广平是鲁迅"姨太太"者,有污蔑许广平挑拨鲁迅与朱安夫妻关系者,更有到处宣传鲁迅"弃北京之正妻"却和"女学生发生关系"者……面对不确定的时局和不可测的尘世,鲁迅需要通过《两地书》为许广平进行"姨太太"形象的消解和鲁迅夫人身份的确认,进而实现其身份的重构和形象的重塑。这一使命作为《两地书》的创作目标,影响着创作流程中的各个环节。此书看似只描述"学校风潮,本身情况"以及"饭菜好坏,天气阴晴"等,其实不然,鲁迅的著述不可能那么浮泛粗浅。从某个角度来看,鲁迅是把《两地书》作为他们情感历程和人格品性的见证材料,而不是真的如他在致许寿裳信中所说"为啖饭计"的经济目的。通过《两地书》,鲁迅把重塑后的许广平介绍给了未必获得善待的当下世界,也介绍给了鲁迅身后幽明莫辨的未来。

回溯到《两地书》创作之初,鲁迅面对的难题是:如何描述和解读他和许广平的爱情,使这颇受"笑骂诬蔑"的结合,具有被世俗社会广为接受的合理性。将他们的婚姻生活解读得入情入理,需要向世人展示鲁许结合的深层次原因,以因推果,求取认同,获得理解。在1929年6月1日致许广平的原信中,针对社会上对他们情感历程的窥测和误解,鲁迅对许广平倾诉"我们之相处,实有深因",外人以私心来窥探则无法真正知晓,①这就点明了鲁许结合是缘于"深因"。何谓"深因"? 鲁迅在原信中并未阐明,但许广平在《鲁迅回忆录》中说过,她同情鲁迅为"完结了四千年的旧帐"而拼命写作的孤苦境遇;同时觉得自己比鲁迅年纪小些,"有幸运解除婚姻的痛苦"。这意味着鲁许有着同样的情感经历:遭遇包办婚姻的束缚,承受旧式家庭的侵扰。他们对彼此所遭受不幸感同身受,能够深切地理解对方的处境,持有源自内心的同情。许广平还认为,她和鲁迅在"反抗旧社会"的"根本思想"上是一致的,二人据此"才能结合起来"。② 唐弢先生也有类似的观点,认为鲁许都承受着"不自由的旧式婚姻的痛苦",他们都要"反抗旧社会",这种"共同的思想基础"最终促成了二人的结合。不难推知,鲁许结合的"深因"在于他们都"反抗旧社会",都是旧社会的反叛者和新生活的缔造者,有着共同的斗争目标和一致的人生境界,是事业上的偕行者和思想上的同路人。

爱的层次迥异,境界就会不同,鲁迅从创作伊始就不打算把《两地书》写成蒋光

---

① 此处的"那"字为原信原貌。参见:鲁迅,景宋.两地书·原信:鲁迅与许广平往来书信集[M].北京:中国青年出版社,2005:312.

② 许广平.许广平文集:第二卷[M].南京:江苏文艺出版社,1998:299.

慈《纪念碑》那种肉麻的情书集,在针对原信进行整理加工的过程中,"去言情化"是必然存在的程序。鲁许二人是因为"反抗旧社会"的"根本思想"才最后结合的,所以打破"旧社会"的各种封建性束缚、摒弃"旧社会"的各类腐朽制度(包括附着其上的包办婚姻),就显得水到渠成。事实上,《两地书》里越是缺少甜腻的言情,他们的爱就越显得纯净恢宏,就越具有在朱安之外发生的合理性。如果《两地书》满纸尽是"死呀活呀的热情"或者"花呀月呀的佳句",此书就基本背离了创作的初衷,丧失了出版的基本目的。此书所述若仅是卿卿我我的男女私情,那鲁许的结合在当时恐怕就落入了婚外寻欢的幽谷中,无法让许广平跳脱出"姨太太"的舆论洼地。事实也的确如此,鲁迅和许广平相知、相恋、相伴,两人的感情不断淬炼和升华,已经凝成大爱。

　　鲁许二人的结合自然也缺不了人间烟火,他们彼此的爱恋和渴慕真实存在。这虽是记载于原信中的无可争议的事实,但其在《两地书》创作中不是被恣意放大,而是被刻意压缩。在原信里,鲁迅措辞含蓄,传情较为委婉,而许广平则表意直爽,"言情"较为大胆,但这些讲"情话"段落和表"情韵"的语句在初版本中都已被大量删改处理,使《两地书》更倾向于叙事论理,实现"去言情化"。1926年9月28日许广平致鲁迅原信中有"致使我的'嫩弟弟'因此挂心,这真是该打"的语句,但是在初版本中,"我的'嫩弟弟'"已被换成了"你"。如果原信中此类情话和爱称未加删减而原样展现于初版本,许广平的形象恐为当时社会所严重误读。通过此书的创作,鲁迅不仅摒除了原信中的"肉麻",也极大遮蔽了"言情"成分,对原信中真实的许广平进行了言行的裁剪和形象的拼贴,以期最终达到为其正名的预设目标。整体而论,《两地书》对鲁许情感过往的重叙是成功的,书中鲁许的结合充溢着"打破一切旧礼教"的抗争意味,①而世俗眼光中的婚外之合也因此具有了某种除旧布新的正当性。

　　仅祛除原信的言情色彩是不够的,信中的一些隐私仍然可以妨害公众充分认可许广平的形象。"私密性"是鲁许原信的首要特征,若非故意写为"公开信",那私人通信就是鲁许二人的私事,不向第三方公开。原信中有许广平的诸多隐私,她曾

---

① 在1937年发表的《〈鲁迅年谱〉的经过》一文中,许广平说"我们以为两性生活,是除了当事人之外,没有任何方面可以束缚",强调"我们不是一切的旧礼教都要打破吗?"参见:马蹄疾辑.许广平忆鲁迅[M].广州:广东人民出版社,1979:134.

试图自杀,在天津读书时"和一个同学怄气"后竟然"很傻的吞了些藤黄",虽然被救却也"终于成笑话"(1925年5月27日致鲁迅原信);她也颇为嗜酒,曾向鲁迅坦言"小鬼也常常纵酒……"(1925年6月1日致鲁迅原信);还曾粗口泄愤,针对其母校的人事安排痛骂:"管他妈的,横竖武昌攻下",迟早攻进北京而"赏他们屁滚屎流"(1926年10月14日致鲁迅原信);还曾曝光自己与亲族的嫌隙,感慨说"大家庭的恶习气"是"邻居即敌人",自叹无法和"幸灾乐祸者"在家庭里"日夕相对"(1926年12月30日致鲁迅原信)。《两地书》由鲁许私信加工创作而成,其读者由特定的少数人转换为不特定的多数人,所以鲁迅必定将原信里不宜公开抑或不愿公开的语句进行加工处理,针对其中的隐私内容进行严格过滤和大幅删改,以求作为公众读物的《两地书》不损害许广平的良好形象。

《两地书》出版后对许广平人际关系将造成的深层影响,也是书稿写作时必须考虑的因素。在原信中,鲁许私密交流,畅谈无忌,评价他人时直抒胸臆,并无不可。但《两地书》是公开刊行的,读者数量众多,构成较为复杂,若将原信中的负面评价原样印出,或恐令当事者心生芥蒂,引发人际纠葛。许广平在原信中对他人多有品评,措辞直率,但在《两地书》创作过程中,鲁迅自觉实行"礼貌化"操作,对原信中的评价语句大幅删改,使之表意周全,礼貌和善,以营造良好的社会形象。例如许广平在1925年4月6日的原信里,评价当时的女性政治人物"真是叫人倒咽一口冷气",认为"什么唐群英、沈佩贞、石淑卿、万璞"等人都"应当用蚊烟熏出去"。这种措辞含有贬斥意味,思虑未必成熟。但在初版本第9封信里这些政治人物的姓名都被施以"礼貌化"变更,改作"唐□□、沈□□、石□□、万□□",隐去了真名实姓,避免了对这些知名人士的直接批评,降低了原信字句的贬斥色彩,遣词更为妥帖周全,表意也更显礼貌得体。综上可知,鲁迅通过屏蔽情话和祛除隐私、礼貌改写等方式来实现对许广平的形象加工,在《两地书》中突出其心地纯正、勇于抗争、思想先进的精神品质,消解其被社会污损而成的"姨太太"形象,进而引导读者改变成见,将许广平视为鲁迅忠诚的战友、出色的助手和理想的伴侣。

《两地书》的创作和出版,体现了鲁迅在文艺战线长期秉持的韧战思想,他有所避忌,却顽强进击,施行了"去政治化""礼貌化"等写作策略。

前述身份重构和形象重塑等目标的实现,必须以《两地书》公开出版和广泛传播为前提。但是,当时中国的出版环境异常恶劣,审查制度严苛。20世纪30年代

结　论

初,《出版法》《出版法施行细则》以及《密查书店办法》《宣传品审查标准》等先后颁行,文化专制愈加强化,言论自由几近于无。这一时期,鲁迅受制于当局的出版审查制度,作品无处刊发,虽然屡换笔名,但文章仍遭查扣和删削。就在《两地书》问世前夕,鲁迅在题赠山县初男的诗中自叹"弄文罹文网,抗世违世情",感慨"积毁可销骨,空留纸上声",①控诉了当时"如磐夜气压重楼"一般恐怖沉闷的舆论环境,足见上海出版空间的压抑逼仄,以及书刊查禁之细密严格。

　　事实的确如此,《两地书》出版前后的上海情况错综,管控严厉,风险加剧,这特别需要鲁迅谨慎周旋,讲究斗争智慧。20世纪30年代的上海是"势利之区",到处"众口烁金",鲁迅认为"危邦宜慎",连自己的"旧寓"都无法安居(1931年1月23日致李小峰信),需要慎重处置,小心应对;在政治氛围方面,鲁迅感慨自己"真如处荆棘中",而国人中"竟有贩人命以自肥者"(1931年2月18日致李秉中信),气氛恐怖,尤为可惧;在经济收入方面,鲁迅发现上海的书店"胆小如鼠"且"心凶如狼","学生不很看书"致使"书店很冷落",以至于"版税大约就要受到影响"(1931年11月10日致曹靖华信),版税减少,生活渐窘;在言论自由方面,鲁迅说上海"文禁如毛,缇骑遍地",可谓"今昔不异,久而见惯",而自己"颇麻木,绝无作品"(1932年8月15日致台静农信),当局强化文化禁锢,作家创作并无自由;在书报审查方面,鲁迅形容负责审查书刊的"叭儿狗没有眼睛",他们根本"不管内容",只要"看见我的名字就狂叫一通"(1933年6月26日致王志之信),上海文网密布,鲁迅饱受迫害。

　　基于如此险恶的政治情势和社会境况,鲁迅在《两地书》创作中并未将原信原样移入初版本,而是进行大幅度的"去政治化""去隐私化"及"礼貌化"等文字操作,虽可视为阶段性的避忌之举,但皆是务实、理智和必要的。鲁许往来原信里有赴苏联留学的设想,有与国民党右派分子的斗争,也有和邓颖超及李春涛等进步人士的密切接触等。为规避审查及钻越"文网",鲁迅在创作时有意识地对此类内容进行筛查,大量删改原信里的敏感文字,极大地减低初版本的政治色彩,以保证《两地书》在上海能正常出版和广泛发售。应该看到,鲁迅在文艺创作上的避忌之举都基于严酷的社会现实,都是为了抗争能够长远传承和有效持续。此种文字处理并不

---

① 引自"日记二十二[一九三三年]三月"。参见:鲁迅.鲁迅全集:第十六卷[M].北京:人民文学出版社,2005:364.

是鲁迅对当局文化禁锢和出版封锁的屈从,而是展现韧性斗争策略的明智之举。

无论在与许广平往来通信的私密交流中,还是《两地书》的创作出版过程里,鲁迅都未曾陷于悲观逃遁,也没有刻意刚猛激进,而是审时度势,强调韧性,培养战力。鲁迅对革命事业矢志不渝、驰而不息,其韧战思想集中体现在他早期写给许广平的原信里。鲁迅对黑暗社会的斗争是坚决的,但也是辩证的,他主张青年要"有不平而不悲观,常抗战而亦自卫",若是有"荆棘非践不可"固然"不得不践",但是若"无须必践"则"不必随便去践"(1925年3月18日致许广平原信),提倡"壕堑战",希望保存更多的战力,取得更多的战绩;鲁迅重视韧战精神,强调"治这麻木状态的国度"的唯一方法就是"韧",希望青年"锲而不舍",能够"逐渐的做一点,总不肯休"(同年4月14日致许广平原信),顽强进击,持久不息;鲁迅高度警惕"韧"的反面,坦言有些青年"很有太'急'的毛病",危害是"难于耐久"和"容易碰钉子,吃亏",认为"要缓而韧,不要急而猛"(同年6月13日致许广平原信),反对急躁冒进,强调坚韧不拔。鲁迅的"韧"的战斗精神,是"风雨如磐"的严酷社会环境的产物,是他顽强、理智、坚忍的人格品质的反映。

鲁迅的"韧"的战斗精神是贯穿他思想与生活、战斗与创作的一条红线。实际上,鲁迅深谙复杂形势下的斗争策略,他反对教条,重视战法,讲究韧性斗争,思维通达灵活。《两地书》初版问世之际,鲁迅自觉"近来作文,避忌已甚"却还不免"为人所憎",所以此后"当更加婉约其辞",以至担心"文章势必至流於荏弱"(1933年5月4日致黎烈文信)。写文章时主动"避忌",鲁迅对文网的规避可视为迂回的抗争。而后,鲁迅更是坦言"现在真做不出文章",近期"只是应酬",即便写出文章"想能登,又得为编者设想",所以"往往吞吞吐吐",但最终也"多被抽掉"(1933年6月3日致曹聚仁信)。写作时"吞吞吐吐",行文中刻意模糊,这是鲁迅对书报检查者的避忌之举,却也展现出他在斗争中的韧性精神。鲁迅所做的避忌皆能利于持久斗争和最终战胜,避忌是局部和暂时的,而其抗争则是整体和彻底的。面对残酷的文化钳制和密布的"文网",鲁迅自然不会逞一时之勇而陷入全局之危,他能够发挥斗争智慧,以"去政治化""去隐私化"及"礼貌化"等手段对原信进行深度删改,先求《两地书》顺利刊出,再谋后继抗争,始终不失革命者的冷静和理性。

在《两地书》的创作过程中,鲁迅坚持正确的是非观,不陷于"一团和气",未曾搞"文人相轻",坚持真理,不畏责难,未改斗士的风范。

结　论

　　在《两地书》的创作过程中，鲁迅将自身置于"礼貌"和"反礼貌"兼备的并置结构中，他虽然待人以礼，广释善意，对自己在原信中向厦大、厦大校长、厦大教员所做的谴责或批判予以大幅删改，进而消解原信流露的对抗气息；但他又能明辨是非，不肯陷于"一团和气"，对原信所涉顾颉刚等人的劣迹大事揭发，对高长虹等青年营私反噬的面目大加批判，在《两地书》书稿中补充细节并加以强化，并未刻意谦和礼让，不减"尖刻"的笔力。究其原因，鲁迅对许广平加倍爱护，不惜进行文字的裁剪以求取形象的重构，彰显其尽责的心态；同时他对自己却分外严格，抵制违心的矫饰，坦率示人，不畏责难，未改斗士的风范。

　　鲁迅执着地追求真理，细致地辨析是非，不仅在原信里对高长虹、顾颉刚等大加贬斥，在《两地书》初版本中也未减评论的篇幅和批判的力度。这种做法容易被误解为文人之间无关是非的"相互臭骂"，甚至被贴上"文人相轻"的标签。林语堂后来就曾说"文人好相轻，与女子互相评头品足相同"，他认为"文人相轻"就是"大家争营夺垒，相互臭骂"，是一种"女子入宫见妒的心理"。这种论调的偏狭之处，在于其抹杀了真理与谬误的区别，销蚀了"是"与"非"之间的原则界限。无论哪种性质的辩驳与论争，都被其描述为"互相臭骂"，视为一团混战，这实属荒谬。事实上，我们不能把个体的主观论断视作衡量万物的标尺，真理并非因人而异，如果各有各的真理，那就等于取消了真理。鲁迅有明确的是非观，他在《再论"文人相轻"》中承认"一有文人，就有纠纷"，但认为最终"谁是谁非，孰存孰亡，都无不明明白白"，他判定这种"文人相轻"的论调是种"混淆黑白的口号"，旨在"掩护着文坛的昏暗"。

　　鲁迅在《两地书》创作中扩增的批判内容，不是源自他与高长虹、顾颉刚等人的文笔短长之争，而是基于对事理正误的判定。在初版本第71封信中，鲁迅就原信所述"我的生命，被他们乘机零碎取去"的事实，增写了"有些人因此竟以主子自居，稍不合意，就责难纷起"一句，这是他多年来甘为年轻作家"打杂"的写照，更是对高长虹等青年"反噬"行为的控诉，但所论皆有依据，所叙皆凭事实，并无"文人相轻"的因素。可见，在重大的道路选择和是非命题上，鲁迅并非"从圣贤一直敬到骗子屠夫"或者"从美人香草一直爱到麻风病菌"，而是支持其所是和所爱的，抗击其所非和所憎的；他不试图模糊界限，不提倡一团和气，而是执着地探求纷繁表象背后的真相，不懈地坚持对真理的信仰。

　　此外，《两地书》的研究需要坚持鲁迅"顾及全篇"和"顾及全人"的辩证思维与治学态度。所谓顾及"全篇"和"全人",就是在研究文学作品时要秉持全局视野和整体观念,不搞断章取义,不以割裂为美,因为若只是割取一端而不及其余,就不能系统地掌握作品的全貌,也难以做出更有见地的评价。鲁迅在《"题未定"草(六至九)》中指出:"倘要论文,最好是顾及全篇,并且顾及作者全人,以及他所处的社会状态,这才较为确凿。"①以陶渊明为例,除了广为人知的"悠然见南山",其实他还有"精卫衔微木,将以填沧海,刑天舞干戚,猛志固常在"的诗句。显然,豪放的"猛志固常在"和恬淡的"悠然见南山"都出自陶渊明之手,正如鲁迅所说,"倘有取舍,即非全人",若是"再加抑扬,更离真实"。与之类似,在《两地书》初版本第85封信中,鲁迅发现"至多也只有两个月"就可离厦,感觉时间"也容易混过去";其实1926年12月2日的鲁迅原信在"混过去"之后原本还有数句,即"何况还有默念,但这默念之度常有加增的倾向"以及"似乎终于也还是那一个人胜利了"等。② 此处鲁迅"默念"的对象自然是许广平,而"默念之度常有加增"则说明鲁迅对恋人心驰神往,此外"那一个人胜利"则宣示鲁迅的心已被许广平征服。原信中如此浓郁的"言情"内容,在初版本中自然未能留存,研究者只有将二者整合对读,才能掌握《两地书》及原信的"全篇",也才能窥见鲁迅在历史语境下真实的"全人"。

因此,《两地书》的研究应将初版本与其相应的原信置于"全篇"的视域里进行整体观照,既要顾及原信与初版本各自的文体属性和写作语境,更应将二者进行系统比较,勘验增删细节,观察改易方式,探析变动趋向,思考重叙深因,使原信和初版本互为映衬,彼此参照。鲁迅和许广平生活在新旧时代交替的关头,亲历着社会变革的风浪,他们在原信的书写和《两地书》的创作上经历着异质时空的跨越和切换,其社会身份、写作心理以及对话姿态都出现了变动,这种变动也需研究者整体审视和统筹分析。

---

① 鲁迅.鲁迅全集:第六卷[M].北京:人民文学出版社,2005:444.
② 鲁迅,景宋.两地书·原信:鲁迅与许广平往来书信集[M].北京:中国青年出版社,2005:226.

附　　录

附录1　鲁许往来原信与《两地书》主要版本之篇目页码对照表

附表1　鲁许往来原信与《两地书》主要版本之篇目页码对照表

原信序号	原信页码	初版序号	初版页码	1973版序号	1973版页码	2006版序号	2006版页码	通信时间
1	1	1	3	1	7	1	9	1925.03.11
2	3	2	5	2	9	2	11	1925.03.11
3	6	3	8	3	13	3	15	1925.03.15
4	10	4	10	4	15	4	17	1925.03.18
5	12	5	12	5	18	5	20	1925.03.20
6	14	6	14	6	20	6	23	1925.03.23
7	16	7	16	7	22	7	25	1925.03.26
8	18	8	18	8	25	8	29	1925.03.31
9	21	9	21	9	28	9	32	1925.04.06
10	26	10	25	10	33	10	37	1925.04.08
11	28	11	27	11	35	11	40	1925.04.10
12	32	12	30	12	39	12	43	1925.04.14
13	34	13	32	13	41	13	47	1925.04.16
14	36	14	34	14	43	14	49	1925.04.20
15	38	15	35	15	45	15	51	1925.04.22

续附表1

原信序号	原信页码	初版序号	初版页码	1973版序号	1973版页码	2006版序号	2006版页码	通信时间
16	41	16	38	16	48	16	56	1925.04.25
17	45	17	42	17	52	17	60	1925.04.28
18	47	18	44	18	55	18	63	1925.04.30
19	50	19	47	19	57	19	66	1925.05.03
20	53	20	49	20	60	20	69	1925.05.09
21	55	21	51	21	62	21	72	1925.05.17
22	56	22	52	22	63	22	73	1925.05.18
23	57	23	53	23	64	23	75	1925.05.27
24	59	24	55	24	67	24	77	1925.05.30
25	62	25	57	25	69	25	80	1925.06.01
26	63	26	58	26	71	26	82	1925.06.02
27	64	27	60	27	72	27	84	1925.06.05
28	66	28	62	28	74	28	87	1925.06.12
29	67	29	63	29	75	29	88	1925.06.13
30	70	30	66	30	79	30	92	1925.06.17
31	73	31	68	31	82	31	95	1925.06.19
32	75	32	70	32	83	32	97	1925.06.28
33	77	33	71	33	84	33	97	1925.06.29
34	78							1925.06.30
35	80	34	72	34	86	34	99	1925.07.09
36	81							1925.07.13
37	84							1925.07.15
38	85							1925.07.15
39	87							1925.07.16
40	89							1925.07.17
41	91	35	73	35	87	35	101	1925.07.29

续附表1

原信序号	原信页码	初版序号	初版页码	1973版序号	1973版页码	2006版序号	2006版页码	通信时间
42	93							1926.08.15
43	93	36	77	36	91	36	105	1926.09.04
44	94	37	78	37	92	37	106	1926.09.06
45	99	38	82	38	97	38	111	1926.09.08
46	100	39	83	39	98	39	112	1926.09.12
47	103	40	84	40	99	40	114	1926.09.13
48	103	41	85	41	100	41	114	1926.09.14
49	106	43	91	43	107	43	122	1926.09.17
50	107	45	93	45	109	45	124	1926.09.18
51	108	42	88	42	103	42	118	1926.09.20
52	111	44	92	44	107	44	123	1926.09.22
53	112	47	97	47	114	47	129	1926.09.23
54	115	46	94	46	110	46	126	1926.09.26
55	119	49	103	49	121	49	137	1926.09.28
56	122	51	108	51	126	51	126	1926.09.30
57	124	48	100	48	117	48	133	1926.09.30
58	127	50	106	50	124	50	140	1926.10.04
59	129	51	108	51	128	51	143	1926.10.04
60	133	52	111	52	130	52	147	1926.10.07
61	134	53	112	53	131	53	148	1926.10.10
62	137	55	117	55	137	55	154	1926.10.10
63	139	57	122	57	142	57	160	1926.10.14
64	143	54	115	54	134	54	151	1926.10.15
65	145	56	119	56	139	56	156	1926.10.16
66	147	59	127	59	148	59	167	1926.10.18
67	148	58	124	58	145	58	163	1926.10.20

续附表1

原信序号	原信页码	初版序号	初版页码	1973版序号	1973版页码	2006版序号	2006版页码	通信时间
68	152	61	132	61	154	61	173	1926.10.21
69	154	61	132	61	155	61	174	1926.10.22
70	155	63	138	63	160	63	179	1926.10.23
71	157	60	128	60	149	60	168	1926.10.23
72	161	65	140	65	163	65	182	1926.10.27
73	163	62	142	62	157	62	176	1926.10.28
74	165	64	139	64	161	64	181	1926.10.29
75	166	67	143	67	166	67	186	1926.10.23
76	168	66	142	66	164	66	184	1926.10.27
77	170	68	145	68	168	68	188	1926.10.28
78	172	70	150	70	174	70	194	1926.10.29
79	175	72	153	72	177	72	198	1926.10.30
80	178	69	148	69	171	69	191	1926.11.01
81	181	71	151	71	175	71	196	1926.11.04
82	182	74	157	74	182	74	203	1926.11.04
83	192	76	161	76	186	76	207	1926.11.07
84	194							1926.11.08
85	195	73	155	73	179	73	200	1926.11.09
86	197	77	162	77	187	77	208	1926.11.11
87	201	78	164	78	190	78	211	1926.11.13
88	204	80	169	80	195	80	217	1926.11.14
89	204	75	159	75	184	75	205	1926.11.15
90	206	79	166	79	192	79	213	1926.11.15
91	209	82	172	82	198	82	198	1926.11.16
92	211	82	172	82	199	82	220	1926.11.17
93	214	81	169	81	196	81	217	1926.11.18

续附表1

原信序号	原信页码	初版序号	初版页码	1973版序号	1973版页码	2006版序号	2006版页码	通信时间
94	216	84	176	84	204	84	225	1926.11.20
95	219	83	174	83	201	83	223	1926.11.21
96	221	87	182	87	210	87	232	1926.11.22
97	223	87	182	87	212	87	212	1926.11.26
98	224	85	178	85	206	85	227	1926.11.27
99	227	86	180	86	208	86	229	1926.11.28
100	228	90	187	90	216	90	237	1926.11.30
101	230	88	184	88	213	88	234	1926.12.02
102	231	91	188	91	217	91	238	1926.12.02
103	234	92	189	92	218	92	240	1926.12.03
104	238	89	186	89	215	89	236	1926.12.06
105	238	94	194	94	224	94	245	1926.12.06
106	242	93	191	93	221	93	242	1926.12.07
107	245	100	205	100	236	100	258	1926.12.07
108	246	95	196	95	227	95	248	1926.12.11
109	250	97	202	97	233	97	255	1926.12.12
110	252	96	201	96	232	96	254	1926.12.12
111	253	103	209	103	240	103	262	1926.12.23
112	255	98	203	98	234	98	256	1926.12.23
113	256	99	204	99	235	99	257	1926.12.23
114	257	101	206	101	238	101	259	1926.12.23
115	258	106	212	106	244	106	266	1926.12.23
116	261	102	208	102	239	102	261	1926.12.23
117	263	107	215	107	247	107	269	1926.12.24
118	265	108	216	108	249	108	270	1926.12.27
119	267	104	210	104	267	104	263	1926.12.29

续附表1

原信序号	原信页码	初版序号	初版页码	1973版序号	1973版页码	2006版序号	2006版页码	通信时间
120	269	110	218	110	251	110	273	1926.12.30
121	271	105	211	105	243	105	265	1926.12.30
122	273	109	217	109	249	109	271	1927.01.02
123	274	111	220	111	253	111	275	1927.01.05
124	276	112	221	112	255	112	276	1927.01.05
125	278	113	225	113	258	113	280	1927.01.06
126	280	114	229	114	263	114	285	1927.01.07
127	283	116	231	116	266	116	289	1927.01.11
128	284	115	230	115	264	115	287	1927.01.17
129	286	119	235	119	270	119	294	1929.05.14
130	287	120	236	120	271	120	295	1929.05.15
131	288	117	232	117	267	117	290	1929.05.16
132	290	123	240	123	276	123	300	1929.05.17
133	291	124	242	124	278	124	302	1929.05.17
134	293	118	233	118	268	118	292	1929.05.17
135	295	127	245	127	282	127	307	1929.05.19
136	296	121	237	121	273	121	296	1929.05.20
137	298	122	239	122	275	122	299	1929.05.21
138	299	130	249	130	286	130	310	1929.05.21
139	300	131	250	131	287	131	312	1929.05.22
140	301	125	243	125	279	125	303	1929.05.23
141	303	126	244	126	280	126	305	1929.05.23
142	305	133	253	133	290	133	316	1929.05.24
143	306	128	246	128	283	128	308	1929.05.25
144	308	134	254	134	292	134	317	1929.05.26
145	309	129	248	129	284	129	309	1929.05.27

续附表1

原信序号	原信页码	初版序号	初版页码	1973版序号	1973版页码	2006版序号	2006版页码	通信时间
146	310	132	251	132	288	132	314	1929.05.27
147	312	135	255	135	293	135	318	1929.05.28
148	315							1929.05.29
149	316							1929.05.30
150	317							1929.06.01
151	317							1932.11.13
152	318							1932.11.14
153	320							1932.11.16
154	321							1932.11.16
155	322							1932.11.18
156	324							1932.11.19
157	325							1932.11.20
158	326							1932.11.20
159	327							1932.11.21
160	328							1932.11.23
161	329							1932.11.23
162	331							1932.11.25
163	332							1932.11.26
164	333							1932.11.26

制表说明：

1.本表是《两地书》原信与初版本以及1973年版、2006年版关于篇目、页码情况的对照表,旨在反映《两地书》各主要版本篇目与相关原信之间的对应关系,并提供任意关联篇目的准确页码,便于研究者查阅和对读。

2.本表"原信"是指鲁迅和许广平往来的真实信函,以中国青年出版社2005年版《两地书·原信:鲁迅与许广平往来书信集》(以下简称《两地书·原信》)为依据,

"原信页码"指某封原信在该集中的具体页码。"初版"是指上海青光书局(实为北新书局)1933年4月刊印的《两地书》初版本,"初版页码"也指《两地书》初版本中的具体页码;"1973版"是指人民文学出版社1973年9月出版的《两地书》单行本,此版本印量巨大,最易借阅或购得,"1973版页码"也指该版《两地书》中的具体页码;"2006版"是指人民文学出版社2006年12月出版的《两地书》单行本,此版本印量不大,但为目前最新版本,"2006版页码"也指该版《两地书》中的对应页码。"写信时间"指原信的撰写时间,但与《两地书》初版本中通信落款时间普遍相同。

3.本表中鲁许往来原信为164封,"初版"栏目为空白则说明该封原信未能写入《两地书》,这类原信共25封(其中1925年6封,1926年2封,1932年17封)。最终共有139封原信被写入《两地书》初版本。其中,1926年9月30日以及1926年10月4日许广平致鲁迅原信(《两地书·原信》第56封、第59封)被合并写入《两地书》初版本第51封;1926年10月21日以及1926年10月22日许广平致鲁迅原信(《两地书·原信》第68封、第69封)被合并写入初版本第61封;1926年11月21日以及1926年11月22日许广平致鲁迅原信(《两地书·原信》第91封、第92封)被合并写入初版本第82封;1926年11月30日以及1926年12月2日许广平致鲁迅原信(《两地书·原信》第96封、第97封)被合并写入初版本第87封信,因此,虽有139封原信写入《两地书》初版本,但《两地书》实有"通信"数量却是135封。

4.《两地书》1933年初版本第65封信漏印通信序号(见初版本第140页),本表在"初版序号"相应位置已补填"65";《两地书》初版本第67封信的通信序号错印为"47"(见初版本第143页),本表在"初版序号"相应位置已更正为"67";《两地书》初版本第226页为误置的空白页,但亦印有页码,本表皆照其旧,在"初版页码"栏未作调整,特此说明。

附录2 《两地书》相关原信与初版通信之首末称谓对照表

附表2 《两地书》相关原信与初版通信之首末称谓对照表

信序	原信起首称谓语	原信落款称谓语	初版起首称谓语	初版落款称谓语	改动情况
1	鲁迅先生	谨受教的一个小学生许广平	鲁迅先生	受教的一个小学生许广平	较小
2	广平兄	鲁迅	广平兄	鲁迅	无
3	鲁迅先生吾师左右	小学生许广平谨上	鲁迅先生吾师左右	小学生许广平谨上	无
4	广平兄	鲁迅	广平兄	鲁迅	无
5	鲁迅先生吾师左右	鲁迅先生的学生许广平上	鲁迅先生吾师左右	你的学生许广平上	较大
6	广平兄	鲁迅	广平兄	鲁迅	无
7	鲁迅师	学生许广平	鲁迅师	学生许广平	无
8	广平兄	鲁迅	广平兄	鲁迅	无
9	鲁迅师	学生许广平	鲁迅师	学生许广平	无
10	广平兄	鲁迅	广平兄	鲁迅	无

续附表2

信序	原信起首称谓语	原信落款称谓语	初版起首称谓语	初版落款称谓语	改动情况
11	鲁迅师	（鲁迅师所赐许成立之名）小鬼许广平	鲁迅师	（鲁迅先生所承认之名）小鬼许广平	较大
12	广平兄	鲁迅	广平兄	鲁迅	无
13	鲁迅师	小鬼许广平	鲁迅师	小鬼许广平	无
14	鲁迅师	小鬼许广平	鲁迅师	小鬼许广平	无
15	广平兄	鲁迅	广平兄	鲁迅	无
16	鲁迅师	小鬼许广平	鲁迅师	小鬼许广平	无
17	广平兄	鲁迅	广平兄	鲁迅	无
18	鲁迅师	小鬼许广平	鲁迅师	小鬼许广平	无
19	广平兄	鲁迅	广平兄	鲁迅	无
20	鲁迅师	小鬼许广平	鲁迅师	小鬼许广平	无
21	鲁迅师	小鬼许广平	鲁迅师	小鬼许广平	无
22	广平兄	鲁迅	广平兄	鲁迅	无

续附表2

信序	原信起首称谓语	原信落款称谓语	初版起首称谓语	初版落款称谓语	改动情况
23	鲁迅师	小鬼许广平	鲁迅师	小鬼许广平	无
24	广平兄	鲁迅	广平兄	鲁迅	无
25	鲁迅师	小鬼许广平	鲁迅师	小鬼许广平	无
26	广平兄	迅	广平兄	迅	无
27	鲁迅师	小鬼许广平	鲁迅师	小鬼许广平	无
28	鲁迅师	小鬼许广平	鲁迅师	小鬼许广平	无
29	广平兄	迅	广平兄	迅	无
30	鲁迅先生,吾师左右	小鬼许广平	鲁迅先生吾师左右	小鬼许广平	微小
31	鲁迅师	小鬼许广平	鲁迅师	小鬼许广平	无
32	(训词)	"老师"迅	(前缺)	迅	较大
33	广平兄	迅	广平兄	迅	无
34	广平仁兄大人阁下,敬启者	"老师"谨训	广平仁兄大人阁下,敬启者	"老师"谨训	无
35	广平兄	迅	广平兄	迅	无

续附表2

信序	原信起首称谓语	原信落款称谓语	初版起首称谓语	初版落款称谓语	改动情况
36	广平兄	迅	广平兄	迅	无
37	（原信分为九部分，每部分的撰写时间不同，分别以"○"领起，以示区隔）无或"my Dear Teacher""my dear teacher"	your H.m.	（此篇分为九部分，每部分标注的时间不同，分别以"○"领起，以示区隔）无或"MY DEAR TEACHER"	YOUR H.M.	微小
38	先生	你的 H.m.	先生	你的 H.M.	微小
39	迅师	your H.m.	迅师	YOUR H.M.	微小
40	（明信片背面，无）	迅	（明信片背面，无）	迅	无
41	广平兄	迅	广平兄	迅	无
42	广平兄	迅	广平兄	迅	无
43	迅师	你的 H.M.	迅师	你的 H.M.	无
44	广平兄	迅	广平兄	迅	无
45	my dear teacher	你的害马	MY DEAR TEACHER	你的 H.M.	较小

续附表2

信序	原信起首称谓语	原信落款称谓语	初版起首称谓语	初版落款称谓语	改动情况
46	广平兄	迅	广平兄	迅	无
47	my dear teacher	你的 H. m.	MY DEAR TEACHER	你的 H. M.	微小
48	广平兄	H. M. 迅	广平兄	L. S. 迅	较大
49	my dear teacher	your H. m.	MY DEAR TEACHER	YOUR H. M.	微小
50	广平兄	迅	广平兄	迅	无
51*	my dear teacher	your H. m.	MY DEAR TEACHER	YOUR H. M.	微小
	my dear teacher	your H. m.	MY DEAR TEACHER	YOUR H. M.	微小
52	迅师	your H. m.	迅师	YOUR H. M.	微小
53	广平兄	迅	广平兄	迅	无
54	广平兄	迅	广平兄	迅	无
55	迅师	your H. m.	迅师	YOUR H. M.	微小
56	广平兄	H. M.	广平兄	L. S.	较大
57	my dear teacher	your H. m.	MY DEAR TEACHER	YOUR H. M.	微小

续附表2

信序	原信起首称谓语	原信落款称谓语	初版起首称谓语	初版落款称谓语	改动情况
58	广平兄	迅	广平兄	迅	无
59	my dear teacher	your H. m.	MY DEAR TEACHER	YOUR H. M.	微小
60	广平兄	H. M.	广平兄	L. S.	较大
61*	my dear teacher	your H. m.	MY DEAR TEACHER	YOUR H. M.	微小
	my dear teacher	your H. m.	MY DEAR TEACHER	YOUR H. M.	微小
62	广平兄	迅	广平兄	迅	无
63	my dear teacher	your H. m.	MY DEAR TEACHER	YOUR H. M.	微小
64	广平兄	迅	广平兄	迅	无
65	my dear teacher	your H. m.	MY DEAR TEACHER	YOUR H. M.	微小
66	"林"兄	迅	广平兄	迅	较大
67	my dear teacher	your H. m.	MY DEAR TEACHER	YOUR H. M.	微小
68	广平兄	迅	广平兄	迅	无
69	广平兄	H. M.	广平兄	L. S.	较大

续附表2

信序	原信起首称谓语	原信落款称谓语	初版起首称谓语	初版落款称谓语	改动情况
70	my dear teacher	your H. m.	MY DEAR TEACHER	YOUR H. M.	微小
71	广平兄	迅	广平兄	迅	无
72	my dear teacher	your H. m.	MY DEAR TEACHER	YOUR H. M.	微小
73	广平兄	迅	广平兄	迅	无
74	my dear teacher	your H. m.	MY DEAR TEACHER	YOUR H. M.	微小
75	广平兄	迅	广平兄	迅	无
76	my dear teacher	your H. m.	MY DEAR TEACHER	YOUR H. M.	微小
77	my dear teacher	your H. m.	MY DEAR TEACHER	YOUR H. M.	微小
78	my dear teacher	your H. m.	MY DEAR TEACHER	YOUR H. M.	微小
79	广平兄	迅	广平兄	迅	无
80	迅师	H. m.	迅师	H. M.	微小
81	广平兄	迅	广平兄	迅	无

续附表2

信序	原信起首称谓语	原信落款称谓语	初版起首称谓语	初版落款称谓语	改动情况
82*	my dear teacher	（此信原件缺信尾）	MY DEAR TEACHER	（无）	微小
	my dear teacher	your H. m.	MY DEAR TEACHER	YOUR H. M.	微小
83	广平兄	迅	广平兄	迅	无
84	my dear teacher	your H. m.	MY DEAR TEACHER	YOUR H. M.	微小
85	广平兄	迅	广平兄	迅	无
86	广平兄	迅	广平兄	迅	无
87*	my dear teacher	your H. m.	MY DEAR TEACHER	YOUR H. M.	微小
	my dear teacher	your H. m.	MY DEAR TEACHER	YOUR H. M.	微小
88	广平兄	迅	广平兄	迅	无
89	广平兄	迅	广平兄	迅	无
90	my dear teacher	your H. m.	MY DEAR TEACHER	YOUR H. M.	微小
91	my dear teacher	your H. m.	MY DEAR TEACHER	YOUR H. M.	微小
92	my dear teacher	your H. m.	MY DEAR TEACHER	YOUR H. M.	微小

续附表2

信序	原信起首称谓语	原信落款称谓语	初版起首称谓语	初版落款称谓语	改动情况
93	广平兄	迅	广平兄	迅	无
94	my dear teacher	your H. m.	MY DEAR TEACHER	YOUR H. M.	微小
95	广平兄	迅	广平兄	迅	无
96	广平兄	迅	广平兄	迅	无
97	my dear teacher	your H. m.	MY DEAR TEACHER	YOUR H. M.	微小
98	广平兄	迅	广平兄	迅	无
99	广平兄	迅	广平兄	迅	无
100	my dear teacher	your H. m.	MY DEAR TEACHER	YOUR H. M.	微小
101	广平兄	迅	广平兄	迅	无
102	广平兄	迅	广平兄	迅	无
103	my dear teacher	your H. m.	MY DEAR TEACHER	YOUR H. M.	微小
104	广平兄	迅	广平兄	迅	无
105	广平兄	迅	广平兄	迅	无

续附表2

信序	原信起首称谓语	原信落款称谓语	初版起首称谓语	初版落款称谓语	改动情况
106	my dear teacher	your H. m.	MY DEAR TEACHER	YOUR H. M.	微小
107	my dear teacher	your H. m.	MY DEAR TEACHER	YOUR H. M.	微小
108	my dear teacher	your H. m.	MY DEAR TEACHER	YOUR H. M.	微小
109	广平兄	迅	广平兄	迅	无
110	my dear teacher	your H. m.	MY DEAR TEACHER	YOUR H. M.	微小
111	my dear teacher	your H. m.	MY DEAR TEACHER	YOUR H. M.	微小
112	广平兄	迅	广平兄	迅	无
113	广平兄	迅	广平兄	迅	无
114	小白象	小刺猬	B. EL	H. M.	较大
115	小白象	小刺猬	EL. DEAR	H. M.	较大
116	乖姑！小刺猬！		H. M. D	EL	重大
117	小刺猬	迅	H. D	迅	较大
118	小刺猬	你的小白象	D. H	ELEF.	较大

续附表2

信序	原信起首称谓语	原信落款称谓语	初版起首称谓语	初版落款称谓语	改动情况
119	小白象	小刺猬	EL. D	H. M.	较大
120	小白象	小刺猬	EL. DEAR	YOURH. M.	较大
121	小刺猬	小白象	D. H. M	L.	较大
122	小刺猬	小白象	D. H. M	L.	较大
123	小白象	小刺猬	D. EL EL. DEAR	H. M.	较大
124	(图)	小刺猬	EL. D	H. M.	重大
125	小白象 小刺猬	(图)	H. D	L.	重大
126	小刺猬	(图) 你的	H. D	ELEF.	重大
127	小白象:小莲蓬	小刺猬	EL;L.	H. M.	较大
128	小刺猬	你的小白象	D. H. M	L.	较大
129	小刺猬	你的 (图)	D. H	EL.	重大
130	小白象,小莲蓬 小白象,姑哥	小刺猬	D. EL. ,D. L. D. EL. ,D. B.	H. M.	较大
131	小白象	小刺猬	D. EL	H. M.	较大

续附表2

信序	原信起首称谓语	原信落款称谓语	初版起首称谓语	初版落款称谓语	改动情况
132	小刺猬	你的（小象图）	D. H	L.	重大
133	小白象	小刺猬	D. EL	H. M.	较大
134	小白象	小刺猬	D. EL	H. M.	较大
135	小莲蓬而小刺猬哥姞	（小象图）（小象图）	D. L. ET D. H. M D. S	EL. L.	重大

制表说明：本表中"原信"以中国青年出版社 2005 年版《两地书·原信：鲁迅与许广平往来书信集》为依据，"初版"以青光书局 1933 年版《两地书》为依据。本表"信序"表示《两地书》初版本各篇通信的序号。因初版本第 51 封、第 61 封、第 82 封、第 87 封通信各由两封原信组合创作而成，所以在标注称谓变化时以分栏形式呈现，且在"信序"处加"＊"号进行提示。

参 考 文 献

一、学术著作部分

[1] 鲁迅,景宋.两地书[M].上海:青光书局,1933.

[2] 鲁迅.两地书[M].北京:人民文学出版社,1973.

[3] 鲁迅,景宋.鲁迅景宋通信集:《两地书》的原信[M].长沙:湖南人民出版社,1984.

[4] 鲁迅,景宋.两地书全编[M].杭州:浙江文艺出版社,1998.

[5] 鲁迅,许广平.两地书真迹:原信 手稿[M].上海:上海古籍出版社,1996.

[6] 鲁迅,景宋.两地书·原信:鲁迅与许广平往来书信集[M].北京:中国青年出版社,2005.

[7] 鲁迅.鲁迅全集[M].北京:人民文学出版社,2005.

[8] 鲁迅,景宋.两地书[M].北京:人民文学出版社,2006.

[9] 许广平.许广平文集:第二卷[M].南京:江苏文艺出版社,1998.

[10] 许广平.十年携手共艰危:许广平忆鲁迅[M].石家庄:河北教育出版社,2000.

[11] 许广平.鲁迅回忆录[M].武汉:长江文艺出版社,2010.

[12] 刘中树.鲁迅的文学观[M].长春:吉林大学出版社,1986.

[13] 刘中树.刘中树文学评论集[M].长春:吉林出版集团有限责任公司,2008.

[14] 刘中树.治学之道[M].长春:长春出版社,2014.

[15] 王得后.《两地书》研究[M].天津:天津人民出版社,1982.

[16] 孙用.《鲁迅全集》校读记[M].长沙:湖南人民出版社,1982.

[17] 中国社会科学院文学研究所鲁迅研究室.1913—1983鲁迅研究学术论著资料汇编:第1卷(1913—1936)[M].北京:中国文联出版社,1985.

[18] 民进中央宣传部,鲁迅博物馆.许广平[M].北京:开明出版社,1995.

[19] 庄钟庆,庄明萱.两地书.集注(厦门—广州)[M].厦门:厦门大学出版社,2008.

[20] 陈漱渝,刘天华.鲁迅书信选集[M].北京:民主与建设出版社,1996.

[21] 陈漱渝.鲁迅家书[M].北京:人民文学出版社,2010.

[22] 倪墨炎,陈九英.鲁迅与许广平[M].上海:上海书店出版社,2001.

[23] 张恩和.鲁迅与许广平[M].武汉:湖北人民出版社,2008.

[24] 赵瑜.小闲事:恋爱中的鲁迅[M].北京:中国青年出版社,2012.

[25] 房向东."横站":鲁迅与左翼文人[M].上海:上海三联书店,2014.

[26] 房向东.谁踢的一脚:鲁迅与右翼文人[M].青岛:青岛出版社,2014.

[27] 王彬彬.鲁迅的晚年情怀[M].北京:中国书籍出版社,2015.

[28] 林贤治.一个人的爱与死[M].桂林:广西师范大学出版社,2015.

[29] 朱正.鲁迅的人际关系:从文化界教育界到政界军界[M].北京:中华书局,2015.

[30] 散木.于无声处听惊雷:鲁迅与文网[M].南昌:百花洲文艺出版社,2002.

[31] 朱晓进.政治文化与中国二十世纪三十年代文学[M].北京:人民出版社,2006.

[32] 王奇生.国共合作与国民革命(1924—1927)[M].南京:江苏人民出版社,2006.

[33] 王奇生.党员、党权与党争:1924—1949年中国国民党的组织形态[M].北京:华文出版社,2010.

[34] 陈明远.鲁迅:时代何以为生[M].西安:陕西人民出版社,2011.

[35] 戈双剑,杨晶.鲁迅:生存与表意的策略[M].广州:广东教育出版社,2012.

[36] 冉彬.上海出版业与三十年代上海文学[M].上海:上海文化出版社,2012.

[37] 明卫红.隐私与偷窥的文化研究[M].南京:南京大学出版社,2014.

[38] 陈梦韶.鲁迅在厦门[M].北京:作家出版社,1954.

[39] 朱正.鲁迅手稿管窥[M].长沙:湖南人民出版社,1981.

[40] 朱泳燚.叶圣陶的语言修改艺术[M].银川:宁夏人民出版社,1982.

[41] 郑颐寿.文章修改艺术[M].福州:福建教育出版社,1983.

[42] 倪宝元.从名家改笔中学习修辞[M].北京:商务印书馆,1992.

[43] 刘刚,但国干.鲁迅语言修改艺术[M].北京:中央民族学院出版社,1993.

[44] 史锡尧.鲁迅老舍作品语言艺术[M].北京:北京师范大学出版社,1996.

[45] 王建华.老舍的语言艺术[M].北京:北京语言文化大学出版社,1996.

[46] 张明亮.钱钟书修改《围城》[M].太原:北岳文艺出版社,1996.

[47] 倪宝元,张宗正.郭沫若语言修改艺术[M].银川:宁夏人民出版社,1994.

[48] 陆文蔚.鲁迅作品的修辞艺术[M].济南:山东教育出版社,1982.

[49] 童炽昌.鲁迅思想方法漫谈[M].西安:陕西人民出版社,1983.

[50] 陈鸣树.鲁迅的思想和艺术[M].西安:陕西人民出版社,1984.

[51] 杜一白.鲁迅的写作艺术[M].沈阳:辽宁大学出版社,1985.

[52] 林万菁.论鲁迅修辞:从技巧到规律[M].新加坡:万里书局,1986.

[53] 陈平原.中国小说叙事模式的转变[M].上海:上海人民出版社,1988.

[54] 邱存平.智者的思考:鲁迅的思维方法[M].北京:解放军出版社,1995.

[55] 阎庆生.鲁迅创作心理论[M].西安:陕西人民教育出版社,1996.

[56] 曹清华.词语、表达与鲁迅的"思想"[M].广州:中山大学出版社,2009.

[57] 肖剑南.东有启明西有长庚:周氏兄弟散文风格比较研究[M].上海:上海三联书店,2009.

[58] 张泽贤.民国书信版本经眼录[M].上海:上海远东出版社,2009.

[59] 张高杰.中国现代作家日记研究:以鲁迅、胡适、吴宓、郁达夫为中心[M].北京:中国社会科学出版社,2014.

[60] 崔燕.老舍的文学语言风格与发展:从小说词汇运用看八大风格特点[M].上海:复旦大学出版社,2015.

[61] 单援朝. 伪满殖民地文学文化研究[M].北京:社会科学文献出版社:2016.

[62] 郑颐寿.比较修辞[M].福州:福建人民出版社,1982.

[63] 蒋有经.模糊修辞浅说[M].北京:光明日报出版社,1991.

[64] 骆小所.语言美学论稿[M].昆明:云南人民出版社,1996.

[65] 冯广艺.变异修辞学[M].武汉:湖北教育出版社,2004.

[66] 徐振宗,李保均,桂青山.汉语写作学[M].北京:北京师范大学出版社,2007.

[67] 陈兰香.汉语词语修辞[M].北京:中国社会科学出版社,2008.

[68] 冉永平.语用学:现象与分析[M].北京:北京大学出版社,2010.

[69] 刘世生,朱瑞青.文体学概论[M].北京:北京大学出版社,2006.

[70] 方维规.文学社会学新编[M].北京:北京师范大学出版社,2011.

[71] 王希杰.汉语修辞学[M].3版.北京:商务印书馆,2014.

二、期刊论文部分

[1] 刘中树.鲁迅"为人生"的文学观[J].吉林大学社会科学学报,1985,25(3):50-56.

[2] 刘中树,张福贵.论鲁迅辩证思维的逻辑系统[J].社会科学战线,1992(3):309-318.

[3] 刘中树.史识:中国现代文学史研究的灵魂[J].文学评论,2006(2):187-195.

[4] 刘中树.找回伟大的鲁迅和鲁迅的伟大[J].山西大学学报(哲学社会科学版),2013,36(2):41-49.

[5] 刘中树.20世纪中国文学发展史论[J].吉林大学社会科学学报,2014,54(6):28-40.

[6] 张福贵.鲁迅研究的三种范式与当下的价值选择[J].中国社会科学,2013(11):160-179.

[7] 王学谦.青年鲁迅的生命世界观结构及其文化类型分析[J].中国现代文学研究丛刊,2006(2):231-250.

[8] 王桂妹."五四女作家群"的历史建构曲线[J].文学评论,2010(6):133-139.

[9] 白杨.精神信念与学术品格:刘中树文学史观的构成及其写作实践[J].当代作家评论,2013(6):202-206.

[10] 钱超尘.与《两地书》有关的一份史料[J].中国现代文学研究丛刊,1980(1):322-327.

[11] 王得后.不读书,得读法[J].鲁迅研究月刊,1996(9):73-74.

[12] 李文兵.李文兵致周海婴信:谈《两地书》是"合作作品"还是"编辑作品"[J].鲁迅研究月刊,1997(8):67-68.

[13] 张小鼎.鲁迅致许广平书简与《两地书》[J].鲁迅研究月刊,2001(11):62-65.

[14] 刘运峰.《两地书》中缺少的第六封信[J].鲁迅研究月刊,2003(3):40-40.

[15] 郭艳.有意遮蔽的现代性体验:《两地书》与其手稿之比较[J].中国现代文学研究丛刊,2004(2):151-161.

[16] 倪墨炎.论《两地书》的成书与出版[J].鲁迅研究月刊,2006(10):40-47.

[17] 王得后.关于鲁迅《两地书》及其原信手稿(上)[J].鲁迅研究月刊,2013(11):4-17.

[18] 王得后.关于鲁迅《两地书》及其原信手稿(下)[J].鲁迅研究月刊,2013(12):4-17.

[19] 甘智钢.《两地书》北京部分鲁迅原信手稿阅读札记[J].鲁迅研究月刊,2015(5):77-79.

[20] 钱超尘.与《两地书》有关的几件史实[J].中国现代文学研究丛刊,1981(2):336-343.

[21] 张杰.师生·战友·伴侣:读《两地书》[J].文史哲,1981(4):69-71.

[22] 高起祥.《两地书》的思想意义[J].学习与研究,1981(3):13-17.

[23] 张力抗.理想、战斗和爱情:读《两地书》有感[J].学习与研究,1981(6):51-54.

[24] 王吉鹏.《两地书》简论[J].教学与进修,1983(1):33-38.

[25] 朱正.伟大人物的一个侧影:读王得后《〈两地书〉研究》[J].文学评论,1984(2):134-137.

[26] 王嘉良.敞开鲁迅性格中的一个重要侧面:《两地书》试论[J].浙江师范大学学报,1986,11(4):9-17.

[27] 袁良骏.王得后的《〈两地书〉研究》[J].鲁迅研究动态,1989(3):59-61.

[28] 陈达真.略谈《两地书》最后一信的改动[J].鲁迅研究月刊,1991(6):56-58.

[29] 黄展鹏.《两地书》涉及的闽南风情[J].鲁迅研究月刊,2000(6):43-45.

[30] 葛战,罗时嘉.鲁迅《两地书》中称呼与署名探微[J].中国矿业大学学报(社会科学版),2001,3(3):127-132.

[31] 王得后.《〈两地书〉原信》读后记[J].博览群书,2005(1):81-86.

[32] 甘智钢.《两地书》:文化市场运作中诞生的一部奇书[J].当代文坛,2008(2):175-176.

[33] 陈卡丽.距离"真相"有多远:论传记视野下《两地书》的改动[J].丽水学院学报,2008,30(6):64-68.

[34] 王吉鹏,柏朝霞.从《两地书》看鲁迅许广平对真爱的呼唤[J].盐城师范学院

学报(人文社会科学版),2010,20(1):23-26.

[35] 周纪焕.谈谈《两地书》中的教育思想[J].浙江教育学院学报,2010(6):24-29.

[36] 陈青松.《两地书》研究综述[J].北京教育学院学报,2014,28(3):19-24.

[37] 曾文华.称谓情感的二度隐退:《两地书》的编辑与英译[J].北京社会科学,2016(6):55-62.

[38] 钱理群.鲁迅与进化论[J].中国现代文学研究丛刊,1980(2):155-179.

[39] 王映霞.我记忆中的鲁迅与许广平[J].鲁迅研究动态,1987(10):19-20.

[40] 言行.高长虹、鲁迅冲突的前因后果[J].鲁迅研究动态,1989(8):53-58.

[41] 高远东.自由与权威的失衡:高长虹与鲁迅冲突的思想原因一解[J].鲁迅研究月刊,1990(5):38-42.

[42] 顾曰国.礼貌、语用与文化[J].外语教学与研究,1992,24(4):10-17.

[43] 王得后.不理解[J].鲁迅研究月刊,1997(8):69-70.

[44] 卢敏.汉语礼貌原则探析[J].学术界,2007(3):229-233.

[45] 廖久明.高长虹与鲁迅:从友人到仇人[J].新文学史料,2008(3):81-90.

[46] 霍无非.鲁迅的礼尚往来[J].陕西档案,2013(6):55.

[47] 胡博.孙伏园定县事迹钩沉[J].鲁迅研究月刊,2014(10):49-56.

[48] 陈登贵.李春涛与《岭东民国日报》[J].广东图书馆学刊,1984(1):37-39.

[49] 赵德志.国民党右派哲学的流变[J].辽宁大学学报(哲学社会科学版),1988,16(2):18-21.

[50] 苏维初,华路,徐有威.国民党左派历史之研究[J].华东理工大学学报(社会科学版),1994,19(S1):84-90.

[51] 梁延学.鲁迅与三十年代文网(续)[J].丹东师专学报,1995(4):66-71.

[52] 徐改平.作为共产党同路人的鲁迅[J].陕西师范大学学报(哲学社会科学版),2010,39(5):21-29.

[53] 刘育钢.论国民党右派与第一次国共合作的破裂[J].福建论坛(人文社会科学版),2010(12):75-78.

[54] 杨华丽.国民党治下的文网与鲁迅的钻网术:以1933—1935年为核心[J].鲁迅研究月刊,2013(12):44-57.

[55] 荀强诗.书报审查制度与民国文学研究[J].成都大学学报(社会科学版),

2014(2):72-77.

[56] 李志毓.关于"国民党左派"问题的再思考(1924—1931)[J].中共党史研究,2016(10):87-99.

[57] 谭邦和.中国书信体文学史论略[J].荆州师范学院学报,1999,22(4):47-52.

[58] 雷蒙德·威廉斯,王尔勃.什么是文学？[J].马克思主义美学研究,2000(3):495-507.

[59] 唐翰存.私人话语与公共审美[J].兰州交通大学学报,2006,25(5):72-74.

[60] 程水金."文学是什么"与"什么是文学"[J].上海大学学报(社会科学版),2009,16(3):51-73.

[61] 傅海峰.中国现代情书现代性管窥[J].辽宁广播电视大学学报,2011(1):56-57.

[62] 宋向红.旧瓶装新酒:论现代文学书信体批评的特征[J].渤海大学学报(哲学社会科学版),2012,34(6):78-81.

[63] 王梦楠.老情书里的旧时光:以《爱眉小札》为例试析民国文人的爱情理想[J].文化学刊,2015(8):156-158.

三、学位论文部分

[1] 韩蕊.从文学的书信到书信的文学:中国现代书信体小说研究[D].长春:吉林大学,2007.

[2] 吕振.论鲁迅书信的当代意义[D].济南:山东大学,2013.

[3] 鲁卫鹏.中国现代书信散文研究[D].福州:福建师范大学,2015.

[4] 陈卡丽.传记视野下的《两地书》[D].宁波:宁波大学,2009.

[5] 赵洁洁.鲁迅和许广平的鹣鲽深情:论《两地书》的情书写作[D].曲阜:曲阜师范大学,2010.

[6] 柏朝霞.《两地书》论稿[D].大连:辽宁师范大学,2011.

[7] 彭燕.合作作品概念的比较法分析:兼议《两地书》著作权归属的几点思考[D].北京:中国政法大学,2013.

[8] 王丹.论鲁迅的婚恋与创作[D].延吉:延边大学,2008.

[9] 彭蓉.许广平与鲁迅[D].武汉:华中师范大学,2009.

[10] 施波.从厦门到广州:鲁迅的转变及其意义[D].重庆:西南大学,2012.

[11] 陈迎菊.创作总根于爱:鲁迅的婚恋生活及其在文学创作中的折影[D].石家庄:河北师范大学,2014.

[12] 陈明香.鲁迅与现代稿酬制[D].武汉:华中师范大学,2010.

[13] 邱焕星.国民革命时期的鲁迅[D].南京:南京大学,2011.

[14] 孙燕燕.现代性视域下文学与政治关系模式研究[D].烟台:鲁东大学,2013.

[15] 曹禧修.抵达深度的叙述:鲁迅小说修辞论[D].开封:河南大学,2002.

[16] 向友.鲁迅作品中的标点和符号修辞艺术研究[D].南宁:广西大学,2003.

[17] 黄琼英.鲁迅作品语言历时研究[D].上海:华东师范大学,2007.

[18] 戈双剑.鲁迅:生存与"表意"策略[D].上海:华东师范大学,2008.

[19] 李敏.鲁迅的语言思想及其实践[D].武汉:华中科技大学,2009.